JN082263
9
ようこそ実力至上主義の教室へ2年生編
Welcome to the Classroom of the Second-year
衣笠彰梧×トモセシュンサク

約束の時間から少し前に現地に到着すると、
後ろ手に傘を持った一之瀬が既に待機していた。

「お、おはよう綾小路くん」

「ねえ——綾小路くんの顔に触れてもいいかな」

「触れても景品は出ないぞ」

そんな冗談めいたことを言うと、一之瀬は柔らかく笑ってから頷く。

そして右手を伸ばしオレの頬に触れた。

止まない雨。一之瀬帆波と龍園翔。

9

ようこそ実力至上主義の教室へ2年生編

Welcome to the Classroom of the Second-year

ようこそ
実力至上主義の教室へ
2年生編9

衣笠彰梧

MF文庫J

ようこそ実力至上主義の教室へ2年生編 

Welcome to the Classroom of the Second-year

contents

口絵・本文イラスト：トモセシュンサク

○南雲雅の独白

気が付くと、俺は勉強でもスポーツでも一番だった。
気が付くと、俺の周囲には恩恵にあやかろうとする連中がいた。
特に努力をしたわけじゃない。
同じ時間、同じことを習っても、頭一つ抜けて学習する力があった。
それは――図らずも人気者になるための必要条件のようなもの。

人気は才能だ。

幼い頃から俺には、人気者になるための才能が備わっていた。
もちろん誰もが俺を好いていたわけじゃないことくらいは分かっている。
特にライバル意識を燃やす連中ほど、忌み嫌ったはずだ。
だが別に関係ない。
善悪は別として、有象無象たちが俺を人気者として捉えてくれるならそれでよかった。

小学校も中学校も、ずっと変わらない俺の人気者としての人生、眩いロード。

それでも、時折感じる謎の小さな違和感はずっと拭えずにいた。

答えの出ない違和感。

何不自由ない人生の中で、それだけがずっと心の奥底にくすぶり続けていた。

大勢に認められ、そして従えてもなお、消えることのない違和感。
だが気にしないことにした。
違和感があろうとなかろうと、俺が一番であり人気者であり続けられればそれでいい。

そのはずだった。

しかしそれは高校に入学したことで一変する。

違和感が浮き上がってくるのを強烈に感じずにはいられなかった。
堀北学。１つ年上のその男は、大勢から尊敬の念を集めた男だった。

それは俺よりもずっと眩しく聡明で、浮ついたものなどない信念も兼ね備えていた。

そしてもう1人、堀北学とは異なるも特別な才能を持つ奴が1つ下に現れた。綾小路清隆。全く異質な存在、生意気な態度、だが、その実力は紛れもなく本物。

俺が成し遂げたものは、その2人に負けていない。

消えぬ違和感と共に、時として考えることがある。

俺の実力は本物なのか？

それとも、ただ単に好敵手に恵まれなかった不運が故の裸の王様だったのか？

そんなことを考えずにはいられない。

それが違和感の正体。

だから俺は、その違和感を消し去るために決着をつけなきゃならない。

綾小路(あやのこうじ)を倒し、本当の実力者にならなければならない。

でなければ――。

○気運の兆し

2学期もいよいよ、終わりが見えてきた。

修学旅行というお楽しみイベントは儚い夢のように過ぎ去ってしまったが、2年生にはすぐ冬休みが控えている。冬は1年の終わり、別れを予感させる季節。

今日の最低気温は1℃ということもあってか、かなり冷え込んでいた。

通学路を小走りに抜けていく生徒たちも寒いね、といった会話をしながら白い息を吐き出している。何気ない朝の日常風景を、オレは毎日見つめそして記憶として刻んでいく。

今だけを生きる者にとっては、こんな景色を見つめて何になるのだと思うだろう。

しかし、それが限られた期間だけのものと知ればどうだろうか。

もしあと1年だけしか見ることの出来ない世界だと知ったなら、どうだろうか。

恐らく、この日常は眩しく光る宝石のような世界に見えるに違いない。

待ち人が来るまでの間、そんな日常の景色を見つめていると一通のメッセージが届く。

『今日の放課後生徒会室に来い』

有無を言わせないような、強制的な文章が南雲から届いた。

「生徒会室、か」

あまり気乗りしないところだが、今後のことも考えると安易には断れないところだ。

それに文化祭では、利害関係の一致があったにしても協力してもらった経緯がある。

分かりましたとだけ短く返事を出し、画面をオフに。

再び生徒たちや景色を眺め直したオレの視界に、1人通学する櫛田(くしだ)が入った。

特に挨拶をするでもなく見送っていると笑顔で手を振られる。なので、それに応えるように手を挙げて返したが――すれ違う寸前に睨(にら)みつけるような表情を見せた。

「なんだ……？　朝から」

挨拶してきたからこちらも挨拶をしただけで、何故(なぜ)睨まれなければならないのか。

誰にも見られないと確信しての顔だったとは思うが、特に何かをした覚えはない。

経緯上、単純に櫛田に嫌われているのだから仕方ないと言われればそうなのだが……。

突然当たり屋にやられたような気分に朝から落とされてしまった気がする。

「ごめん清隆(きよたか)！　お待たせ！」

そんなタイミングで、息を切らせた恵(けい)が寮の方角から呼びかけ走り寄って来る。

「遅れたと言っても数分だろ、そんなに気にしなくていい」

「そうだけどー……。っていうか外で待ってるの寒くなかった？」

元々は寮のロビーで待ち合わせをしていたので、不思議そうな顔を見せた。

「大丈夫だ。それより少しだけ寝癖が残ってるぞ」

余程慌てていたのだろう、恵らしからぬミスを発見して指摘する。

「嘘(うそ)、やだ！」

恥ずかしそうに頭を押さえる恵。それから慌てて手櫛で寝癖を直そうと試みる。しかし何回やっても何回やっても、少しだけピョンと跳ね返ってしまう。

「うわあ、どうしよ……！」

「それくらい気にしなくてもいいんじゃないか？　本堂や池なんかそれよりも酷い寝癖で教室にまで来てる」

「あんな男子と一緒にしないでよ～！　うう、学校ついたらトイレ寄ってくる……」

恥ずかしそうに寝癖の部分を手で隠しながら歩き出す恵。

まあ、こういったおしゃれ、身だしなみに気を遣うのは悪いことじゃない。

1

一足先に1人教室へと到着したオレはそのまま自分の席に着く。

「おはよう清隆くん」

「ああ、おはよう」

女子に囲まれていた洋介が、オレを見つけて声をかけてきた。挨拶してくれるのは嬉しいのだが、女子たちの『私の平田くんを返して』という視線が痛い。

「余計なお世話かも知れないけど、僕が力になれることがあったら言ってほしいんだ」

何を言うのかと思えば、またそんな申し出をしてくる。

「ここ最近、同じことを毎日のように言ってないか？」

洋介が気にしているのは遠くでこちらを少し意識している3人グループ。

かつてオレが在籍していたグループだけに、抜けたことを気にしているのだろう。

修学旅行の前後から洋介にとって気が気でないことだけは確かだ。

当人が気にしていないと言っても、洋介は気にしてしまうタイプだという問題もある。

「もしもの時はちゃんと言う、ありがとう。出来れば静かに見守ってくれると助かる」

なので、その好意は理解しているとしっかりと改めて伝えておいた。

多分、これからも洋介は関係が回復するまで定期的に声をかけてくるんだろうな。

「ダメだな僕は。ついクラスの不安定さを見ると我慢できなくなってしまうから……」

抑えきれない気持ちを言葉にしてしまう、そんな自分に嫌悪しているようだ。

洋介は何も悪いことをしていないのに難儀な性格をしているな。

「とりあえず女子がおまえを待ってるぞ。オレはそっちの方が気が気じゃない」

いつまで洋介を独占するんだという妬みの視線は時間と共に強烈に増している。

程なくして恵が教室に来たところで洋介は女子たちのところへ戻って行った。チャイムが鳴り茶柱先生が教室にやって来たことで、今日も新しい学校の一日が幕を開ける。

「もはや前触れが無いことに驚きはないと思うが、冬休み突入前におまえたちには2学期最後の特別試験に挑んでもらうことになった」

ここまで特別試験への耐性がついてきたクラスメイトたちだったが、流石にこのまま冬休みを迎えるだろうと思っていたため、いつもよりも僅かに動揺が大きかった。

「おっと。どうやら今回は少し驚いたようだな」

文化祭、修学旅行と大きなイベントが続いていたこともあるからな。

この学校にしてみれば、それはそれ、特別試験は特別試験ということなんだろうが。

ただ特別試験の実施をすると言っても残された2学期も、あと2週間と少しだけ。

長期的な準備や対策が必要なものとは思えないが、果たしてどんな内容なのか。

「気構える気持ちも分からなくはないが、そう慌てることはないだろう。最も懸念されるような、退学者が発生する類の特別試験ではない」

重要な要素である退学絡みは、今回の特別試験では鳴りを潜めてくれるらしい。

「ただし当然ながら勝敗によってクラスポイントの変動は避けられない。これから更にAクラスを猛追していくおまえたちにとっては負けていられるような状況ではないだろう」

1つ2つ勝っただけでは追い付き追い越せない。

それならばこの先全戦全勝する気概を持っていなければ始まらない。

「今回の特別試験では、頭に叩き込まなければならないような、複雑なルールは存在しない。他クラスと1対1の学力勝負をしてもらう」

学力勝負。学生として、そしてこの学校の生徒としては驚く内容じゃない。

むしろ限りなくスタンダードなもの。

通常の中間テストや期末テストですら、争い合っているものだからな。

しかし特別試験と銘打つ以上、何かしらの特殊なルールが存在し、それが勝敗を大きく左右することになるのは今更言うまでもないだろう。

「勝者は敗者から50クラスポイントを貰い受けることが出来る。勝てば50クラスポイントを得て、負ければ50クラスポイントを失う」

けして大きな数値とは言えない、どちらかと言えば低めの変動クラスポイント。

「クラス別の学力勝負って、じゃあAクラスと戦うのは単純に不利じゃないですか！」

「喜んでいいぞ池、まさにおまえたちBクラスが戦う相手はAクラスだ」

既に対戦相手が決められていたようで、茶柱先生から残酷な現実を突きつけられる。

「先日行われた期末テストのクラス平均点1位と2位、3位と4位のクラスが戦う分かりやすい図式だ。多少特殊なルールがあるとはいえ基礎学力に大きな隔たりがある下位クラスとAクラスが戦うのは勝敗に大きく影響を与えることにもなるからな」

12月頭時点でのクラスポイントは、坂柳Aクラスが１２５０で堀北Bクラスが９８５。直接対決を制すれば差し引き１００クラスポイントで１６５ポイントにまで迫る。

更に入学以来の１０００クラスポイントを越える大台へと突入する。

一方で龍園Cクラスは６８４、一之瀬Dクラスが６５５。一之瀬が勝てば再びCクラスへと返り咲くものの、負ければAクラスとの差は2倍に広がる。苦しい展開だ。

だが楽な戦いとは言えず、学力勝負はこれまで一度として勝ったことが無い。1位と2位、そんな表現では僅差のように思えるが総合的な学力差は小さくないな。

「出題される問題は中間、期末テストで行われる常設の科目が全て対象だ。比較的簡単な問題から極めて難度の高い問題まで通常の筆記試験と変わらず、いやそれ以上に難しいものになるだろう」

このクラスの学力レベルは、他クラスよりも頭一つ抜きん出た成長率を見せているものの、2週間死ぬ気でクラスメイトたちが勉強に励んでも、ひっくり返せる可能性は低い。

「ここからはおまえたちにも十分勝てる可能性がある話をしよう」

特別試験と銘打つ、その詳細がモニターに表示され明らかになる。

2学期末特別試験・協力型総合筆記テスト

概要

クラス全員で全100問のテストを解く

ルール

予め決めた順番で1人ずつ生徒が問題を解いていく。1人の生徒は最大5問を解くことが許されているが、正否にかかわらず最低2問を解かなければならない

生徒が解いた問題は正否に関係なく、別の生徒が訂正することは出来ない

各生徒に与えられる持ち時間は入退室の時間を含めて最大10分間とする

試験に挑戦している生徒以外は別室で待機すること
次の順番を待つ生徒のみが入口の前に待機すること
制限時間を過ぎた場合その生徒は失格となり点数は得られない
問題の解答に関するヒントや答えを書き残す、あるいは口頭で伝えるなどの行為は違反
違反行為が判明した場合は強制的に試験を打ち切り0点とする
残り時間に応じて特別ボーナスが加点される
1時間以上残した場合……10点
30分以上残した場合……　5点
10分以上残した場合……　2点
全ての問題は難度に関係なく解いた者の実力（下記参照）によって点数が与えられる
（解いた者の実力は、12月1日時点のＯＡＡ学力に準ずる）
学力Ａ……１点
学力Ｂ……２点
学力Ｃ……３点
学力Ｄ……４点
学力Ｅ……５点

難度に関係なく問題を解く生徒の能力に応じて得られる点数が増減する試験。

通常ではまず考えられないが、まさに特別と名乗るに相応しい独特なルールだ。ＯＡＡの学力には＋－も存在するが、分類は5つのようなので＋を持つ生徒の方が若干有利か。

「これが筆記試験の特殊なルールに当たる。学力の高い生徒を多く有するＡクラスは単純に有利に見えるが、ＯＡＡで学力Ｂ以上の生徒の割合が高い。つまり問題を解いても得られる総合点数は必然的に少なくなる。言っている意味が分かるな？」

堀北クラスには学力向上目覚ましい生徒も少なくないが、一方でまだまだ恵や佐藤、池や篠原といった学年でも下位の方に沈んでいる生徒たちも一定数抱えている。

彼ら彼女らは問題を解く正答率こそ低い現状だが、この特別試験では正解を導き出すことさえ出来れば1問で4点5点といった高配当の得点を貰えるということか。

確かにこれなら純粋な学力勝負とは言えず、けしてＡクラスに対して不利だと決めつけることは出来ないだろう。

むしろ展開、結果が読めない想像の範囲を超えた勝敗が待っていると言える。

残り時間で加点ボーナスとのことだが、これが現実的かどうかは微妙なところだ。

入退室の時間を含めてとあり、教室の扉に手をかけて開けたところでタイマーがスタートする仕組み。堀北クラスの人数が38人。1人2分近い余力を残してクリアしなければ到底1時間を残すことは不可能だ。学力の低い生徒ほどケアレスミスも多く、時間に意識を取られることで失点に繋がるリスクの方が高い。

この残り時間の加点は、どちらかと言えば学力ＯＡＡで勝っている側への配慮か。

いや、それでもタイムロスを削ることに意識を向けるのは危険との隣り合わせだ。

「十分に勝機がある――そんな特別試験ですね」

すぐに堀北もルールからの勝ち筋、その可能性を掴めたようだ。

「その通りだ。無論Ａクラスの生徒は上位から下位まで学力では粒揃いだ。手堅く得点を重ねてくるだろう。こちらが高得点の可能性を秘めた学力Ｄ前後の生徒を多く有すると言っても、正解できなければ0点なのだからな」

それでも真っ向からぶつかり合うよりよっぽど良いことに変わりはない。

「それからルールにも明記しているカンニング行為に関して補足をしておく。待機中の教室や試験を終えた生徒との交代の際などの会話を禁じている。それぞれの教室には生徒も常時待機するが余計な会話は考えないようにしろ。1つの迂闊なミスで試験を棒に振る真似は推奨しない」

その辺りの監視が強いことは、生徒たちも織り込み済みだろう。

「これ、もし当日欠席した場合って……どうなるんですか？」

「1人欠席であれば2問解答不可に、2人欠席であれば4問解答不可となり0点となる。時間切れによる失格と同じ扱いだ。なお解答不可になる問題はランダムで試験開始前に決められる。また可能性は低いが、対戦相手と同点だった場合にはクラスポイントの変動は行われない」

意図的に誰かを休ませて、といった戦略は当然成り立たず不利になるだけか。

一之瀬、龍園クラスのように在籍生徒の多いクラスはその分与えられる時間も僅かにだが増えるため有利だが、問題を解いて獲得できる点数への影響は無いと言っていい。

勉強のできる主力、あるいは伏兵となれるOAA低評価の生徒が5問を解いていくのが点数を取るうえでは効率的、理想的なため、人数の多い少ないが与える影響は最小限だ。

まあもっとも、互いに戦うクラスの人数が同じという偶然があるため、この考えそのものが無意味に等しいが。

「どうすればAクラスに勝てる可能性があるのか、仲間で話し合いよく考えることだ」

子供たちを見守る母親のように、茶柱先生は言葉を送った。

「特別試験を行う日取りだが、冬休み直前まで時間を設けることにした。テスト範囲は膨大なため、それだけの期間が必要だろうとの判断だ。大変だが、もしも勝利すればAクラスへの距離が更に詰まるだろう。以上だ」

テスト範囲に関しては明日発表されるようで、この場ではここで話が終わる。

日程
12月22日……特別試験本番
12月23日……特別試験結果発表、2学期終業式

まさに2学期終了寸前、ギリギリのタイミングってことだな。

それでも、テストまではもう3週間と時間が残されていない。

学力の高い生徒たちは普段から勉強に対する姿勢が異なるため準備に要する時間は最低限でも構わないが、勝利のカギを握っているのは学力が平均以下の生徒たち。

「ＯＡＡでお互いのクラスの学力を見て、現状どうなっているか調べてみたの。私たちＢクラスの方が学力ＤやＥに相当する生徒が多い分だけ必然、得点の最大値は上回っている。つまり理想通りの戦いが出来れば１００％勝てるということでもあるわ」

ＯＡＡの学力が低い生徒を多く抱えているクラスの方が多く点数を取れる以上、Ａクラスの生徒たちがどんなに頑張っても獲得できる得点には限界がある。

こちらは相手が獲得できる最大得点を1点でも上回る計算で臨めば勝てるわけだ。

と、まあこれは机上の空論もいいところ。あくまでも紙のように薄い確率の話だ。

40人近い生徒が参加する以上、満点を取ることは不可能に近い。茶柱先生の口ぶりや特別試験のルールを加味しても難度の高い問題の割合はけして低くないと予想できる。

学力ＥやＤの生徒が容易に解ける問題なら、むしろそれこそバランスが取れない。

学力の高いクラス程不利な、理不尽な特別試験になってしまう。

勉強会のような集まりは必須だが、それだけで勝ちに導けるかは怪しいところだ。

「誰がどの程度の問題を解いて、そして次の相手にバトンを繋げるかも重要だよね」

落ち着いた口調の洋介が、堀北に確認をするようにそう問いかけた。

「ええ。シンプルに考えるのなら学力の低い生徒たちを率先して前に持っていき、自分たちが解けるだけ問題を解いてもらうのが分かりやすいけれど……」

制限時間は10分。問題を読み込む力も、生徒たちの力量で大きく変わって来る。

いきなり１００問もあるテスト問題から簡単な問題を探し出すだけでも一苦労だろう。

もし学力の高い生徒が高難度の問題を先に潰せば、それだけ学力の低い生徒は適切な問題を見つけ出すのに時間も要さない上に、落ち着いてその問題に集中することが出来る。

誰がどんな問題を解けて、解けないのか。

それを把握したうえで、指揮を執っていくような戦略もまた勝ちを拾う道筋だ。

これ以外にも方法は幾つかあるだろう。結局のところどの戦略を取るかを早い段階で固め、それに向けてクラスが動き出すことが重要だ。

「茶柱先生は勝てる可能性があるって言ってたけど……不利は不利だよね」

「手堅く点数を重ねられたら、多分勝てないよな。相手はあのAクラスだし」

クラスメイトたちの間ではそんな声も出始める。

これまで純粋な筆記試験の総合得点でAクラスは一度も他のクラスを下回ったことがない。特異なルール込みでも強敵であることは変わらないだろう。

「今回はAクラスとの対決だけれど、実際には自分たちとの戦いよ。相手がどんな戦略を考えようとも私たちには関係ない。坂柳さんが相手だからと特別気負う必要はない」

表情の固い相手に、向き合うべきは外ではなく内側であることを強調する。

「作戦は私が可能な限り考える。その間、あなたたちには1秒でも多くの勉強をお願いしたいの」

　これまで、いやもっと正確に言えば数週間前まで、生徒たちは期末テストの勉強に勤しんでいた。学生の本分が勉強とは言え、短期間で再び勉強となれば嫌気がさすもの。

　それでも不満らしい不満を口にする生徒は1人も見当たらない。

「僕たちも可能な限りバックアップするよ」

堀北に呼応するように洋介も答え、そして啓誠やみーちゃんなど、勉強会でも教える側の生徒たちが率先して動き出す。

「っしゃあ。やる気出てきたぜ！　個人的にはＯＡＡが上がった分ちょっと複雑だけどよ、俺もしっかり貢献して見せるぜ」

　学力Ｅ判定を受けていた須藤は、今やＣ＋判定にまで上がっている。

得られる得点は以前よりも下がっているが、その分実力も大きく飛躍しているからな。

下手に学力Ｅのままであれば問題を解くことすら困難だっただろう。

2

放課後、話し合いを始めたクラスから抜け出て予定時刻ほぼぴったりに目的地へと到着した。早速ノックをと思ったが、室内からは少し言い合うような大きめの声が聞こえてくる。ただ厚い扉を隔てていることもあり、具体的に何を言い合っているのかは聞き取ることが出来ない。

しばらく聞き耳を立てていれば鮮明に聞こえてくることもあるだろうが、約束の時間も寸前まで迫っていたため、盗み聞きする選択はすぐに捨てる。

「……どうも」

指示を受けた時間通り、オレは生徒会室に足を運んでいた。

既に生徒会室には2人の男子が鎮座していたようで、1人がすぐに立ち上がった。

「呼び出して悪かったな綾小路(あやのこうじ)」

「それは構いませんが、生徒会長と副会長が身構えていると少し緊張しますね」

それとなく一般の生徒が言いそうなことを口にしてみる。

「悪いが緊張してるようには見えないな」

座ったままの南雲(なぐも)は足を組んで、そう言い距離を詰めるよう人差し指を曲げた。

桐山(きりやま)の方はやや南雲の後方に立ち視界に収まりやすい位置へと移動した。

その時、ポケットから取り出した携帯の画面を一度見つめる。

しかしものの1秒にも満たない時間で画面のライトをオフにしてポケットへと戻した。

そして次に口を開いたのは生徒会長の南雲ではなく副会長の桐山だった。

「この後、生徒会メンバーである堀北と一之瀬(いちのせ)も呼び出している」

「堀北と一之瀬を？」

組み合わせが偶然のものでないなら、丁度生徒会に属している2年生の2人だ。

「そう話を急ぐこともないだろ桐山。綾小路も少しくらい雑談がしたいんじゃないか？」

「悪いがそうは見えない。手短に済ませてくれと顔に書いてある」

桐山副会長の的確な判断に、オレは心の中で感謝を覚えた。

「それに俺としても、次の特別試験に備えて色々と動いておきたいことがある」

「特別試験？　俺たち3年には、もう2学期中の特別試験はないだろ。それに、内々で勝ち上がりを決めてるおまえには関係のない話じゃないのか？」

理由が分からないと南雲が訝しげな様子で桐山を横目で見る。

「それでもだ。常に不測の事態には備えておきたい。おまえが思っているよりも3年の多くは虎視眈々と勝ち上がりの切符を狙っている。寝首を掻く生徒が現れたらどうする」

「そんなバカはとっくに落ちてるさ。敵と呼べる相手は残ってない」

「だといいがな」

もう3年生たちには残された時間は少ない。

南雲が全ての権限を握っている以上、何とかして2000万ポイントの切符を手に入れなければならない、そんな戦いを続けている。

南雲が敵はいないと楽観視するのも無理はない。その必要な切符を全て南雲が持っているのだから、当然南雲に逆らうような真似は出来ない。桐山も含め、大人しく従っていな

ければ有無も言わさず勝ち上がりの切符を剥奪されてしまう恐れがある。

しかし言い換えれば、切符を与えられていない者たちにはその束縛は通用しない。大げさな話だが南雲を退学させてしまって、そこからプライベートポイントを貯めることも出来る。……いや、だとしてもそれに旨味があるかは微妙なところだな。

退学が決まれば、恐らくは南雲の持つ莫大なプライベートポイントは学校の金庫へと帰属される。そういう契約にしていなければ自らを守れないからだ。

つまり南雲の存在には自分たちが這い上がるための資金も含まれている。南雲のプライベートポイントを除き、3学期だけで集められるプライベートポイントでは精々1人か2人しか救えないだろう。

「何か思い当たることでもあるのか？　桐山。今日は朝からやけに突っかかるな」

「思い当たることがあってもなくても、関係ないだろう？　今更俺が何かを言ったところで、もう『この件』に関して立ち止まる気はないのだからな」

違うか？　そんな重圧を込めた確認に南雲は笑って頷く。

「悪いな桐山。これは俺が在学中に片付けておかなきゃならない個人的な決めごとだ」

「なら、さっさと片付けたいと思う俺の気持ちも汲んでもらいたい」

入室前の生徒会室からは少し言い争うような言葉が飛び交っていた。

朝から突っかかると南雲が言ったことからも『この件』とやらは桐山にとって歓迎すべきことでないことだけは確かだ。いや、恐らくはオレにとってもそうなんだろう。

「分かった分かった。雑談は少しだけにする。それでいいか？」

あくまでも雑談をしない選択肢はないようで南雲が桐山に確認を取った。

「この後はもう1件、別の生徒会案件も控えている、是非少しだけにしてくれ」

「そういえば話があると言っていたな。分かった、手早く済ませよう」

結局桐山が折れる形になったようで、南雲が必要と判断した雑談とやらを始める。

「おまえら2年生は、中々例年にないくらい混戦状態が続いてるようだな」

「そうみたいですね」

「俺たちの代も堀北（ほりきた）先輩の代も2年中盤にはAクラスが独走状態だったからな。この時期まで楽しめるのは少し羨ましいくらいだ」

これまでのクラス別の戦いは、大体1年の終わりから2年の中盤になる頃にはクラスポイントに大差がつき決着がついていたらしいからな。

Aクラスでスタートしたクラスがそのまま Bクラス以下を突き放しての卒業。

南雲生徒会長たちのようにBクラスがAクラスに逆転したレアケースもあるが、どちらにせよ2年生中盤になる頃には1クラスが独走態勢を築いていた。

一方で、オレたちの学年は厳しいながらにもDクラスにまでまだ逆転の可能性が残されているポイント差だ。

「一応4クラスに可能性があるようだが、それでも学年末試験までだろうな」

「俺もそう考えている。2クラス……多くて3クラスでAの席を奪い合う形になる」

南雲と桐山、両名が迷わずそう判断する。

「2年生の学年末試験はそれだけ激しい戦いになるってことですね」

「ああ。試験内容はもちろん全く違うだろうが、結果は悲惨なものが大半だ。去年、俺は学年末試験の段階で2年全体を掌握していて試験のコントロールも可能な状態だった。傷口を必要最低限に抑えてやったが、それでも3人退学していったからな」

南雲が未然に防ごうとしても、避けられなかった犠牲者が出てしまったと。

「退学者を0にする道もあるにはあったが、得られるクラスポイントやプライベートポイントの減少を天秤にかけるとどうしようもなかったのさ」

この話に嘘偽りはないだろうが、参考になるかは別の話。

オレたちが挑む学年末試験と南雲たち1つ上の世代が経験した学年末試験は、その内容が同じであることは考えられない。しかし規模感は、大体同じものになる。それはこれまで学校生活を送っていれば自然と見えてくることだ。

「無駄話はこれくらいでいいだろう。そろそろ本題に入ってくれ南雲」

桐山から冷静にそう促され、仕方がないなと肩を竦めて南雲は白い歯を見せた。

「そろそろ俺も生徒会長としての役目を終える。それに先立って、次の生徒会長を決める必要があるってわけだ」

「一応任期に関しては今までの会長よりも既に長く続けられているんですよね？」

堀北学から南雲雅へ。生徒会長のバトンが渡ったのは、もう少し早かったはずだ。

南雲自身が、自らの任期を伸ばすと言っていたのも記憶に留めている。

「そのつもりだったんだが、何度か学校側から打診があったのさ。先延ばしにし過ぎると後輩たちに経験を積ませる機会を奪ってしまうってな。ま、それも一理ある」

「既に3年生は俺と南雲を除き全員が生徒会の役目を終え手続きも済ませている」

後は次期生徒会長を決めて、この2人もお役御免という流れか。

しかしなるほど。それで南雲が折れて生徒会長の座を譲ることを決めたってことか。

となると先ほど名前の出た両名を呼んでいる理由にも説明が付く。

「鈴音か帆波か。どっちが次期生徒会長に相応しいかを判断しなきゃならない」

「南雲生徒会長に指名する権限はあるんですよね？」

「ああ。俺にはその権利がある」

「なら、その話はオレとではなく堀北や一之瀬にするべきことでは？」

至極当然のことを言ってみたが、驚かれるような反応もないことから重々承知らしい。

「それで決めてしまうのも勿体ないだろ？」

「ここにオレが呼ばれたことを考えれば……まあ、察することは出来ますね」

「俺とおまえで、次期生徒会長を決めようって話だ」

「それは単なる応援だけじゃすみませんよね？」

「色々俺もおまえとの勝負の方法を考えたが、これなら一応形になるだろ。堀北も一之瀬もおまえと同じ2年。情報って意味じゃこっちに負けず十分に持ってるだろうしな」

残り時間の多くない南雲が、1日でも早い決着を望むのは無理もないことだ。

南雲としてもこのやり方が理想の戦いとは思っていないはず。

それでも対決が実現しないよりは良いと判断したんだろう。

「まだ先延ばしにする手もあります。去年の例でいえば、合宿のように別の学年と組んだり競い合ったりする特別試験があったとしても驚きはありません」

「ま、その時が来れば今回の件は前哨戦ってことにすればいい」

先延ばしにするつもりはないようで、南雲は逃がさないように囲い込もうとする。

「勝負をすることに同意はしましたが二度以上することに同意はしてませんよ」

目の前の南雲に一定の興味は湧いているが、いつまでも時間を割くわけにはいかない。

こちらはこちらで、今後のためにやっておきたいことは控えているからな。

「おまえに拒否権があるとでも？」

「遊びの延長で勝負を挑まれても困るだけです。もしオレと今言った生徒会長を決める戦いを望むのであれば、ここで本気の勝負をすると腹を括って頂かないと」

「そうしてやってもいいが、おまえが負ける可能性が高い戦いになる。分かるだろ？」

「在校生に投票権を与える以上、3年生の入れる票は全て南雲生徒会長の意思のまま。つまり3分の1の投票は既にどう投じられるか決まっている、そう言いたいんですよね？」

「ああ。おまえが仮に2年全体をまとめてやっと互角だ。ま、それも無理だろうがな」

対立するのが同学年の一之瀬である以上、必然的に2年生の票は割れる。

「1つお願いを聞いていただけるなら、良い勝負になると思っていますよ」

「興味深いな。言ってみろ」

「投票は匿名方式にする、それだけです。誰がどちらの生徒に投票したかを知れるのは学校側だけにしてもらえれば、互角だと考えます」

「分からないな。そうすれば3年の連中は俺の応援する候補に投票しないとでも？」

「しかし、その可能性が上がることくらいは想像がつきますよね」

匿名が確保されるのなら、ルールに従う必要はない。

プライベートポイントなどの見返りを約束させたとしても、南雲サイドが0票に近い結果にでもならない限り証明することは不可能だ。

「だとしてもそれで3年の半数がおまえの味方につくとでも？　無理だな」

「それはやってみなければ分かりませんよ」

桐山(きりやま)は言い合うオレと南雲を黙って見守っている。

「なら、その条件を加えるだけで勝負するってことでいいんだな？」

「はい。構いません」

「相変わらず妙な自信を覗(のぞ)かせる奴(やつ)だ。だがまあいい。おまえがそれで互角の勝負が出来ると自負するならこっちに不満はないからな。ただ、今回の件を確定させる前に一応言っておくが、勝負する以上ある程度賭けるものも欲しいところだ」

だろうな。賭けるものがなければ負けたところで痛くも痒(かゆ)くもない。

　南雲にしてみれば、オレに手を抜かれることだけは絶対に避けたいはず。
　となれば勝つしかなくなるような賭けを持ち掛けてくることは必然だ。

「どんなものでも賭けられるか？　綾小路」

「そっくりそのまま、その言葉をお返ししてもいいんですか？　たとえ退学でも」

「いいぜ。と言いたいところだが難しい相談だな」

「でしょうね。南雲生徒会長は自分だけでなく3年生全体の命運を握っている。こんなところで退学を賭けることなど誰も認めない。オレは退学を賭けても構いませんが、その場合には見合った見返りを要求させてください」

「見合った見返り？」

「オレが勝ったら、南雲生徒会長からプライベートポイントを貰いたい。出来ればクラス移動する切符を買うだけのお金を。特別試験のルールでも退学措置を防ぐにはそれだけのプライベートポイントが必要ですから。けして高望みではないはず」

「ま、退学を賭けるってことはそれだけの価値があるわけだからな」

　お互いの利害が一致したため、勝負の方向で話がまとまっていく。
　しかしそれに待ったをかけたのは傍で話を聞いていた桐山だ。

「綾小路と勝負をすることは事前に聞いていたが、その賭けの内容に同意は出来ない。おまえの遊びにそんな大金を賭けさせるわけにはいかない」

「待てよ桐山。俺がこのルールで負けると思ってるのか？　綾小路は匿名にするだけで互角だと言ったが、見当違いもいいところだぜ」

「おまえが負けるとは思わない。だが、それでも0ではない。堀北と一之瀬どちらを推挙するかでも確率は変動する。何より2000万ポイントは規模が大きすぎる。綾小路に払うくらいなら3年生の誰かを救うための資金にしてくれ」

桐山が強く止めてくるのも当然だが、南雲は引く様子を見せない。

「俺の実権で手に入れた金をどう使おうとも俺の自由だ。これまでもこれからも」

「……どうしてもか？」

「どうしてもだ。俺はこの勝負に勝って綾小路を退学させる」

「分からない。2年のことなど放っておけばいい。そのやり方に賛成は出来ない」

そう反論する桐山だが、これ以上南雲は聞く耳を持つつもりはないようだった。

「おまえのその希望を飲んでやるよ綾小路。俺に勝てば晴れてAクラス確定だ」

「ありがとうございます」

「本当にいいんだな？　賭け額が少なければ土下座の1つで済む話も、2000万ともなれば嫌でも退学の件は守ってもらうぜ？　希望額を下げるなら今のうちだ」

「それが望みですか？」

「ハッ。そう脅したら少しはビビるかと思ったが、動揺は無しか」

「大金を得るリスクくらいは、最初から織り込み済みです」

「契約書はこっちで用意する。退学か2000万か、2つに1つだ」

後はお互いにどちらを応援するかを決めれば、それで勝負は成立する。

「勝負をすることは分かった。だがそれが成立するかどうかは──────」

巨額のポイントが動く勝負を止めたい桐山が最後の抵抗を見せようとした、そんなタイミングで、生徒会室をノックする音が聞こえた。

「南雲先輩、一之瀬です。堀北さんも同席しています」

透き通った声。どうやら立候補者となる両名が到着したようだ。

「……南雲、出来れば2人には勝負の話はするな。そして当然賭けの話は伏せろ」

桐山の指摘はもっともで、堀北たちに言って聞かせる話ではないだろう。

自分たちが勝負、賭けの対象にされていると知れば良い気がしないのは間違いない。

「綾小路もその提案に異論はないな？」

「大丈夫です」

「だが……本当にいいんだな？　ここにあの2人を呼び込めば勝負は始まったも同然だ」

引き返すならここしかないと、桐山はオレを見て止めてくる。

「退学を賭けてまで南雲の遊びに付き合う必要はない」

「ですがAクラスの切符を手に入れるのは簡単なことじゃないですよね？　なら、それ相応のリスクを抱えるのは当然じゃないでしょうか」

「おまえも随分と、本性を隠さなくなってきたようだな」

怒りを通り越して呆れたのか、桐山は携帯を取り出し再び画面を見た。

「分かった。ならもうおまえたちの好きにしろ……。２人とも入ってくれ」

桐山は入口に近づき、扉を開けながらそう声をかけて促した。

南雲は常に個人で好き勝手行動するため、副会長としての立場上苦労も多そうだ。

そういう意味でも、この生徒会長交代を前倒しにする件は悪い話じゃない。

入室してくるなり２人はオレの存在に気が付く。明らかに生徒会のメンバーではない不純物なのだから、特筆して補足するまでもないが。

「綾小路の隣に座ってくれ」

「失礼します」

オレの横に堀北、そしてその横に一之瀬が腰を下ろす。

一瞬堀北の横眼が『あなたまた変なことに関わっているの？』と語っていた。

南雲の背後に戻った桐山を除いた全員が椅子に座ったところで話が改めて再開する。

「おまえら２人には、次期生徒会長を決める選挙を行ってもらうことにした」

「選挙、ですか」

「中学じゃ当たり前のようにあったんじゃないか？　演説し、どちらが生徒会長に相応しいかを生徒たちに判断させ投票させる。得票数の多い方が次期生徒会長ってわけだ」

「なるほど。しかし去年はそのような選挙はなかったと記憶しています」

「ああ。例年なら現生徒会長、つまり俺が次の生徒会長を決める。直接バトンを渡したヤツが承諾さえすれば生徒会長で決まりだからな。もちろん周囲も納得するだけの結果を残したヤツ以外に指名することはない」

好き勝手適当に決めるわけではなく、きちんとした根拠を基に生徒会長を決める。

その点を南雲も忘れないように付け加えて伝えた。

「だが、おまえたち2年生はこれまでと少し状況が違った。同学年からは最低2名、理想は3名以上を生徒会のメンバーとして確保してきたが、去年生徒会に仕えたのは帆波だけ。2年になってから加入した鈴音は1年と在籍してない」

「同時加入の生徒がいなかったことは理解できますが、順当に一之瀬さんを生徒会長に指名して問題ないのではないでしょうか。彼女に欠点らしい欠点があるとは思えません」

対立となる一之瀬に生徒会長を譲る発言だが、堀北に迷いはなかった。

元々生徒会長をやりたくて生徒会に入ったわけではないしな。

「生徒会長になるのは気乗りしないか？」

「いいえ、そんなことはありません。今は兄の背中を追う意味でも前向きな気持ちです。在校生たちが望んでくれるのなら、選挙に立候補しても構いませんが、同時に一之瀬さんでも全く問題ないと考えています」

「確かに帆波に欠点らしい欠点は無い。順当だ。だが、それ以外に不安要素がある」

僅かに肩を揺らし、反応する一之瀬。

「現時点で帆波のクラスがAクラスで卒業できる可能性が極端に下がってる。これは問題だ。歴代の生徒会長たちは全員、必ずAクラスで卒業している。これは表向きの伝統でも何でもないが、暗黙の了解となっている常識的な話。もちろん俺もその仲間入りをする」

　確かにAクラスで卒業出来るかどうか、という部分だけを切り抜くと一之瀬の立場は途端に危うくなる。一方の堀北はBクラスとしてAクラスを猛追しているため、確率上はその暗黙とやらに近い存在にはなっているだろう。

「実績としては申し分のない帆波と、実績は足らないがAクラスに近い鈴音。色々と加味した結果ほぼ現状では互角だと判断した。それが選挙戦をやろうと決めた理由だ」

　生徒会長を決める権限が南雲にある以上、程度の違いはあれど明確な根拠を示されたなら納得するしかない。

　後は受けるか受けないか、本人たちの意思決定だけだ。

「分かりました。そういうことであれば立候補します」

「なら決まりだな」

　これで堀北と一之瀬の生徒会長に向けた一騎打ちが実現することになるわけだ。

　後はオレと南雲で、どちらを後押しするかを決めるだけ。

「綾小路、おまえにどっちのバックアップをするか選ばせてやるよ」

「いいんですか？」

「それくらいは選ばせてやるさ」

　堀北か一之瀬か。正直オレにとってみれば、どちらを推挙してもやることは変わらないが……。決定権をくれると言うのなら、どちらが後々得かを考えた方がいい。

しかしオレが名指しするよりも早く堀北が立ち上がる。

「ちょっと待ってください生徒会長。綾小路くんがこの場にいるのは――」

「おまえと帆波、どっちが生徒会長になれるか勝負しようと思ってるのさ」

そのことは2人の前では話す予定はなかったはず。

桐山は額を押さえている様子だが、南雲が桐山の言うことを聞くはずもなかったな。

「……あなたはまた……」

「いや、オレが持ち掛けた話じゃないからな？」

「仮にそうだとしても、そうなるまでの過程に問題があったんじゃないかしら？」

ご明察。それは否定できないところだ。

一応南雲にも良心はあるのか、賭けのことには触れてこない。

「さあ、どっちか好きな方を選べよ」

「では――」

オレの中で考えがまとまったので名前を口にしようとすると、再び待ったがかかる。

「待て。前例のない試みだ。やはり幾つか付け足して補足をしておくべきだろう」

聞き手に回っていた桐山だったが、ここでそう割り込んできた。

「何だよ。まだ話の流れに不満があるってのか？」

「これは生徒会選挙だ。双方には精神的にも大きく負荷をかけるからな。本心から立候補を望んでいるのかどうか、そして相応しい資格を持っているのか確認しておきたい」

「十分確認できただろ」

「いいや足らないな。堀北からは一応返答を受けたが一之瀬からはまだ聞いていない」

「わざわざ聞くまでもないことだろ」

「そうはいかない」

桐山が一之瀬に視線を向けたところで、前触れなく生徒会室の扉が力強く開かれた。

「邪魔させてもらうぞ南雲」

まるで友人の部屋に遊びに来たかのように、許可もなく入室してきたのは3年Bクラスに在籍する鬼龍院だ。こうして近い距離で会うのは夏以来だが、いつもの余裕のある笑みは浮かべておらず、どちらかと言えば機嫌が悪そうに見えた。

「思いがけない客人だな。ノックの1つでもしようとは思わないのか？」

生徒会選挙の話もいよいよという場面であり、南雲としては歓迎しない客だろう。

「今は立て込んでいる。後にしてくれ」

そう言って南雲は追い払おうとするが鬼龍院は聞き入れる様子を見せない。

「私は前もって時間を作るように桐山に要請していた。その私を後回しにすると？」

「悪いがおまえのことは聞いてない」

出現した鬼龍院を鬱陶しそうにしながら、南雲は桐山に視線を向け確認を取る。

「すまない南雲、鬼龍院の言っていることは概ね正しい。俺の時間調整ミスだ」

「おまえにしちゃ迂闊なミスだったな」

「弁明のしようもない。今日おまえに解決してもらおうと思っていたもう1つの案件に彼女が関係している」

何のことか詳細はわからないが、南雲と桐山でそんなやり取りが行われる。

「そういうことだ。話を聞いてもらっても構わないな？　南雲」

「状況は理解したが、今こいつらと生徒会について大事な話をしている」

「立て込んでいることは見ればわかるが、私としてもそれほど暇じゃない。この時刻にアポを取っていたのだから対応してもらわねば困るというものだ」

確かに鬼龍院が引く理由はない。アポイントの時間調整をミスした桐山の責任だ。

「今は鈴音や帆波との話の方を優先させてもらう。どうしても早くと言うならそこに座って黙って待っていろ」

鬼龍院がこの場に現れた理由は現在桐山しか知らないようで、南雲はそうあしらおうとした。ところが、やはり鬼龍院の様子は少し違うようで苛立ちを隠さない。

「断る」

やや語気を強めてそう答えると、鬼龍院は生徒会室の空席一つに足を乗せた。

「何の真似だ？」

「まず今から君に質問をする。返答次第では、この椅子に犠牲になってもらう」

蹴飛ばすのか、あるいは破壊するのか。

鬼龍院に足をかけられたあの椅子の命運が懸かっていることは確かなようだ。

桐山が帰る気配の無い鬼龍院を見て、改めて南雲に謝罪を伝える。

「相手が鬼龍院となると、下手に追い返すのは逆効果かも知れない。ここは一時的に2年生を待たせてでも話を聞いた方が無難だろう」

堀北(ほりきた)や一之瀬(いちのせ)が優先的とはいっても、南雲が待てと言えば素直に2人は待つだろう。

一方で不機嫌そうな鬼龍院がそうはいかないことは、この場で明白だ。

「私たちのことは気にせず、先に鬼龍院先輩のことを。いいよね？　堀北さん」

追い返すことも待たせることも出来ないのなら、先に話を聞いた方が手っ取り早い。

「ええ、その方が良いと思います」

直接の確認を待たずに両者がその結論を出したため、南雲も仕方なく鬼龍院の相手をすることを決めたようだ。

「やれやれ……。分かった、聞いてやる。おまえがここに来た用件は？」

「君はそのことも南雲に伝えていなかったのか桐山。実に段取りの悪いことだ」

「責めたい気持ちも分かるがこちらも色々と立て込んでいる。それにおまえの滅茶苦茶(めちゃくちゃ)な話はそのまま当人に伝えてもらう方がいいと判断していただけだ」

訪ねてくる理由に関してはわざと伝令していなかったらしい。

鬼龍院は冷めた目で桐山を見つつも、そこは割り切るしかないようだった。

「では本題に入る。私としても、まだ決めつけるような真似はしたくない。だからあえてこう聞こう。私に対して悪質な嫌がらせを第三者に決行させたのは誰だ？」

「嫌がらせ？　それだけじゃ話が全く見えないな」

「それならばもう少し具体的に話そう。私に下劣で卑劣な行為――万引きの犯人に仕立てあげようと画策し、仲間を使って強行させたのは君なのか？」

意外過ぎるワード、万引き。

それに誰よりも早く意識を反応させたのは一之瀬だった。

平静を装ってはいるが、内心ではドキッとしたに違いないのは明らかだ。

家族のためとはいえその犯罪行為に手を染めた過去があれば、無理もないことだろう。

「万引き？　ますます話が見えないな」

「俺から補足しよう。鬼龍院は先日、放課後のケヤキモールで万引き犯にされかけたらしい。化粧品店で買い物中、背後から近づいた3年Dクラスの山中がバッグの中に会計前の商品、口紅を1点忍ばせようとしたと。それに気付いた鬼龍院が山中に詰め寄ったところ南雲に命じられたと吐いたそうだ」

鬼龍院の責めの言葉を分かりやすく伝える桐山。

「なるほど。それで俺のところに勇んで乗り込んできたわけか」

「俺が直接話の内容を伝えなかったのは、おまえがそんなことを命じるはずがないと分かっていたからだ。そうだろう？」

桐山はその点では南雲を信頼していると暗に伝える。

南雲は鬼龍院の問いにも桐山の問いに対しても、どちらともない態度を見せる。

「君が関与していないと言い切れるのか？」

明らかに鬼龍院は南雲の仕業であることを疑っているようだ。

「さあどうだろうな。少なくともおまえは俺の命令だと決めつけているようだけどな」

「実行犯である山中がそう証言した。それだけでは弱いかな？」

「適当な言い逃れに俺を利用しただけかも知れないぜ？」

そう返す南雲に対し、鬼龍院は首を軽く振る。

「無関係な君の名前を出せば、山中もタダでは済まないだろう。それこそ誰か他の生徒の責任にしておいた方が後々面倒は少なくて済む。違うかな？」

確かに鬼龍院の言い分、考え方には筋が通っている。

3年生全体はほぼ南雲に掌握されている。切符を持つ持たないは関係ない。

支配下で南雲に命じられたと嘘をつくメリットはすぐに思いつかない。この一件で南雲に嫌われたとすれば、山中という生徒にとって大きな足枷になってしまう。

だからこそ南雲の名前が出た以上、本命だと疑うのは無理もないこと。

オレが同じ目に合わされたとしても、やはり南雲は真っ先に疑う存在になる。

「それにしても、たかが万引き一つで随分な怒りようだな。おまえらしくない」

「私らしくないと言えるほど、君は私を理解していないだろう。生憎と私は万引きのような行為が非常に嫌いでね。バレなければ大した問題にならない、そんな心理から自分のためだけに他者を傷つける行為は反吐が出るほど嫌いなんだ」

口ぶりからしても、鬼龍院はこの場にいる一之瀬の過去については知らないのだろう。

鬼龍院が自らの嫌悪を堂々と口にしている間にも、表情がみるみる暗くなっていく一之瀬。そんな態度の変化に気付いた南雲は事情を把握しているためか、一度言葉を遮る。

「分かった、おまえの言いたいことは理解した」

一之瀬の手前、あえて万引き行為を軽く扱ったと思われる南雲だったが、逆効果だったようだ。

「認めるか？　君が私に罪を着せようとしたことを」

「それはまた別問題だな」

認める姿勢を見せない南雲に、鬼龍院は察したように付け加える。

「安心していい。ここで謝罪の言葉を聞けたなら、今回の件は不問に処すと約束しよう」

もし南雲が指示を出したのであれば教唆犯ということになる。

今回のような場合では、明らかに実行犯よりも重たい処罰を受けることになるだろう。

仮にも3年を代表する南雲の不祥事、鬼龍院としても大事にはしない計らいが見えた。

「逆に謝罪をしなければどうなる？　椅子を壊して満足できるのか？」

「謝罪を受けられないとは考えていないものでね」

「そうか。なら――――」

南雲は鬼龍院から視線を切り、そしてオレたちに向き直る。

「おまえとの話は終わりだ。お引き取り願おうか鬼龍院」

謝罪どころか認めるも認めないもなく、流して話を終わらせようとする南雲。

「これは思ってもみなかったことだな」

呆れかえる鬼龍院に南雲は冷たく言い放つ。

「山中に吐かせたと言ったが、脅して引き出したその発言にどれだけの信憑性がある。生徒会を飛ばして学校側に報告したとして、本気で取り合ってもらえると？」

「少なくとも、万引きをさせようとした山中の行動は店内のカメラに収められている可能性が高いだろうな。無視できる問題ではないだろう」

「だったら、まずはその映像を引っ張り出せよ。だがそれで終わりだ。俺と山中を直接結びつけるものが出てこなきゃ意味がない話だ」

罰せられるのは山中だけ。関与の証拠は絶対に出ない。

そんな自信を南雲は覗かせている。

鬼龍院の訴えを聞けば学校側も最大限努力して調べるだろうが、限界があるだろう。

生徒会長、3年生を統べる南雲の失脚を狙った山中の嘘。

決定的な証拠が出ない限り、そんな結末になることは見えているからだ。

「横やりが入ったが、さっきの話だ。選挙について異論ないってことでいいな？」

本気で鬼龍院を無視するつもりなのか、南雲は最終確認を取り始めた。

「はい。私の方は大丈夫です」

椅子に足をかけたままの鬼龍院を気にしつつも堀北は承諾する。

オレは今にも椅子を蹴り飛ばすんじゃないかと思ったが、南雲の心を見透かそうとしているかのように、鬼龍院は観察を続けていた。

その後、すぐ南雲は一之瀬の対応へと移る。

ここも順当に行けば二つ返事で快諾が戻ってきそうなものだが……。

万引きの言葉が残っているのか、その表情は未だに晴れていない。

「帆波、おまえも選挙に出るってことでいいな？」

「……あの、そのことですが……少しよろしいでしょうか、南雲先輩」

「なんだ？」

「私は——今回の生徒会選挙に立候補するつもりはありません」

ここにきて、一之瀬から思ってもみなかった発言が飛び出す。

「生徒会長になる気はないと？」

「というより、それ以前の問題でもあると思っています。これまで私は、生徒会に属し生徒会長を目指すことが自分のため、周囲のためと信じて続けてきました。でも、今はその考えが単なる驕りだったと気付いたんです。南雲先輩も仰っていたように私のクラスがAクラスから遠のいていることもその証拠です」

不甲斐ないクラスの立場を考慮し、辞退するということか。

「それに、私のような人間に生徒会長など務まりません。罪人、ですから……」

意図せぬ鬼龍院の言葉が、やはり一之瀬に大きな影を生み出していたようだ。

「罪人？」

事情を知らない鬼龍院は不思議そうにそう呟くが、この場でその理由を補足して説明するわけにもいかない。

「それは別件の話だ。今のおまえには関係ないだろ」

「そうはいかないと思います。どれだけ時間が経とうと、過去の罪は消えません」

答えた後、一之瀬はまだ思っていることがあるのか南雲の前に言葉を続ける。

「立候補以前に、私は――今日で生徒会を辞めさせていただこうと思います」

「待って一之瀬さん。それは早計過ぎる判断じゃないかしら。あなたは何も……」

「ううん、今日のことは関係ないんだ。修学旅行のちょっと前から考えていたことなの」

今決断を下したわけではないんだよと、一之瀬は苦笑いを浮かべて告白する。

「おまえも分かってると思うが、生徒会への奉仕は生徒にとって単なる重しじゃない。多少面倒な雑務はあるが、基本的にこの学校ではプラスにしか働かないものだ。目に見える機会は少なくても、おまえもその恩恵は受けてきてるんだぜ」

南雲の言う通り、生徒会のメンバーであることは悪いことじゃない。

これまで学校生活を送っていれば分かることだが、生徒会の人間であるということだけで、僅かずつでもクラスポイントに貢献、還元されているものだ。

窮地に立たされている一之瀬クラスにしてみれば、１つ武器を捨てるようなもの。

「すみません、でも考えを変える気はありません」

生徒会長立候補だけでなく生徒会を辞めたい。

そんな発言を受けて桐山も驚いているようだ。

「本気のようだな一之瀬」

「桐山副会長にも、色々と助けて頂いたのに……。最後まで力になれず申し訳ありませんでした」

「いや、もちろん続ける続けないも含め当人の意志だ。俺に止める権利は無いが……」

この流れから鬼龍院もある程度察したようだったが、一之瀬と万引きの事柄を結び付けるなという方が無理筋な話だろう。偶然、タイムリーに嫌な話題が出てしまった不運を恨むしかない。いや、万引きの件がなくとも一之瀬の辞める意志は固かったか。

「期待に沿う活躍が出来ず、申し訳ありませんでした」

立ち上がり一之瀬は深々と南雲と桐山に対して頭を下げる。

「堀北さんならきっと素晴らしい生徒会長になると思う。応援してるね」

「一之瀬さん……」

選挙でライバルとなるはずだった一之瀬が、そう言って笑顔で激励を飛ばした。

「少し気分が優れないので、ここで失礼します。記入の必要な書類がありましたら後日でお願いいたします。またね、綾小路くん」

そう言って小さく手を振って一之瀬は、迷うことなく生徒会室を後にした。

万引きの件は間違いなく心の傷口を広げたかも知れないが、最後まで辞める意志を曲げる様子は一切なく、未練も感じられなかった。

口から出まかせを言ったのではなく、本当に考えていたことなのだろう。

思いがけない展開になったと感じたのは、オレや南雲だけじゃない。

生徒会長に立候補することを表明した堀北も同様だ。

「一之瀬さんは生徒会を辞めてしまいましたが、私はどうすれば良いでしょうか」

生徒会離脱に伴い、ここまで進めてきたオレとの戦いも自動的に流れそうな状況。

しかしこうなってしまった以上如何に南雲でもどうしようもないだろう。

「今から帆波の代役を立てることも不可能だしな」

他校のルールは知らないが、少なくともこの学校ではある程度生徒会による奉仕活動をしていない生徒には、生徒会長になる資格はないのかも知れない。

「話の流れは気に入らないが、このまま生徒会長になってもらうぜ鈴音」

一番避けなければならないのは、生徒会長が不在になることだろう。

何ら経験のない2年生からいきなり抜擢するのも、相当な無理がある。

「選挙になると思っただけに、少し気が抜けた感じはありますが……承知しました」

不戦勝によって堀北が、とんとん拍子に生徒会長に就任することが決まる。

「それに先だって1つおまえには仕事を与える」

「なんでしょうか」

「一之瀬が抜けた穴を早急に埋めろ。最低でも2年から1名は新しい生徒会に呼び込め」

確かに一之瀬が抜けたことで2年生は堀北だけになってしまう。

もしも不測の事態に陥った場合、生徒会が機能不全になる恐れもあるからな。

「何か採用する条件はありますか」

「あるのは1つだけだ。生徒会に相応しい人間だと周囲が思えるかどうか、だ」

「なるほど、至極当然のお話ですね」

引き合いにだすのは申し訳ないが龍園のような札付きの悪には生徒会入りの許可が出せないという話だろう。

自クラス、他クラスによる制限などは一切ないとも見て取れるが……。

「では、その条件を満たせば誰でも獲得に動いても構わないんですね？」

「分かりやすい話、おまえが自分のクラスから誰か連れてこようと自由だ。前任の堀北先輩だって、同じクラスの人間が生徒会に属していただろ？」

「そうですね、分かりました」

「それからついでにもう1つ。1年からも1人生徒会のメンバーを選任しろ。意外な形で八神が退学して欠員が出来たからな」

中々大変だと思われる命令が南雲から下り、堀北の表情が硬くなる。

「1人勧誘するのも2人勧誘するのも同じことです。出来る限りやってみます」

断ることなど出来るはずもなく、素直にそう答えた。

「どうやら話し合いはまとまったようだな」

見守っていた鬼龍院が、そう言って南雲へと改めて声をかける。

2年生がいては本当のことも話せない、そんな考え方をしていたのかも知れない。

新しい職務を与えられた堀北が場の空気を読み立ち上がる。

「では私も失礼します。2名決まり次第報告に上がります」

「ああ。その時に正式に生徒会長の座をおまえに渡す」

状況を見守っていた鬼龍院にも軽く頭を下げ、生徒会室を後にする堀北。

生徒会選挙が無くなり、オレと南雲の戦いも自然と流れたはず。

退散するならこのタイミングがベストだろう。

「すみませんが、オレもそろそろ失礼します」

「待てよ綾小路。お前との話はまだ終わってないぜ」

そう簡単には帰さないといった感じで、南雲は食い気味にオレを引き止めてきた。

「これ以上引き止めるな。綾小路との話は一之瀬の辞退と共に役目を終えた。下がっていいだろう、鬼龍院の件を早々に片付けた方がいい」

問題を放置できないと判断した桐山の考えに、鬼龍院も賛同する。

「君はダメなところばかりだが、その発言は評価しよう。賢明な判断を頼むよ南雲」

「ちっ……」

不満そうに舌を鳴らした南雲だったが、状況が状況のため仕方なく認める。

ただ、そのままオレを帰すことは気に食わなかったのか最後の最後でこう付け加えた。

「おまえは鈴音のクラスの生徒だ。生徒会のメンバーを集める手伝いをしてやれ」

「オレが、ですか？」

「2年には他に生徒会役員もいない。それに無条件で2年Bクラスに生徒会長が誕生するんだ。甘い汁だけを吸わせる気にはなれないからな」

それはオレ以外のクラスメイトにだって言えることだと思うが……。

第一、そのこととオレが手伝うことは無関係だ。

単なる八つ当たりにしか思えないが、ここでそんな反論をしたところで無駄だろう。

「まあ、どこまで役に立てるかはわかりませんけどそれなりにやってみます。多分」

逃げ道を残したこちらの言い分を南雲は見逃してくれない。

「この後、鈴音にはおまえが協力することも忘れず伝えておいてやる。サボるなよ？」

何食わぬ顔で帯同しないことも視野に入れていたが、先回りして潰されてしまった。

「分かりました手伝います、それで満足ですか？」

ここでやっと南雲が理解を示し、帰すことへの抵抗が消える。

「そうだ。最後にこれ、一応お土産です」

オレは幾つか余分に買っておいた北海道土産を取り出し、袋ごと南雲に手渡す。

「随分と妙なところで律義なんだな」

「仮にも生徒会長と会うわけですからね。手土産くらいはあった方がいいかなと」

この手の渡すタイミングが分からず最後になってしまったのは失敗だったが。

「私にはないのか？」

「鬼龍院先輩がここに来ることは想定になかったので。欲しいなら南雲生徒会長から分けてもらってください」

近い桐山に土産を渡し、南雲は何かを思い出したように呟く。

「修学旅行の後と言えば……そろそろ次の特別試験は発表された頃だな？」

鬼龍院との話し合いは気が乗らないのか、まだオレに話を振ってくる。

「ちょうど今日発表されました」

「修学旅行の後に特別試験が実施されるのは恒例らしいからな。となると対戦相手はＡクラスの坂柳とになるわけか」

「そこまで予測が立てられるんですね」

この南雲の口ぶりからして、毎年恒例かつ戦う組み合わせも上位同士、下位同士と決まっているのだろうか。

「去年は、南雲生徒会長と桐山副会長のクラスが戦ったんですかね」

「まあそうだな」

「結果はどうだったんですか」

「確か勝ったのはおまえのクラスだったな桐山」

「……ああ」

特に喜ぶこともなく、桐山が淡々と答えた。

同じBクラスである鬼龍院は特に思うことがないのか、この件は静かにスルーする。

「普通に考えてAクラスと戦って勝つのは厳しいが、意外とチャンスのある内容になってたんじゃないか？」

「考え方次第だとは思いますが、そうかも知れません」

「この時期に開催される特別試験は、全クラスを拮抗させるために下位に有利な特別試験になってるんじゃないかと思ってる。それもスタートが下位のクラスほど勝ちやすい仕組みってことだ」

確かに今回の特別試験、キーを握っているのは堀北クラスと龍園クラス。

どちらも元々下位のクラスだ。

つまり南雲も桐山たちBクラスの下剋上を許したことになる。

「南雲生徒会長ならどんな状況でも勝つと思ってましたよ」

「そう言うなよ。どこが勝とうが結果に影響がなきゃ、真剣にも取り組めないのさ」

南雲のクラスは既に独走態勢にあり、些細な勝利にこだわってはいなかったということか。

「堀北先輩の時代も定石通りスタートからAクラスが独走して勝ち逃げ。俺はBクラスだったが早い段階でAクラスに上がってからは独走。結果的にこの時期にA以下との差はひどいもんだった。だがおまえらは違う。Aは確かにリードしちゃいるが、これまでのように絶対的な安全圏にいるわけじゃないからな」

確かに今堀北クラスのモチベーションが高いのは、明白にAの背中が見えているからだ。もし仮にこの時期、この時点でAクラスとBクラスの差が１０００ポイント近ければどうだっただろうか。勝ったところで背中を捕まえることは出来ない。

「精々頑張るんだな」

「はい。また連絡します」

そう言って、オレはやっと生徒会室から帰ることを許されたので退室した。

「ふう……やっと解放された」

一之瀬(いちのせ)の辞退で生徒会選挙が流れ２０００万ポイントの件もなくなったが、それはそれで計画に支障が出るわけではないのでいいだろう。

そんな安堵(あんど)も束(つか)の間(ま)、少し離れた位置で見守っていた人物が近づいてくる。

「あなたはすぐ解放してもらえなかったのね」

「待ってたのか」

「色々と気になることも多い話し合いだったもの。何か命じられたの？」

「いや、これでお役御免だとさ」

「それにしては長い間話し込んでいたようだったけれど」

「修学旅行のお土産を渡したり、関係ないことをしてたんだよ」

手伝うように指示されたことは今は触れないでおく。

南雲から実際に堀北へと伝令が渡り、直接頼まれた時で良いだろうという逃げの考え。

「堀北にとっては生徒会長就任のための一仕事ってわけだな」

「まさか一之瀬さんが辞退、いえ生徒会を抜けるとは思ってもいなかったわ」

「同意見だ。生徒会長の座を賭けた勝負の勝敗は別として、最後まで生徒会には属していると考えていたからな」

自らの意思でその地位を手放すのは想定にはなかった。

あの修学旅行で見せた涙の理由の1つには、今回の件も絡んでいたのかも知れない。

「鬼龍院先輩は、結局残って南雲生徒会長たちと話し合いを続けるの？」

「のようだな。相当頭に来てたのはおまえにも分かっただろ」

「ええ。あの人のことは詳しく知らないけれど、敵に回すと厄介そうね。あの南雲生徒会長が手を焼いている印象を受けたもの」

生徒会のメンバーからすれば、普段は常に優位な位置にいる南雲しか見てないだろうからそんな印象を受けるのも無理はない。

「南雲生徒会長が同じ3年生に指示を出して鬼龍院先輩に万引きの罪を着せようとしたって話は、どこまで本当だと思う？」

「さあな。ただ少なくとも山中って生徒に罪を着せられそうになったことは事実だろう」

それに別の第三者が関係しているのかは不明瞭なまま。

「南雲にしろそうでないにしろ、鬼龍院を罠にかける理由も目的も見えてこない」

「彼女と揉めた腹いせの復讐——という線は？」

「もちろん可能性としてはある。不特定の誰かに嫌われてもおかしくない人だしな」

しかしこの件でオレたちが思考を巡らせることに意味はない。

「そんなことより、おまえは生徒会のことに集中した方がいいんじゃないか？」

「そうね。綾小路(あやのこうじ)くんが生徒会の役員になってくれると話が半分片付くのだけれど？　あなたなら間違いなく南雲生徒会長の望む条件をクリアしているでしょうし」

「それはどうかな。少なくともオレは南雲に好かれてはいない」

「好き嫌いの問題ではないわ」

「そうでもない。南雲にしてみれば不快なはずだ、きっとそうに違いない」

「それ、単にあなたが生徒会に入りたくないだけね」

「そういうことだ」

生徒会に入ると自由な時間はかなり減ってしまう。それは避けたいところだ。

「なら、せめて人材探しだけは協力してもらえるわよね。元々、あなたは私を生徒会に引き込んだ責任があるんだもの、断ってきたりしないと信じているけれど」

逃げ道を塞ぐように、口早にそう言い切る。

「いや、オレはそういうのはちょっとな。悪いがパスだ。生徒会のことは生徒会に携わっているおまえが解決するものだしな」

非協力的なオレには慣れたものなのか、ため息をついていったん引き下がる堀北。

「私としては、やっぱり同じクラスメイトから引き入れたい。生徒会長自身が言っていたことだけれど生徒会に入るのはクラスにとってプラスに働くもの」

「こういう時、洋介だったら大半のことに喜んで協力してくれそうなんだけどな」

「そうね。でも彼から部活を取り上げるのは流石にね」

生徒会と部活の掛け持ちは出来ない上に、洋介はサッカー部でも一定の成果を残している。わざわざ生徒会に引き抜いても得られるメリットの方が少ないだろう。

「オレは帰るぞ」

この場から逃げ出そうとしたが、その前に堀北は回り込み道を塞ぐ。

「生徒会のことはとりあえずいいわ。綾小路くん、特別試験のことなのだけれど――」

「悪いがそっちも率先してオレにしてやれることはない」

「生徒会の件は生徒会が解決すること、あなたの言い分よね。でも特別試験はクラスの問題よ。クラスメイトならここは協力して然るべきじゃない？」

「頼るべき仲間は他にもいるだろ。クラスメイトは40人近くいるんだ」

何もピンポイントでオレに頼ってくる必要はない。

「全く。結局何も手伝う気がないのね」

「オレが協力しても状況が激変するわけじゃない」

「謙遜が過ぎるんじゃない？　あなたが手を貸してくれるのなら心強い。敵はあの坂柳さんだもの。あなたが戦略を練る段階から知恵を貸してくれれば、体育祭のように出し抜ける確率が上がるもの」

もし負けた時、Ａクラスとの差は１００ポイント広がってしまうため、負けられない。

だが負けたとしても挽回が利く範囲でもある。

「こっちからアドバイスを送ることは何もない。ただ、オレはクラスメイトとしておまえの指示には従う。高難度の問題に正解しろと命じられれば、それには従おう」

事前段階での戦略には手を貸さないが、試験には協力することを伝える。

「……科目や難易度に関係なく、どんな問題でも解いてくれるってこと？」

「そうだ。オレの学力はＯＡＡ上では12月時点でＢランク。高得点とはいかないがクリアに必要な下限の2問だろうと上限の5問であろうと望むなら確実に正解する」

これは堀北にとっては重要な得点になるだろう。その部分だけは保証をしておく。

「一個人としては頼りにして構わない。でもその前段階では手を貸せない、ってことね」

「そういうことだ」

「あなたが間違う可能性は？」

「限りなく0に近い」

基本教科に関係のない、雑学でも出されない限り問題は発生しない。

「言うわね。あなたが突き抜けて得意なのは数学だけだと聞いていたけれど？」

「覚えてないな」

全く。そんな呟きをした後、提案を受け入れるように頷き返してきた。

「それで手を打つわ。学力Ｂの生徒が高難度でも確実に5問正解してくれる、そんな計算が成り立つだけでも負担は間違いなく減るもの」

これはリーダーとして堀北が立ち回っていく上で、重要な経験の1つになる。

勝ち負け以上に大切なことを、この特別試験で学んでもらいたいところだ。

「一応同情はする。大変なタイミングで生徒会長を任されたな」

出来れば忙しくない時期に済ませたかった問題だろう。

「仕方ないわ。生徒会に入ると決めた以上、こういったことはついて回ることだもの」

元を正せばオレが（オレではないが）生徒会に導いたようなものだからな。

多少気に掛ける部分もあったが、隣を歩く堀北は比較的前向きな様子。

「悪い方向に考えても仕方ない。ここは前向きに、良い方向で捉えるわ。生徒会長になれば今よりも学校からの評価は上がるでしょうし、ある程度権限も与えられる。職権乱用ではないけれど、それに近いグレーなことまではさせてもらうつもり」

Aクラスに上がるためには、ある程度手段を選ばないという決意。

それでいい。堀北の場合はもっと貪欲になるくらいで丁度いいかもな。

「あなたも手伝ってくれていいのよ？　新しい生徒会の人選」

「何度も繰り返すなよ」

「もう忘れているかと思って」

「ずっと遠慮しておく」

南雲には手伝うように言われた、その事実を知る前に決めてくれることを願おう。

3

自分で蒔いた種でもあるとはいえ、半ば関係の無いことに巻き込まれてしまった。

どうせなら、生徒会選挙でもなんでもやって南雲との関係値の清算をしてしまいたいところだったが、一之瀬の辞退は誰にも予測できなかったことのため仕方が無いか。

オレは寮で待たせている彼女に報告をするため電話をかけることにした。

『まだ帰ってこないの!?』

通話が始まるや否や、開口一番に恵のそんな不満そうな声が発せられた。

「今生徒会室を出たところだ。あと15分程で帰る」

それでも怒られるかと思ったが、時間がハッキリしたことの嬉しさが勝ったようだ。

『はぁい。ちゃんと催促せずに待ってたけど、あたし偉い？』

急に柔らかい口調に変わってそう聞いてきた。

「偉い偉い」

恵のような女子は携帯を上手く使いこなす。

だから、数秒置きにズバズバメッセージを送ることもお手の物だろうしな。

『えへへへ』

褒めるほどのことでもないのだが、オレの偉いに対して嬉しそうにする。

『じゃ、待ってるから』

そんなやり取りを短く終えて、携帯をポケットへと片付ける。

恋愛フェーズは進み、会話の長い応酬がなくとも関係が構築されたことを実感する。

家族だけが僅かな違いを察するのは、何も頭が賢く鋭いからじゃない。

長い期間共に過ごすことでしか得られない変化に気付けるということ。

頭で考え相手の思考を読むのではなく、肌と肌で感じあうもの。

一瞬の険悪さを一瞬の柔和に変えることも出来る。

コインの表と裏。

それは、今言ったこと以外の様々なことにも当てはまることだろう。

教科書の残りページは刻一刻と減っている。

だが、教科書は終盤になるほど難解になり冒頭よりも時間がかかるもの。

さて——次の課題は——。

○新たな生徒会メンバー

　２学期最後の特別試験を控えた中、堀北には目下解決しなければならない課題がある。それは引退する南雲生徒会長からその役職を引き継ぐための作業。新たな生徒会長に任命された翌日の放課後に、早速行動を起こすことを決めたようだ。案の定呼び出されてしまったオレは、教室から出た廊下で堀北の到着を待つ。声をかけてきた当人は、今クラスで集まった生徒たちとちょっとした打ち合せ中だ。生徒会も片づけなければならない問題だが、今は新たな特別試験への対策を怠るわけにもいかないからな。

　黙って帰ったら、後で倍返しは覚悟しなければならないだろう。それは遠慮したい。そんなことを考えながら10分ほど経ち、特に謝罪を口にすることもなく姿を見せた。

「じゃあ、早速場所を変えましょうか」

「作戦会議の方はもういいのか？」

「昨日のうちに、平田くんたちとしっかり話し合いはしておいたから。今日は経過報告を聞いていただけ。幸いなことにクラスメイトの大半はやる気に満ちてるわ。嫌いな勉強に対しても前向きでいてくれてる。成績が一番下だった須藤くんが台頭したこと、佐倉さんが退学したことでの精神的なプレッシャー、射程圏内に入ったAクラスとのポイント差と直接対決。全てが良い方向へと作用してくれている証拠よ」

佐倉愛里の名前を出した瞬間、堀北はこちらを窺うような素振りを一瞬だけ見せた。

「まだ気にしてるのか」

「気に……しないで済むほど私は無神経じゃないわ。事実の話だとしてもね」

「それは感心しないな。おまえは堂々としていればいい」

時間が経てば堀北の中でもっと消化が進んでいくはずだ。

オレが歩き出すと、堀北はやや慌てた様子で追いかけてきた。

「あなたが前向きに協力してくれると南雲先輩から聞いて、正直心強い気持ちよ」

「良いところだけを聞かされたみたいだな。オレ個人的には全く乗り気じゃないことだけは理解して知っておいてもらいたいところだ」

やる気の問題で勘違い、すれ違いが起きていると後で大変だからな。

まあ、こんなことをわざわざ言わなくても、目の前の生徒はよく理解しているが。

「でしょうね。手伝うように言われたことも黙っていたようだし。このまま私が声をかけなければ知らぬ存ぜぬを通すつもりだったんでしょう?」

分かっていてわざと煽るようなことを言ってきたらしい。

「オレのことを思うなら、見逃してくれても良かったんだぞ」

「嫌よ」

即答され、逃げ道を模索しようとするオレの目論みはご破算になる。最近は随分とオレに対する対応も良い意味で、いや悪い意味でも雑さに磨きがかかってきた。

「でも安心して。何日もずるずる時間をかけて生徒会のメンバーを集めるつもりはない。昨日のうちに何人か候補をピックアップしているから今日で決めたいところ。生徒会も大切だけれど、それ以上に今は集中したい特別試験が控えているもの」

短期決戦で決める意志はあるようなので、それだけは一安心だ。

「2年生から1人と1年生から1人だったな」

「ええ。それから改めて会った時にもう少し具体的な希望も受けたわ。OAAで学力がB以上の生徒であること、それが最低条件だって」

「学力縛りか。まあ生徒会に入るのならそれくらいの条件はあっても不思議じゃないな」

社会貢献性の方は重視していないようなので、幅広い選考が可能だろう。

「そう言えばどこかの誰かさんも学力がBに向上していたわね。どこの誰だったかしら」

「突然腹が痛くなってきた。帰ろうかな」

「冗談も通じないの？」

「おまえは本気で言ってくるから困るんだ」

「今から一之瀬さんの抜けた2年生の穴を埋めるつもり。あなた以外でね」

「それは当然だ。それで候補は決めてるってことだったな」

「ええ。生徒会の役員になるための必須条件は、部活動に所属していないことだけ。学力B以上なら、後は生徒会長になる人間が自己の判断と裁量で決められるもの」

基準を越えていれば堀北がどんな能力の持ち主を求めるかは自由ってわけだ。

「学力B以上だからって誰でもいいわけじゃない。生徒会を運営していく以上、様々な能力に長けている方が運営していく上でも円滑になるもの」

適当に寄せ集めたやる気のないメンバーでは、確かに生徒会としての活動そのものが危ぶまれてしまうだろうな。

「私はこれでも強かにやるつもり。生徒会に属するだけで、少なからず加点が得られる以上Aクラスのような強いライバルクラスからは引き入れたくないわね」

どんなに小さなアドバンテージだとしても、守りたいラインらしい。

「なら――理想は自分たちのクラスに在籍している生徒ってことか」

「そういうこと。同じクラスからの選任に下心が見え隠れしても、規律には反しない」

先ほどから歩き出さず、ここで待機している理由にも答えが見えそうだ。

「私に話って何かな？　堀北さん」

教室から1人出てきたクラスメイト、櫛田が声をかけてきた。

一瞬だけオレに目で『どう？』と合図を送ってきた堀北。

確かに櫛田はそのビジュアルも含め対外的な評価は非常に高い生徒だ。学力も確かにB以上で、生徒会のメンバーと比べても遜色ないであろうスペックをしている。

だがあくまでそれらは外部から見た時の話。特に堀北と櫛田は水と油だ。

「実は、櫛田さんに1つお願いがあるの」

鍋に張られた油に、大量の水を注ぎこんでいく危険な行為。

「まだオフレコだけれど一之瀬さんが生徒会から抜けることが決まったの」

「え？　そうなんだ。何か問題があったってこと？」

「あくまでも個人的な理由よ」

まだ事態の把握に至っていない櫛田だが、油には熱が加えられ始めている。

しかしまだ高温には至っていない。

「ただ生徒会のメンバーが減ったことで欠員が出たから、出来ればあなたにその抜けた穴を埋めてもらえないかと思っているの」

決め手となるその一言で伝わっただろう。

温度が上がっていく油がバチバチと音を立て水を弾きだした。

「南雲生徒会長って、まだ生徒会長を続けるんだっけ？」

「いいえ、2年生で残った生徒会メンバーは私だけ。自動的に繰り上げが決まったの」

「つまり……堀北さんが生徒会長になるってことだね」

「この後トラブルが起こらなければ、その予定よ」

いきなり飛び出した生徒会長話に櫛田は多少驚いたようだが、肝心なのはそこではないだろう。元々一之瀬か堀北のどちらかが生徒会長になるのは既定路線だ。

「だから私が直々にメンバーを選定することにしたの。一応最低限生徒会役員になるための能力は求められているのだけれど、あなたなら問題なくクリアしているわ」

既に鍋の周辺には火傷を心配するほどの水と油が大量に弾け飛び始めている。

このまま傍にいると火傷は免れないだろう。

「で、もし生徒会に入ったら……私は堀北さんの書記とかをするの？」

その点が何よりも気になったようで、櫛田が質問を飛ばす。

「まだ役職は決めていないけれど、そうなるわね」

「あははは、面白い冗談だね」

声と顔は笑っているが、オレたちにはハッキリと分かる。

誰がおまえの下で働くかバカ、という気配を強く感じることが出来ているからだ。

「意欲次第では、即副会長の選任もあるわよ」

「えぇっと、そういう問題じゃないのはわかるよね？」

引き受けるはずもない話を持ってくるな、時間の無駄だと言わんばかりの威圧。

これを素の笑顔を向けながら発せられるのだから大したものだ。

「私なんかに生徒会は務まらないんじゃないかなぁ」

生徒たちの行き交う廊下のため、あくまでも断る理由は自らの能力不足を前面に押し出して来る。

「そんなことないわ。ＯＡＡでも高い評価を持っているし、同級生、後輩の大勢からも慕われている。来年入学してくる1年生とも、あなたならすぐに打ち解けられる。そんな能力を買ってのスカウトよ」

櫛田を顎で使うためではなく、あくまでも純粋な気持ちであることを強調する。

しかし櫛田にしてみればそんなことは大した違いじゃないだろう。

堀北の下で働く、この構図を受け入れられるはずがない。

「気持ちは嬉しいんだけど、やっぱり難しいかなぁ。生徒会の経験はないし……」

ここまで粘り続けている堀北だが、やはり簡単にはいかない。

特に堀北の下で働くという図式が櫛田には受け入れがたい事実だ。

「あなたが加入してくれるだけで、クラスは僅かにでもアドバンテージを得られる。生徒会を務める生徒がいるという加点は、Aクラスを目指す上で武器になってくるはずよ」

「うん。言いたいことは分かるんだけど……やっぱり無理だよ。ごめんね」

あえて堀北が、帰り際を狙ったのは猫を被った櫛田でいさせるためだろう。

もしここが誰もいない、寮の一室などであれば一刀両断で断っているはず。

「お願い櫛田さん。あなたの力が必要なの」

一際力を込めた発言をして、堀北は櫛田の手を取りそう訴えかけた。

すれ違っていく生徒も何事かと軽い視線を向けていく。

「………………」

驚いたフリ、困惑したフリを続けている櫛田。

助けてくれと望む堀北に対し、無下に拒絶できないのが表櫛田の辛いところか。

と、ここでオレは一瞬視線を先の方へと向ける。

「どうしたの？」

「いや、何でもない」

こちらの反応に気付いた隣の堀北が気にしたようで聞いてくるが、今関係の無いことを言って話の腰を折りたくはない。

少しだけ妙な間が出来てしまったが、堀北は沈黙する櫛田へと言葉を続ける。

「私のために働いてくれと言っているわけじゃないわ。Ａクラスに上がる手助けをしてほしいだけなの」

「だけど……それは私以外の人でもいいと思うの。自信ないよ」

「櫛田さんが引き受けてくれることで一番多くの恩恵を得ることが出来るのよ」

やりたくない堀北運営の生徒会。それを引き受ければ櫛田が一番得をする。

「ん？　それは、どういうことかな？」

普通に櫛田が理解できず聞き返すのも無理のない話だ。

「そんなの決まってますよねぇ。櫛田先輩が生徒会に入ることで、櫛田先輩のことが大っ嫌いな人がいたとしても、迂闊には手を出せなくなりますも〰ん」

解答したのは櫛田本人でも堀北でもなく、第三者の女子生徒天沢一夏。

先ほどから密かに距離を詰めて来ていたが突然絡んでくるとは思わなかった。

「……どうして2年生のところに天沢さんがいるのかな？」

突如現れた天敵？に更に追い込まれていく櫛田。

「あたしが先輩たちのところに来たっていいじゃないですかぁ」

「今、ちょっと立て込んでいるところなの。誰に用事かしら？」

「別に特定の誰かってわけじゃなかったんですけどぉ。強いて言うなら櫛田先輩かなぁ」

「私？　そ、そうなんだ。一体どんな用事かな」

　明らかに青筋立てて怒っているであろうことが分かる。

「えー？　なんだろー？　あたしってどんな用事があると思いますぅ？」

「それは、私にはわからないなぁ。天沢さんの考えてることはさっぱりだから」

　どう見ても櫛田は嫌がっているのだが、それはオレがフィルターを通して見ているからだろうか。それとも堀北にも同じように見えているだろうか。

「今ちょっと堀北さんたちと大事な話してるからあとでお願いできるかな」

「ヤダでーす。あたしと2人きりになったら、櫛田先輩きっと怖いもーん」

　明らかに天沢は櫛田のことを考えもせず明け透けにそう言い放つ。

　堀北もこの2人の様子を見れば、その裏側まで把握されていることを十分理解しただろう。もちろん既に知っていた可能性もあるわけだが。

　しかしわざわざ櫛田に会いに来た？　オレは目で牽制（けんせい）するように天沢を見る。

「嘘（うそ）、嘘ですって先輩。本当は綾小路（あやのこうじ）先輩に会いに来たんだから。そしたら堀北先輩と櫛田先輩を入れて話してるでしょ？　だからこっそり聞き耳立てちゃってたんです」

　悪びれることもなく、話を聞いていたことを白状する。

「この話、どこから聞いてたのかな」

「どこからって、ホントちょっと前ですよ。堀北先輩が『私のために働いてくれと言っているわけじゃない〜』って辺りから。ホントにホントですよ？」

　正直に話している天沢ではあったが櫛田と堀北から信頼を得ていないためか、明らかに疑われている。

「本当だ。それ以上でもそれ以下でもない。天沢が近づいてくるのを見ていたからな」

だからこそ、この場は天沢が本当のことを言っていると保証をしておくことに。

「なるほど。あなたが一瞬よそ見をしたのはそういうことだったのね」

「そういうことです。ね？　あたしってホントのことしか言わないでしょ？」

「櫛田さんに会いに来たって嘘をついたのはどこに行ったのかしら？　いいえ、そもそも綾小路くんに会いに来たことが本当かどうかも分からないわよね」

　1つを疑いだすと他も怪しく見えてくるもの。

「まあまあ、細かいことはいいじゃないですか。それより勧誘続けてください」

どうぞどうぞと、これ以上は邪魔しないことをアピールして一歩下がる。

「……そうね。天沢さんのことはいったんおいておいて、返事を貰えないかしら」

ここは悪い状況を好転させるため、天沢を残し説得を続ける方針に切り替えた。

「返事はさっきからしてると思うんだ。引き受けられないって」

「どうしても？」

「ごめんね、期待には応えてあげられないよ。私なんかに生徒会は――――」

「そんなこと言わず生徒会に入ってあげたらいいじゃないですか」

邪魔しないと言った傍から、10秒も経たず約束を破った天沢が口を開いた。

それどころか直接の反撃が出来ないことを確信しているため、天沢は櫛田の真後ろで調子に乗っている。櫛田に触れてべたべたと絡みつく。

挙句の果てには人差し指で頬をツンツンとしながら遊び始める。

「櫛田先輩ってそこそこ美人だし、そこそこ体形もいいし。そこそこ賢いじゃない？」

小悪魔の囁きを繰り返しながら説得……いや煽り続けている。

ただどれも素直に褒めるような表現じゃないな。

「あの、さ。話し続けるなら場所、をね、変えてくれない？」

拒否し続けるにしても、櫛田としては大衆の面前でストレスフルなようだ。

これ以上は会話を続けることも難しいと感じての提案だろう。

本来なら会話を打ち切って逃げても良いのだろうが、表の櫛田はそれが許されない。

「綾小路くん、しばらく天沢さんと話でもしてたら？」

「え～？　あたしを除け者にしようなんて冷たい先輩過ぎません？」

「だから綾小路くんを貸してあげようとしているんじゃない」

1人で追い返そうとしないだけ感謝してもらいたいものだと、堀北は腕を組む。

「今は綾小路先輩だけじゃなくて、櫛田先輩や堀北先輩とも一緒にいたいんですよね」

単純に面白いからという理由だけなのは間違いないだろう。

「それに無理やり追い返されちゃったら色々良くない秘密とか喋っちゃうかも」

本当か嘘か分からない脅しを交えることで、強制的な排除は望めなくなる。

「……仕方ないわね。櫛田さんの希望通り場所だけでも変えましょうか」

大勢を武器に囲い込もうとした堀北ではあったが、容赦ない言動を浴びせる天沢を前にすると、事態は悪化の一途を辿るだけだ。

このままでは良い返答を得ることは出来ないと判断し場所を変えることにしたようだ。

1

堀北は櫛田を連れて階段を上がり、この時間は誰もいないであろう特別棟へ移動。

「とりあえずこの辺りなら人目に付かないはずよ」

ここならいいでしょう？　と櫛田に了解を取ろうとする。

「まあ、ね」

本当はついてくることすら嫌だっただろう、櫛田が深く重い息を吐く。

「無難な場所ですねー。誰か近づいてくるようならすぐにわかるだろうし、うんうん」

「あなたは本当にどこまでも付いてくるのね天沢さん」

「だって続き気になるじゃないですか。櫛田先輩が生徒会に入るかどうか」

その結末を知るまでは帰る気はないのだろう。

「あ～ウザ。堀北もウザいけど今のあんたはその3倍ウザ」

人目が消え表の状態でいる必要性がなくなった櫛田は我慢ならないようで、裏の素顔が前触れなく出現した。

「あなたも心底嫌われたものね天沢さん」

一番嫌われている自覚のあった堀北のその3倍と言わしめるのは相当だからな。

冷たい瞳を遠慮なく向けられ、天沢は今日一番の笑みを浮かべる。

「あはっ、その顔見るのがたまらなく好きなんですよねぇ」

臆するどころか、やっとお楽しみの時間だとばかりに天沢が手を合わせて喜ぶ。

「良かったですねぇ。本当の自分を曝け出せる相手が増えて。綾小路先輩と堀北先輩が味方についたら、もうあたしなんて怖くないですか？」

「こっちの精神状態を弄ぶつもりか何か知らないけど、無駄なことやめたら？」

「やめませぇん。何なら、また櫛田先輩困らせてあげちゃおうかな」

学校に残る決断をした天沢だが、櫛田をからかうことに喜びと楽しみを感じるつもりなのだろうか。2年生の下を訪ねたのも、やはり本当は櫛田が狙いだったか？

「あんた自分は絶対退学しないと思い込んでるタイプ？」

「えぇ？　あたしを退学させられる人なんているんですか？　いたら見てみたいなぁ」

「いい加減ストップしなさい。特に天沢さん、あなたのからかいが過ぎるわ」

確かに今日の天沢はやけに嫌な部分を前面に押し出して櫛田に交戦を仕掛けるな。オレも生徒会メンバーの選定に長く付き合わされるのは避けたい。

「これ以上は堀北にも支障が出る。やめてやってくれ」

乗っかる形で天沢を軽く注意すると……。

「──はぁい。綾小路先輩がそう言うなら、良い子になるね」

と、これ以上は本当に櫛田をからかう行為はしないと両手をあげて告げる。

「櫛田さん。彼女のことはおいておいて……改めて生徒会に入ってもらえないかしら」

「嫌」

「どうしても？」

「どうしても嫌。帰っていい？」

この場から切り上げようとする櫛田を見て、オレは少しだけ動くことにした。

「堀北。櫛田にはもっと分かりやすい提示をしてやった方がいいんじゃないか？」

「……分かりやすい提示？」

「生徒会に入ることで櫛田が利を得られるのは確かだろう。だが、それは同時に同じだけの恩恵を堀北も受ける。誘われる側にしてみれば多少不満が出るのも仕方がない。櫛田もそう思うだろ？」

「まあ、ね……」

こちらを見た櫛田は睨みつつも、どこか歯切れ悪く視線を逃がした。

「タダでお願いしようっていうのが甘いんじゃないの」

こちらの誘導に乗っかるように櫛田は堀北に対してそう言葉を投げる。

「なら条件次第では考えてくれるのかしら？　前のように退学の希望はお断りよ」

櫛田としてはそれも有りなんだろうが、もちろん現実的とは言えない。

一体どんな条件ならば、櫛田は生徒会に入ると言うのだろうか。

「あんたがどうしても私の力を借りたいって言うなら土下座して頼んでみてよ」

「……土下座？」

「そう。お願いします櫛田さんって態度で示してくれたら検討してあげ、ううん、生徒会に入ってあげる」

曖昧な返答で逃げるわけではなく、生徒会に入ると確約する櫛田。

もちろん、それはこんなところで堀北が土下座するわけないと確信しての発言だ。

堀北も櫛田程じゃないがプライドは高い。

クラスのためとはいっても、この状況で土下座をすることはないだろう。

「そう。土下座、それがあなたの条件ね。理解したわ」

そう呟くと、堀北は冷たい廊下の床に正座するように座り込んだ。

「は？　ちょっと嘘でしょ？」

「土下座をすれば、あなたは生徒会に入る。今約束したわよね？　綾小路くんも天沢さんも証人として聞いている。取り消すなら今しかないわよ？」

　本当に土下座をしてでも引き入れる。

　そんな気配が堀北から漂っており、優位なはずの櫛田が言葉を詰まらせた。

「……ハッタリでしょ。あんたが私なんかに土下座するはずがない」

「そう思うのも分からなくはないけれど、私はあなたが思うほど櫛田さんを嫌っていないもの。クラスにとって土下座一つでプラスになるのなら、十分価値があるわ」

　低い位置から鋭い目を向け、堀北はそう真面目に答える。

　邪魔しないと宣言した天沢は静かにその状況を見て、楽しんでいるようだ。

「いいや、あんたは土下座なんて出来ない。出来っこない」

　読み合いの中で、迷いつつも櫛田が出した結論は『出来ない』だった。

「そう……なら土下座をして生徒会に入ってもらうだけね」

　そう言い、堀北は両手を廊下に付けるようにゆっくりと伸ばし始めた。

　だが、触れる前にその動きが止まる。

　そして何秒経過してもその先へ移行することはない。

「ほらどうしたの堀北さん。土下座するんじゃなかったの？」

　屈辱に耐えきれず動きを止めたと思った櫛田が、嬉しそうに声をかける。

「1つだけ先にいいかしら。こんなつまらない形の土下座で、あなたは満足なの？」

「はあ？」

「ここで頭を下げただけであなたは私の下で働くことになる。どう考えても得をするのは私の方であって、あなたじゃないわ」

この場ではひれ伏す堀北を、一瞬だけ目に焼き付けることが出来る。

だが、それは同時に櫛田の上で指揮を執り生徒会を運営する堀北を支えるという対価を支払うことになる。それは安い交換とは言えないだろう。

「あなたが私を嫌いなのは分かる。土下座させたい気持ちも汲める。でも、それなら強制的に土下座させるような展開じゃなく、私自ら頭を下げるような状況にもっていってこそ本当の愉悦と快楽を得ることが出来るんじゃないかしら。違う？」

これは堀北の仕掛ける駆け引きだ。

堀北は、間違いなく櫛田相手に土下座なんてしたくないと思っている。

つまり櫛田の読みは当たっているということだ。しかし堀北は絶妙な雰囲気を出しており、この場で土下座することに抵抗が無いようにも見える。

「分からないなぁ。土下座が平気ならさっさとすればいいでしょ。愉悦とか快楽とか放っておいて、さっさと頭下げて私を引き入れたらいいじゃない」

一方の櫛田も簡単には納得しない。そもそも交換条件がなければ生徒会入りしないのだからその点を追及してくるのも当然のことだ。

「もし土下座することに抵抗があるとしたら、それは櫛田さんが後悔することが確定しているからね。この場で私が頭を下げたら嫌々でもあなたは生徒会に入る。そんな低いモチベーションで役員になられても困るのよ」

生徒会に入るからには、櫛田桔梗の能力をフルで活用したいと考えている。

つまり自ら入りたいと思う生徒会でなければ、それは実現できないってわけか。

「私と距離を置く私生活じゃ土下座を誘発させることは難しい。でも生徒会に入れば嫌でも私と接する時間が増えるし、あなたの有能さを発揮する場面が増える。そうなった時私はあなたを頼りたいと思う機会が出来るはずよ。そうなれば、こちらから頭を下げてお願いすることは一度や二度じゃないかも知れない」

櫛田から頭を下げさせるのではなく、堀北自ら頭を下げる状況を作り出してみせろ。

そんな挑発とも言える発言は思いの他櫛田に刺さっているようだった。

「私があんたの下で働くことに変わりはないでしょ」

「生徒会長とその下とあなたは考えているようだけれど、それは間違いよ。役職が違うだけで本当の立場を決めるのは人と人。副会長が生徒会長より強い実権と発言力を持つ関係に構築すれば良いだけのことでしょう？」

外堀を埋め、櫛田を堀北は低い位置から追い込んでいく。

「新加入でいきなり副会長。そして生徒会長の私を手玉に取れる実力者。あなたの承認欲求を満たす上ではこの上ないブランドじゃないかしら」

既に櫛田の解剖が完了しているため、何を求めていて何を欲しているか分かっている。

そういう観点からも櫛田は生徒会に向いている人間であることが改めてよくわかる。

「なんか気に入らない」

「今は気に入らなくてもいいじゃない。それは些細なことよ」

櫛田は険しい顔をしたまま、いつでも頭を下げる準備をしている堀北から視線を逸らして背を向けた。

「生徒会に入れば私の立場は強くなる。それは悪い話じゃない」

「ええ、その通りよ。交換条件を突きつけるなんて面白い話じゃないもの」

「口車に乗るのは癪だけど、あんたが私を利用するように私もあんたを利用する」

「そう———」

フッと薄く笑った堀北が伸ばしかけた手を引っ込めようとするが———。

「でもさぁ堀北さん。私、やっぱりここでも土下座するあなたの姿が見たいな」

そう言って振り返った櫛田は渾身の笑みをもってそう答えた。

「……それじゃ、本当の意味の土下座は引き出せないわよ？」

「大丈夫。それはまた別の機会で達成してみせるから。今日は今日で土下座してよ」

ここまで見事に堀北ペースで運んでいたが、最後の最後で計算が狂う。

前向きになった櫛田は、より性根の悪い性格を露呈させ強気に好転させてきた。

「どうする？　やめる？　なら私生徒会入らない」

優勢と見るや一気に櫛田が畳みかけて行く。

元々相反する櫛田をタダで生徒会に入れようとするのが堀北に不利な状況だ。

ここで土下座を回避すれば櫛田はメリットを捨てるかも知れない。

そう思わされた時点で勝負はあったのかも知れないな。

「……綾小路くん。それから天沢さん」

「なんですぅ？」

「悪いけれど、ちょっと席を外してもらえるかしら？」

明らかに不機嫌になった堀北が、そう言ってオレたちに視界から消えるよう命じる。

土下座などという屈辱を複数人に見せるなど出来ないということだ。

オレは見たがる天沢の腕を無理やり引いて、この場から離れる。

自らの意思で生徒会に入れさせる、その目的は見事に達成した堀北。

しかし代償を払うことになったな。

2

「あ～あたしも見たかったなぁ、堀北先輩が櫛田先輩に頭を下げるところ」

「口に出して言わないで。私の致命的なしくじりよ」

頭を抱え、堀北は数分前の出来事を思い出して怒りに震える。

「自分から言い出したこととは言え、櫛田には上手く利用されてしまったな」

「甘く見てたわ、彼女の承認欲求を」

帰り際の櫛田が物凄く幸せそうな顔をしていたのを、オレと天沢は見せつけられた。

「土下座込みの無理やりな勧誘だったな」

「……それでも最終的に櫛田さんはイエスと答えた、それは彼女が決めた決断よ。それに本当に嫌なら嫌と言えるだけの自分を持っている。それはあなたもわかるでしょう？」

「そこまで見越してたのは見事だったけどな」

誰にでも分け隔てなく笑顔を振りまく表の顔はそうじゃないが、裏の顔は堀北の言うように、櫛田は自分の芯というものをしっかり持っている。

あの状況は櫛田にとってまさに裏を出せる状況であり、遠慮をする必要は全くない場面だった。土下座を見た上で拒否もできた櫛田が首を最終的に縦へと振ったのは生徒会に入るメリットが実際あったからに他ならない。

「私の下で働くことは心底嫌なのはわかっているけれど、重要なのはそこじゃない。生徒会に入ることで彼女の求心力は間違いなく上昇する。一度はクラスの隅に追いやられたけれど、復権するための大きな足掛かりになるはずよ」

「櫛田を使い倒すつもりだな」

「当たり前じゃない。彼女を残す選択をしたのは私。クラスの全員には、納得してもらうだけの成果を積み上げていくしかないもの。土下座までさせられたわけだしね」

やはり土下座は尾を引いているようだったが、これぱかりは自らの戦略に溺れた故のミスなので仕方がない。

あの場面でやっぱり土下座は無しと言えば櫛田は堀北について来なかっただろう。

「土下座以外のところで戦うべきだったな」

「もうそのことは言わないで。次回に活かすわ……」

ダメージは負ったがまずはその第一歩。誰にでも務まるわけじゃない生徒会役員。それに就任させることでクラスに必要な人材だと思わせ、さらに足切りの対象から遠ざけることも出来る。そんなことは、櫛田にとっても本来は重々承知のはず。

ただ、それを堀北に誘導されたことが気に入らないという子供の感情が邪魔していた。

「これで2年はおまえのクラスで生徒会を独占。確実なアドバンテージだな」

「南雲生徒会長が認めてくれればね」

「当人も言ってただろ。自クラスから誰かを連れてこようと自由だって」

「そうだけど、あれは間違いなく『そんな度胸があるならやってみろ』ってニュアンスも含んでいたわよ」

「だったら度胸を見せるだけだな」

「簡単に言ってくれるわね」

難しい顔をする堀北だが言っていることとやっていることは正反対だ。

僅かでもAクラスに近づくため迷わず、そして土下座をしてまで櫛田を仲間に引き入れたんだ。これを度胸と言わずして何という。

「櫛田に対してもほぼベストな勧誘方法だったと思う」

「あたしもそう思います。流石新しい生徒会長さんですよねぇ」

オーバーリアクションで関心を示し、後ろで頷く天沢。

「……あなたはまだ付いてくる気なの？　もう見世物は終わったわよ」

「いいじゃないですか。堀北先輩が1年生の誰を勧誘するのか興味あるしー。あたしと堀北先輩の仲じゃないですかぁ」

「私とあなたは、少なくとも気兼ねなく雑談するような関係ではないはずだけれど？」

「そう？　ちょこっと対立することはあったけど、特別試験の間だけじゃない。それが終われば先輩と後輩、仲良くやっていった方が良くないです？」

堀北は僅かに眉を寄せたが、無理やり追い払うことも出来ないためか諦める。

「いっそ天沢を生徒会に入れてみたらどうだ？　ＯＡＡの成績も申し分ない」

「ＯＡＡでは問題なくても、天沢さんは生徒会向きじゃないわ」

「え～？　勧誘くらいしてくれてもいいんじゃないです？　案外オッケーするかも」

「遠慮しておくわ」

堀北の作る生徒会の構想に、天沢は入らないらしい。

まあ、確かに真面目な対応が求められる生徒会には不向きではありそうだが。

「突っぱねるからには考えがあるのか？」

「何人か候補はいるけれど……彼はまだ校内に残っているかしら」

彼、という発言が飛び出したことから狙いの1年生は男子生徒のようだ。

1年生の校舎を見て回る堀北だったが、目的の人物を見つけられなかったようだ。

ＡクラスからＤクラスまで見渡した後にため息をつく。

「流石にもう帰ってしまったかも知れないわね」

櫛田、天沢とのやり取りに時間を割きすぎたと、少し愚痴をこぼす堀北。

だがすぐに諦めきれないのか、オレたちに一声かける。

「クラスメイトに直接聞いてくるわ。ここで待ってて」

そう言って1年Ａクラスの中に足を踏み入れた。

オレと天沢は顔を見合わせつつ、そんな堀北が戻ってくるのを待つことに。

「それで？　おまえの目的はオレなのか？」

「ん？　あぁ、あたしが2年生のところに来た理由ですか？　気になりますぅ？」

「帰ろうともせず、張り付いてるから気にならないことはないな」

「正直に言うと櫛田先輩の様子を見に来たんです。ほら、文化祭ではちょっと無理やり接触した経緯もあったし、どうなったかなって。それに拓也も迷惑かけちゃったから」

「それにしては随分と櫛田をからかってたように見えたけどな」

天沢は舌を小さく出して笑顔を作る。

「なんて言うかあたしくらいじゃないですか、露骨に櫛田先輩を弄れそうなの。精神的にどこまで強くなってるのかなっていう確認とかもしておきたかったので」

なるほど。やけに絡むし強気な発言をしているとは思っていたが計算してのことか。

「ホワイトルーム生が関与してくるのは櫛田にとって誤算が多かったと思うが、結果的には自分の殻を破るのに一役買った。まさに結果オーライだろうな」

そう言うと、天沢はちょっとだけ可愛らしく頬を緩めて笑う。

「あたしも少しくらいは役に立たないと」

「天沢が櫛田に会いに来たのは理由として納得できるが、今もついて回る理由の回答にはなってないな」

「単純な好奇心。綾小路先輩って堀北先輩を気にかけてるじゃないですか。生徒会長になるってことだし身近でその魅力みたいなものを見学させてもらおうと思って。真面目そうだけどちょっと抜けてて面白い存在ではありますよねぇ。少しだけ生徒会に入っても良いかなって本当に思っちゃった」

「だったら、もう少し真面目な応対をすれば良かったんだ。おまえが出来る人間だってことは堀北も勘づいてるわけで、絶対に採用しないこともなかっただろうに」

「あーいいんですいいんです。今更生徒会に入っても意味ないですし」

今更入っても意味がない？　2学期も終盤とは言えまだ天沢は1年生だ。八神が抜けたことで入れ替わり生徒会に入っても十分に勤め上げる期間はある。

そこでオレは修学旅行前に天沢と会った時の会話を思い返す。

「何をする気だった。いやまだその考えを捨ててないのか？」

こちらが含みを持たせた遠まわしな言い方をすると、天沢の目が鋭くなる。

「流石綾小路先輩。あたしの些細な言い回しで気づいちゃうんだから」

「迷惑をかける気が無いのも、特別待遇をするのもオレだけと言ってたからな」

八神退学の経緯と生徒会の関連を結び付けることは、そう難しいことじゃない。

「止めてほしいからサインを出したわけでもないよな。天沢はそういうキャラじゃない」

「正解です。どちらかというと綾小路先輩が肯定派か否定派か知りたかった感じ？」

「どうするのもおまえの自由だ。もっと言うなら前言を撤回してオレに対してその復讐心を向けてくるのだって自由だ」

「懐が深い、というより圧倒的な余裕が生み出す発言ですね」

しばらく1年生と話し込んでいた堀北が納得した顔で切り上げてくる。

「お待たせしたわね。移動しましょう」

そう言って歩き出した堀北の足取りは普段よりも少しだけ早い。

「本当はここで誰に会うつもりだったんだ？」

「あなたは知らないと思うわ。石上くんという生徒よ」

「石上？」

こちらが頭に思い浮かべたあの石上なのは、間違いないだろう。

1年生では他に同一の苗字を持つ生徒は在籍していない。

「へー、石上くんに目を付けるなんて堀北先輩やるじゃん」

同じ1年生、しかもクラスメイトでもある天沢は当然面識、認識があるのですぐにそんな反応を示す。

「優秀なのか？　クラスのリーダー的存在とか」

ここは何も知らないフリをして堀北と天沢に石上について聞いてみることに。

「リーダーとは違うみたいだけど、Ａクラスの参謀みたいな感じかも」

並の生徒と違い、天沢は態度に違和感を感じさせてはこない。

オレの正体を知る石上について事前に知っているのかいないのか、その辺を悟らせるようなことはしてきていない。

今更隠すようなことはないため何も知らないとも考えられるが決めつけは危険だ。

「堀北との接点は？」

堀北から石上の名前が出るのも想定外のためその理由を聞き返す。

「ちょっとしたことで顔見知りになったの。ＯＡＡを見る限り学力は申し分ないし、クラスメイトからはかなり信頼を寄せられているようだった。適任の１人だと思うわ。さっきまで教室にいたみたいで、今なら追い付けるかもと」

それで早歩きなんだな。このまま堀北について石上に会うのはどうなのかと一瞬考えなくもなかったが、あまり気にしても仕方がない。

互いに奇妙な接点を持っているが、双方どちらかが不意に接触を試みようとしたり、何らかの特別試験などで偶然一緒のグループに配属されることだって考えられる。

無理に避けようとする方が自然の摂理に反した行動だ。玄関まで続く廊下へと差し掛かったところで、小さな輪となり雑談している男子の一団を見つける。

堀北はその中に石上が交ざっていることにすぐ気が付き、距離を縮めた。

「石上くん」

名前を呼ばれ振り返った石上は、堀北とオレに対し静かな視線を向ける。

思ってもみなかった形での初対面だが、石上に動揺のようなものは一切見られない。

それどころか、オレの姿を視界にとらえていないかのような様子でもあった。

狭い学校の中だ、どこかで必ず出会うことは避けられなかったことを理解していれば、驚くべきことでもないのかも知れないが。他の1年生たちは天沢にこそ面識はあるが、2年生であるオレと堀北の存在にやや緊張しているような面持ちだった。

「何か用ですか」

「あなたにお願いがあって来たの。よければ生徒会に入ってもらえないかしら」

「………」

そんな頼み事に沈黙した石上は、友人たちへと一度向き直る。

「悪いが先に行っててくれ、すぐに追い付く」

この後も共に行動し遊ぶ予定などがあったのだろうか。

「悪いわね。そんなに時間を取らせるつもりはないけれど」

「構いません。ただ、どうして俺に？」

上級生に敬語を使う石上。オレと相対している時のようなため口を使う様子はない。

「私は1年生たちとの交流はほとんどない。その中で話したことがある数少ない1人よ。

それに在籍しているクラスはAクラスでOAAの学力も秀でている。誘いがかかったとしても不思議はないんじゃないかしら」

確かに開示されている能力面では問題は一切見られない。堀北の言うように生徒会から声がかかりやすい人材であることは間違いないだろう。

「今のところ部活にも所属はしていないようだし、どうかしら？」

「すみませんが、生徒会に興味はないので」

ノータイムで、迷わず石上は断ってきた。

「検討してもらうことも難しいということ？」

「部活をする気もなければ生徒会に入る気もないです。他を当たってください」

そう言って、石上は背を向け歩き出してしまった。

呼び止めようか一瞬堀北は迷ったようだったが、明らかに生徒会に対し興味がなさそうなところからも、無理強いは出来ないと判断したようだ。

「取り付く島もなかったな」

「良い人材だと思ったのだけれど、諦めるしかなさそうね」

「Aクラスには他にも優秀な生徒は多いし、適当に声をかけるだけでも可能性があるんじゃないか？」

「そう思いたいところだけれど……どうかしらね。意欲的な生徒は、去年の一之瀬さんや今年の八神くんのように早い段階で生徒会入りを希望したはずでしょう？　この時期までアクションを起こしてない以上、基本的には関わり合いたくないのよ」

確かに。興味のあることなら南雲政権下の段階で門を叩いているはず。

「となると――この後は？」

「残された狙いとしては1年Dクラスね」

「Dクラス？　それはまた意外なところを選ぶな」

生徒会としては有能かつ真面目な生徒の比率が高いAクラスやBクラスから選出するのが手堅いやり方だ。それをあえてDクラス狙いか。

「Cクラスとの差は200ポイントほどでまだチャンスはある。Dクラスにしてみれば生徒会役員の誕生は追い風になるはず。そう前向きに捉える生徒がいても不思議じゃない。その利点に気付かせてあげればいいのよ」

「宝泉くんとか誘ってみたらどうです？　面白いことになるかもー」

生徒会に波乱を巻き起こしたいのか、天沢はとんでもない人物を推薦する。

「彼がやりたがるとは思えないわね。それに、もし希望してきたとしても今の彼の粗暴さでは受け入れるわけにはいかないわ。今後半年1年と、ちゃんと成果を積んでもらわないと」

最低条件を満たしていないと判断し、その遊びめいた提案を否定する。

Dクラスに戻ってきた堀北は教室に残っている生徒を見回す。

すると1人の生徒が、すぐにこちらに気付き椅子から立ち上がると近づいてきた。

「お疲れ様です堀北先輩、綾小路先輩。それから天沢さんも」

素行の悪い生徒が多い1年Dクラスには似つかわしくない、七瀬翼だ。

「やっほぅ」

「天沢さんもいらっしゃるとは、ちょっと意外な組み合わせですね」

警戒心とまではいかないが、七瀬はそう言ってオレと天沢を一度交互に見た。

「流石に殆どの生徒が帰った後みたいね」

「今日は特に少ないかも知れません。いつもはもう少し残ってるんですけど」

「そうなの？」

「はい。クラスメイトに誕生日の人がいまして、そのお祝いをケヤキモールでするんです。私もこの後呼ばれていまして……って、どうして1年生のところに？」

その疑問はぶつけられて当然だな。

「八神拓也くんが退学したことで生徒会に空きが出来たの。欠員の補充のためよ」

「生徒会のメンバー募集、ですか」

「今度私が生徒会長に就任することが決まって、その最初の仕事よ」

感心したように頷いた七瀬が、自分でDクラスを見渡した。

「Dクラスからでも立候補できるんですか？」

「もちろんよ。元を辿れば私がDクラスの出身だもの、拒む理由にはならないわ」

「それなら私に——お手伝いさせて頂けないでしょうか！」

「……七瀬さんが？」

「はい。私のような人間でも差支えがないようであれば……なのですが。是非、生徒会のお手伝いをさせて頂ければと思っています」

「退任する南雲生徒会長がどんな判断をするかは分からないけれど、ね」

その部分で弾くような真似はしないと答える。

堀北は七瀬のＯＡＡを詳しく覚えていない可能性があるため、補足しておく。

「いいんじゃないか？　七瀬はＯＡＡも優秀だし真面目だ、生徒会に向いてると思う」

「そうね。人材としては全く問題なさそうね」

石上に断られたこともあって、手っ取り早い解決策でもあるからな。

「いいわ、あなたにお願いできるかしら七瀬さん」

「もちろんですっ！」

七瀬の存在には思うこともあるが、それはそれ、これはこれだ。

生徒会の成立に一役買ってくれるというのなら拒む理由は全くないだろう。

「七瀬ちゃんなら問題はなさそうですもんねぇ」

「ええ。あなたとは違ってね」

「なんかあたしのこと、ちょっとバカにしてません？」

「能力は高く評価しているつもりよ。ただ、誰にでもフランクなその態度や考え方、性格が生徒会に向いていないだけ」

この上ない飛び入り参加者に堀北は満足そうに頷いた。

「えっと、私は明日からどうすればよいでしょうか⁉」

「問題は無いと思うけれど、まずは明日南雲生徒会長に話を通すわ。それが済んで無事に生徒会入りが決まったらまた連絡させてもらうから」

堀北は七瀬と連絡先を交換する。

程なくしてその作業も終わり、七瀬は嬉しそうに微笑む。

「どんな形でも、連絡先が増えるのは嬉しいですね」

「それじゃあまた明日」

「はいっ、ご連絡お待ちしています！」

「とりあえずメンバーは集められたわね。後は南雲生徒会長からの答えを待つだけ」

笑顔で七瀬に見送られ、オレたちはＤクラスを後にする。

「じゃああたしも帰ろうかなー。またね２人とも」

嵐のようにやってきて嵐のように去って行く天沢を、２人で見送る。

「何を考えているか、相変わらず分かりそうで分からない子ね」

「そうだな」

「あなたもお疲れ様」

「まあ同行はしてたものの、結局何もしてないからな。楽で助かった」

「そんなことないわ。少なくとも櫛田さんの件ではあなたの言葉に影響を受けていたところもあったように見えたし。ちゃんと役目を果たしてくれたと報告しておいてあげる」

オレが櫛田から提示を引きずり出した時のことを言っているのだろう。

「南雲からお褒めの言葉は貰えないだろうが、涙が出そうなほど嬉しい話だ」

「何それ。あ、ちなみにこの後はケヤキモールのカフェで勉強会なの。見に来る？　あなたの彼女も参加する予定よ」

「勉強会か。そうだな、ちょっとだけ顔を出してみるか」

「え？」

誘ってきたのに、堀北は驚いた顔を見せる。

「なんだ」

「いえ、てっきり断られると思ったから。やっぱり軽井沢さんの存在は大きい？」

そういうわけじゃなかったが、そう受け取られても仕方ない場面か。

「そうだな。ちゃんと勉強を教われるのか心配なところはある」

そう答え、オレは堀北と共にその足でカフェへと向かうことを決めた。

3

放課後カフェに集まっている勉強会、その会場へと2人で到着。

「皆、お待たせしたわね」

そう言って、堀北は自然な様子でクラスメイトたちの元へと合流。

この辺の動きも気が付けば、随分と上達したものだなと感心させられる。

「あ、清隆も来てくれたの!?」

難しい顔をしてノートと向き合っていた恵が、こちらに気付き笑顔を見せた。

「悪いが軽く見学に来ただけだ」

「えー？」

露骨に不満そうな顔を見せた恵だったが、それ以上の文句は続かない。

勉強会には積極的に顔を出すこと、オレは勉強面で手を貸さないことなど、前日までにしっかりと伝えていることが大きいだろう。

「うおお、悪ぃ遅れた！」

オレたちが到着して程なく、荒い声をあげながら須藤が駆け足でカフェに姿を見せた。

「部活との掛け持ちは大変だね須藤くん」

「別に大したことじゃねえよ。いつもやってることだしな」

須藤は一瞬だけ堀北の姿に視線を奪われたものの、すぐ近くの空席に腰を下ろした。

それからバッグを膝の上において、勉強道具一式を取り出す。

更に長方形のケースを取り出したかと思うと、そこから眼鏡を取り出した。

「え？　須藤くんって眼鏡かけるの？」

「あぁ最近ちょっとな。勉強の時はかけるようにしようと思ってよ。あ、つっても別に度なんて殆ど入ってねーから」

視力が高ければ、一般的には眼鏡などの矯正器具を使うケースは少ない。

しかし、視力が良いからといって眼鏡をかけてはいけないわけでも、かけなければ良いわけでもない。バスケのように広い視野を見渡す行動と違い勉強は近距離の戦いだ。物を見る際のピント調節は大きな負荷がかかるからな。

大勢が集まる勉強会には、これまで多く出席していなかったのだろう、そんな勉強モードの須藤に恵を始め多くの生徒がまだ動揺しているようだった。

「んだよじろじろ見て」

「なんか、眼鏡かけるだけで印象違うなーって。それに勉強するようになったよねぇ」

篠原が感心しつつ、横に座る彼氏の池の脇腹をつつく。

「お、俺だって今頑張ろうとしてるって！」

「それは分かってるけど。だけど、須藤くんには大きく水をあけられてるよね」

「それは、ほら、まあ、うん……」

反論しようとした池だったが、彼女からの染みる言葉にうなだれる。

「あぁごめんごめん。人のことを私も言えないもんね。でもさ、なんか長く続けられるコツとかってあるの？　昔は同じようなレベルだったし参考になるなら知りたいなって。バスケットもやって勉強もやるって、両立絶対大変でしょ？」

篠原がそう言うと一部の生徒たちが賛同するように頷いた。

確かに学力の低い生徒たちには、洋介やみーちゃん、堀北などの生徒は最初から地頭がよく秀才や天才の領域にいるように見えていることだろう。

そんな高いレベルの生徒たちにコツなどを聞いても実践できる気がしないだろう。

元から賢いのだから、どんな努力もできそうに思えてしまう。

その点、須藤は最初クラスの中で最下位の学力しかもっていなかった。

そんな須藤が成長できた要因を知りたいと思うのは当然のことだ。

「コツ……なぁ」

やや困ったように腕を組む須藤。

元々須藤が勉強を始めたきっかけは堀北の存在が大きかった。

賢くなり、堀北に相応しい男になりたいと思う動機。

だがこの場でそれを語るのは須藤としても強い抵抗があるだろう。

「あーうん……そうだな」

しばらくの間、言葉が出てこなかった須藤だったが頭の整理が出来始めたか。

不器用な感じは抜け切らなかったが話し始める。

「不思議なことに、勉強するのが楽しくなってきたんだ。そしたら、バスケももっと面白くなってきた。……なんか、まあ、そんな感じ？」

両立出来るようになった理由と、それ以外にも良さが他にもあることを伝え始める。

「そりゃ最初は勉強は嫌だった。すぐ眠くなるし、すぐ解けなくなるし。でもよ、身に着けていくほど学校で役立ってく実感ってのが出てくるんだよな」

「でもさあ健。勉強って将来役に立たなくね？　職業次第じゃそれこそ全くさ」

誰もが一度は抱くであろう疑問を、池が須藤に対してぶつける。

「俺もバスケのプロになるから勉強なんて邪魔臭いだけだと思ったぜ。でもよ、もしプロになれなかったら？　勉強もできない俺に出来る仕事ってなんだ？　多分誰にでもできるような仕事しかできないだろ？」

あえて固有の職業を挙げる必要はないが、選択肢は常人よりも狭まるだろう。

「もしプロの道が叶わなくてもよ、勉強してれば選択肢も広がるだろ？　大学に行ってもっと専門的なことを学んだり。まあ、まだ具体的には見えてねえけどさ」

夢が１つでなければならないわけじゃない。

「勉強は将来の自分への投資。そう思うことにしてんだ」

須藤がもし長年追い続けてきたバスケのプロへの道を閉ざされたとしても。

もう１つ大きな夢を見つけて抱えていれば人生に挫折することはない。

勉強を通じて一回りも二回りも思考が成長した須藤のちょっとした話だ。

以前なら鼻で笑われたかも知れないことを、周囲の人間は誰一人茶化すことなく真剣に聞き入った。それだけ言葉に重みが生まれ、そして真実が生まれたことの証明をしている。

テレ臭そうに座り直した須藤は慌ててノートを開く。

「も、もういいだろ？　さっさと勉強始めようぜ」

誰よりもハードに部活をこなし、疲れているはずの須藤が、そんな様子を欠片も見せることなく言った。演説が上手いタイプではないが、だからこそ嘘のつけない真実味のある言葉と態度が人の心を打つ。

篠原や池など、低い位置にいた生徒たち程きっと強く心打たれた瞬間だっただろう。

4

新規生徒会メンバーも決まり、特別試験に対する勉強会が始まったことも確認できた翌日の放課後。堀北は早速南雲に呼び出しを受けており、これから生徒会室に向かうようだった。もうオレに声が掛かることは無いと思っていたのだが――――。

「あなたも一緒に来るように連絡があったわ」

南雲からのメッセージを表示させ、その画面をこちらに向けながら伝えに来る。

「昨日と同様にお腹の調子が悪い、パスさせてくれ」

「それなら仕方ないわね。でも来られない場合は後日また呼び出すらしいわよ？」

「さっさと会って済ませよう」

期間が空いて、また面倒なことを押し付けられることも十分考えられるからな。

すぐに立ち上がって生徒会室に向かう意志を見せるも、ストップがかかる。

「櫛田さんも連れていくわ。少し待ちましょう」

新メンバーの顔合わせも兼ねて、一度に済ませてしまうということのようだ。

同じクラスの櫛田は……と思って見回すと、既にその姿は見当たらなかった。

「先に行って待つみたいよ」

呆れる堀北と肩を並べ、教室を後にする。

「堀北とは一緒に行きたくないってことか」

「生徒会の仕事が始まれば、嫌でも一緒になる時間が増えるのだけれどね」

まあ、だからこそ無関係なところでは1秒でも同じ時間を少なくしたいってことだ。

「勝手に逆恨みされて、勝手に因縁が続くのも厄介なものよね」

「おまえがもう少し物腰の柔らかいヤツだったらどうなっていたか分からないな」

「悪い方に違ったんじゃない？　彼女に主導権を握らせてばかりは危険よ」

ある程度手綱を握ってコントロールする必要がある、は確かにその通りだな。

生徒会室に到着すると、遠目に櫛田と七瀬が並んで待機しているのが見えた。

この2人に面識があったにせよなかったにせよ、自然と話し合えるだけの能力を有しているためか結構盛り上がっているようだった。

「盛り上がってるな」

「盛り上がってるわね」

何となく、2人の様子を見つめていると会話が止まる様子が無い。

互いに穏やかな雰囲気と笑顔が絶えず、放っておけばいつまでもお喋りしていそうだ。

「堀北抜きでも生徒会は上手く回るんじゃないか？　2人とも一般受けはいいだろうし」

「うるさいわね。さっさと行くわよ」

これ以上の盛り上がりを阻止するため？　堀北が足早に近づく。

「お疲れ様です堀北先輩」

丁寧に挨拶をして頭を下げる七瀬を横目に、櫛田も包み隠さず笑顔を見せる。

「七瀬さんも今日から初めての生徒会だって聞いて、ちょっと安心した。もう、ずっとドキドキして落ち着かなかったから」

などと思ってもいないことを言って胸を撫でおろす仕草を作る櫛田。

生徒会メンバー3人が先だって生徒会室に入っていく。

ここでオレもついていくのは違和感しかないのだが、呼ばれている以上仕方がない。

「南雲生徒会長。2年Bクラス櫛田桔梗、1年Dクラス七瀬翼、以上2名を新たに生徒会メンバーとして誘致。お連れ致しました」

代表して説明する堀北を、南雲と桐山の両名が出迎える。

「マジで自分のクラスメイトから選んだのか。おまえも随分と図太いじゃないか鈴音」

あれは半分冗談のつもりだった、そんな感じで笑う南雲。

「公平な観点で選んだつもりです。それとも私の人選に不服がありますか？」

建前上だけの話だが、この場で自らのクラスのためだとは答えず堂々と嘘をついた。

櫛田を引き入れた時点でそんなわけがないのだが、南雲も表面上は納得を示す。

「おまえの選択に問題はない。文句はないぜ」

新たな生徒会の総メンバーを見るが、今回南雲と桐山、そして一之瀬が抜け、そして八神が退学したことで見慣れない構成が出来上がっていた。

「生徒会のメンバーの割合で男女が逆転するのは初めてのことじゃないだろうか」

副会長だった桐山もメンバーの一覧を見て気が付いたことを口にする。

「問題ないだろ。今は男も女も平等な時代だ。次の世代の優秀な人材が女に偏ってたってだけの話だ。そうだろ？　綾小路」

「返す言葉もありませんね」

女子が台頭することは悪いことではない。ただ本来1：1を理想とするのであれば今回の結果は男子の不甲斐なさを反映した結果とも言える。

「公平な観点から生徒会長を務めあげろ」

「承知しました」

「さて、これで俺も生徒会長としてのお役目は御免というわけだな」

名残惜しむように一度生徒会長の椅子を撫で、その席から立ち上がる。

「長かったような短かったような。何とも言えない気分だぜ」

「心残りがありますか？」

南雲の寂しそうな表情を見て、堀北が聞く。

「クラスの垣根を越えて実力のある生徒がAクラスとして卒業できる環境を作る。俺の理想としたところには到底到達できなかった」

南雲が生徒会長に就任した時には、その面を強く押し出すことを強調していたな。

結果として今の3年生はそれに近い状態を作り出しているが、それは生徒会長として成し得た結果というよりは、南雲個人が作り上げたルールで成り立たせている。

「普通の高校より生徒会の権限は強いが、それでも学校の決定を覆すのはどうやっても無理だった。もっとどうにかしてやれると思ったんだがな」

「それでも間違いなく南雲先輩の影響はあったんじゃないでしょうか。これまでの高育にはクラス移動チケットやプロテクトポイントといったルールは存在しなかった」

「まあな」

それが良い結果を生むか否かは、これからの世代で見つけていくことになる。

堀北学は、高度育成高等学校の伝統を守り、立派に生徒会長を務めあげた。

そして南雲雅はＯＡＡを作り、より実力重視の変革をもたらし新しい風を吹き込んだ。

その後を継ぐ堀北鈴音は、どんな生徒会長として1年を刻むだろうか。

一番わかりやすくそして難解な目標としては――。

やはりＤクラスからのスタートでＡクラスでの卒業を達成することだろう。

もしそれを成し得たなら、間違いなく生徒会長として1つの歴史に名前を残す。

「これから少し書面上の手続きがある、綾小路以外は残るように」

桐山からの通達を受け、同時にオレが邪魔であることを告げられた。

「じゃあ、オレはこれで失礼します」

「またな綾小路。おまえとの勝負はまだ終わっちゃいないぜ」

どうやらそのことを改めて釘を刺すために、わざわざ呼びつけたようだ。

「分かっています」

軽く頭を下げ、生徒会室を後にする。

堀北たちを残して生徒会室を後にしたオレは携帯を取り出す。

何度かポケットの中で震えていたが、どうやらメッセージを受信していたようだ。

彼女である恵からかと思ったがどうやらそうではないらしい。

珍しい人物からの、休日のお誘いだった。

土日のどちらかで時間があれば会って話がしたいらしい。

日曜日は恵とのデートが入っているため、土曜日ならばと返事を送る。

玄関に辿り着く頃にはメッセージがきていて、土曜日の午後2時にケヤキモールの中で会いたいとの具体的な時間と場所を提示する内容だった。

それなら問題は発生しないため問題ないとのメッセージを返しておく。

話の内容については一切触れられていないが、1名同伴者の名前を見た限り、その方向性の推察は難しくない。

その場を離れ出したところで、1人の女子生徒とすれ違う。

「また生徒会室に呼び出されていたのかな?」

「鬼龍院先輩こそ、今日も生徒会室に用件があるようですね。先日の件ですか？」

「正解だ。あの後結局話は平行線を辿ってしまってね、未解決の状態が続いているんだ」

「それはまた災難ですね」

あの時の様子では南雲はイエスともノーとも答えないまま終わったんだろう。

「今日はもう少し強引な手法でも取ろうと思っている」

「それは自由にしてもらっていいですけど、今取り込んでますよ。堀北が生徒会長になるための手続きと新しい生徒会のメンバーの登録手続きの最中かと」

そんなことは知ったことじゃないと、強引に乗り込むかも知れないが一応伝える。

思いの他効果があったのか、鬼龍院は立ち止まり思案を始めた。

「それじゃ、失礼します」

ともかくさっさと立ち去った方がいいと直感が告げてきたが、時すでに遅し。

「これから少し君の時間を貰おうか、綾小路」

「……もしかしてその未解決事件に関してですか」

「今からもう一度南雲に強く詰め寄っても、簡単に吐いてはくれないだろうからな」

「強引な手法とやらを取ればいいじゃないですか」

「新しい生徒会長や新人にトラウマを植え付けるわけにもいかないだろう？」

そんなのはこっちの知ったことではない。それに、それを避ける意思があるなら堀北たちが帰るまで待てばいいだけの話。

「単に強行突破するよりオレを利用した方が解決の可能性があると考えただけですよね」

「ふむ、流石は綾小路。頭の回転が実に早い」

パチンと指を鳴らして褒めてくれるが、そんなのは誰にでも思いつくようなことだ。

「どうせこれから帰るだけなのだろう？　付き合ってもらおうか」

「彼女と家でデートする予定なので」

「待たせておけばいい。家長の帰りを慎ましく待つのも彼女の役目だ」

絶対に慎ましく待つことのなさそうな鬼龍院に言われても、説得力はない。

「歩きながらでもいいですか」

「ふむ。まあそれもいいだろう」

引き返してきた鬼龍院がこちらの歩幅に合わせて歩き出す。

「山中先輩とは再度話し合いの機会を設けたんですか？」

「南雲と桐山から力強く止められた。主犯格を南雲だと吐いた時点で、それ以上の成果を望めると思うなとな」

「おかしな話ですね。犯人と疑われてる人間から接触を止められるなんて」

命じたのが南雲でもそうでなくても、南雲を名指ししてそう言った以上、脅したところでそれ以上のビッグネームが出てくる可能性は低いだろうと判断したようだ。

「確かにその通りだが私としても同意見だったからな。山中を口頭で脅したところで第三者の名前が出ることは期待できない。私が最初に問い詰めた時点で、暴力や拷問を除く最大限の脅しをかけていることもあるしな」

　つまり吐かせるだけ吐かせた結果ということらしい。

「順当に考えるなら南雲生徒会長で決まりでは？」

「もちろん疑っているさ。だからこうして乗り込もうとしていた。しかし証拠が無ければこれ以上追い詰められないだろう？」

　そして、考えた結果南雲を本気で脅しにかかる予定だった、といったところか。

「一応南雲が犯人ではない線も残されている。それが何か君に分かるかな？」

「鬼龍院先輩が、知らない間に山中先輩に恨みを持たれていた可能性ですね。それなら万引き犯に仕立てようとした復讐心も理解できなくはないでしょう。３年生の詳細な事情は知りませんが、鬼龍院先輩を嫌いそうな人はいそうですもんね」

「中々耳の痛いことを言うじゃないか」

　怒ることなく、むしろ笑いながら、否定することなく頷く。

「南雲かそれとも山中か。あるいは全く別の第三者が裏に潜んでいるのか」

「放置するのはどうです？　今回の件で犯人が懲りたのなら、その正体がバレないうちにこっそりと手を引いてなかったことにするんじゃないですかね」

「ダメだな。私に罪を被せようとしたことに目を瞑るのはプライドが許さない」

　この様子では犯人を捕まえるまで、どこまでも追及を止めそうにないな。

「私はどうしても目立つ。そこで君が代わりに探ってくれるのならと思ったわけだ」

「協力する義理があるようには感じませんね。それにオレ自身は3年生との交流はほとんどありません。それこそ鬼龍院先輩や南雲先輩のような生徒会メンバーくらいなもの」

探偵のような真似事をして情報収集をするのに適した者とはお世辞にも言えない。

「だからこそだ。フラットな目線を持てるだろう？」

「ある程度コミュニケーション能力に長けた者にお願いするなら筋も通りますが……」

「確かに君にその部分では期待できないな。しかし、それ以外の能力は申し分ない。特に格闘センスにおいては他の追随を許さないと言ってもいいだろう。この私が直接相対せず完封負けを確信させた人間は他にいない」

それは褒められているのかも知れないが、別に嬉しいとは全く思わない。

「3年生にも気性の荒い人間はいる。腕っぷしは強いに越したことはないからな」

「勝敗以前に3年生と揉めたくはないです」

「まあそう言わず協力してくれ。私には友人と呼べる人間が1人もいない。とてもじゃないが探偵のように立ち回ることなど出来ないのでな」

何とも身勝手な話だ。鬼龍院先輩がハメられたことには同情するが、ここは断らせてもらった方がいいだろう。

「私としては無人島での一件に対し、君に1つ貸したと思っている。無論私が現れずともうまく対処したのだろうが、その是非を問うために生徒会に議題を挙げなければならないかも知れない。綾小路清隆と元理事長代理の戦い、その一部始終を報告されるのは喜ばしいことではないのではないかな？」

　断ることなど許さないと強引なやり口で逃げ道を塞いできた。

「脅すなら最初から脅してもらった方が話が早くて助かるんですが」

「勘違いはしてもらいたくない。君とは常に友好的な関係を築きたいと思っているからこそこの手は使いたくないのだ」

　悪びれる様子もなく腕を組んでこちらを見る鬼龍院。

「……分かりましたよ。とりあえず探ってみます、それでいいですか？」

「君ならそう言ってくれると思っていた」

　嬉しそうに鬼龍院先輩は頷き、満足げな顔を浮かべた。

　適当に手を抜いて、ともいかないんだろうな。

　鋭い鬼龍院のことだ、こちらの成果次第ではしつこく絡まれそうだ。

○一之瀬クラスたちとの過ごし方

12月上旬。週末を迎えた土曜日の午後2時前。

2日前に神崎から連絡を受けたオレは、約束通りケヤキモールに足を運んでいた。具体的な待ち合わせ場所を決めていなかったが、モール内に入るなり神崎たちを迷わず見つけられた。

モールの入口を見ていた神崎もすぐに気付いたので手を軽く上げて近づいていく。

「休日に呼び出して悪かったな」

「休みの日はのんびりしてることの方が多いくらいだ。誘いは歓迎してる」

悪気を感じる必要は無いと、やんわり伝えておく。

そんな呼び出し人である神崎の傍には、姫野と渡辺、そして網倉の姿もあった。

「姫野だけと聞いてたんだが、他にもいたんだな」

「すまない、これには少し事情がある」

事前連絡と違ったことの詳細を報告しようとする神崎だが、先に渡辺たちが動いた。

「おっす綾小路、今日も寒いなぁ」

「こんにちは、綾小路くん」

渡辺と網倉が修学旅行の時と変わらぬ対応で、俺にそう笑顔で声をかけてきた。

それに応えるように頷いて同意を返す。

神崎から事前に、当日の同伴者説明を受けていたのは姫野の存在だけ。

そのためてっきりあの手の話かと思っていたが、この4人の組み合わせは少し意外というか、狙いや意図が明確に見えてこない。

それともこの両名が、神崎と姫野にとって最初のキーとなる存在だったのだろうか。

しかし修学旅行で偶然共にしたこのメンバーで、そんな偶然が？

「戸惑うのも無理はない。俺自身この2人がここにいることは最初の想定になかった」

姫野もどこか落ち着かない様子で、僅かにだが同意して頷く。

「というと？」

ますます疑問が深まっていくオレだったが、神崎は人目を気にする素振りを見せた。

しばらくは人気も少ないと踏んでいたが続々と生徒たちが買い物に訪れている。

「クリスマスセールも始まってるしねー」

賑わっていくモールを見ながら網倉がショップを指さす。

確かにもうクリスマス一色と言っても遜色ない飾り付けが施され、色々な商品棚にはクリスマスセールの文字が躍っている。

「ひとまず、出来れば目立たない場所に移動したいと考えている。俺たちのグループの存在を無関係な者が……特に坂柳や龍園のクラスの人間には極力悟られたくない」

詳しく聞かずともその辺の事情は察することが出来るため、拒む理由はない。

仮にこの4人だけであれば問題はなかっただろうが、そこにオレが合流しているのは不可思議な集まりに見えることを避けられそうにないからな。

それにオレとしても往来より落ち着いた静かな場所で話し合う方がありがたい。

「それなら、とりあえず定番のカラオケでいいんじゃない？」

敷地内において、数少ない密室を作り出すことが出来る場所。

勉強や作戦会議などにおいても、たびたび利用されるカラオケが網倉から提案された。

フロアとしてはここから徒歩3分ほどで辿り着ける。

「無難なところだ。早速移動しよう」

率先し、先頭として歩き出した神崎にオレも少し遅れてついていく。

「なんか真面目な話し合いだったの？　ごめんね、なんかそうとは思わなくて」

すぐ横に並んできた網倉が、小声でそう謝ってきた。

口ぶりからして、どうやら突発的に合流することになったのだろうか。

その網倉の隣に並んだ渡辺が事の顛末を補足する。

「俺と網倉はついでっていうか、さっき神崎と姫野の話を偶然耳にしてさ。綾小路と会うって感じだったから一緒に交ぜてもらえないかって頼んだんだよ」

「そうそう。今日は元々、渡辺くんのお願いで買い物に付き合うつもりだったからね」

網倉がそう答えると、渡辺はちょっと恥ずかしそうな嬉しそうな、だがどこか悲しげな顔をして視線を逸らした。

「買い物の方はいいのか？」

2人とも手ぶらで、何かを買ったような様子は見受けられない。

「それは別に大したことじゃないって言うか。後で買いに行けばいいだけだしな」

前を歩く神崎にも話が聞こえていたため振り返り、オレへと改めて説明する。

「元々は俺と姫野だけで綾小路に会う必要があると考えていた。しかし、綾小路には修学旅行中も2人が良くしてもらったと聞かされて考えを改めることにした」

良くしてもらった？　それはこちらのセリフだ。

渡辺と網倉には様々な面で色々と助けられた修学旅行だった。

感謝しこそすれ、感謝されるようなことは何もしていない。

「もう一歩踏み込むべきだと判断したわけだな」

オレがそう神崎に問うと、神妙な面持ちを見せつつも頷く。

「なんなの？　踏み込むべきことって」

「詳しいことは後で話す」

神崎の逸る気持ちは踏み出す一歩の速さからも、少し窺い知ることが出来た。

1

カラオケで受付を済ませた4人と共に指定されたボックスへと入る。

客人として招かれているオレは奥へと通され、渡辺、神崎と男子が詰めて座る。

何も頼まないわけにもいかないので全員飲み物だけ適当に頼んでおく。

「じゃあ早速、何か歌でも歌う……わけじゃないよな？」

テーブルに置かれたマイクを手に取った渡辺が、冗談めいて言った後マイクの先端を神崎の方へとインタビューのように向けた。

そんな軽いノリに合わせるのはオレと同様に得意でない神崎は、困ったような怒ったような顔をしてから手でマイクを軽く払う。

「悪いがそれは後にしてくれ」

「……だよな」

申し訳ないと、マイクを引っ込めて縮こまる渡辺。

「まず最初に。姫野には今日の話の内容は説明しているが、2人は初耳になる。これは綾小路が来る前にも言ったが、ここで話すことは全て他言無用だと約束できるな？」

同行を許可するに当たって、神崎は予め内密な話であることを告げていたようだ。

「どんな話でもちゃんと秘密にするって。なぁ？」

「うん。大丈夫」

網倉も含め、口の堅さは自負しているようだ。

しかし神崎はそんな2人をまだ信用しきっていないように見えた。

「悪いがまだ疑っている」

それを証明するかのように、神崎は自らの考えを隠すことなく伝える。

「おいおい……じゃあどうすればいいんだよ」

他言しないと約束させておいて、なお疑われる状況に渡辺も思うことがあるようだ。

しかし、この先の話の内容を推察するに、神崎の行動は正しい。

もし安全な橋を渡るだけなら、興味本位でついて来ようとした渡辺や網倉に、また別の機会にしてくれと拒否することも出来た。

だがそれをせず、こうして念入りに確認しているのは賭けの1つでもあるのだろう。

この2人を信用したい、そして頼りたいからこその疑い。

「書面とかにサインでもすればいいのか？　誰にも話しませんって」

「なるほど書面か、それも悪くない。この場でも携帯で録画することは可能だな」

他言しないことをカメラの前で宣誓させ、破れば罰則を与える。

そんな手順を踏めば2人の口を堅く閉ざす手段の1つにはなりえるだろう。

迷うことなく神崎は携帯を取り出し、それを見せつけるようにテーブルへと置いた。

「本気で言ってる？　なんか、それはちょっとだけ気分悪いかも」

クラスメイトからの提案とは思えず、網倉がやや嫌悪感を見せる。

「言ったはずだ。俺たちは今日綾小路と大切な話をすると。ここでの話を万が一にでも洩らされると後々に与える影響は計り知れないと考えている」

「大げさな……ってわけでもないのか」

渡辺を見ているのは神崎だけじゃない。姫野も同様に強い視線を向けている。

「最後にもう一度だけ聞く。誰にも他言しないと約束できるんだな？」

個人として嫌われることを覚悟で、神崎は手を携帯の上に置き再び確認を取ってきた。

もし責任を負いたくないのであれば今すぐ帰るべきだろう。

そんな神崎の覚悟と気迫が、両者にも深く浸透したんじゃないだろうか。

「約束する、絶対に誰にも言わない」

「……私も。ここで守れないかも知れないからって帰る方が格好悪いし。必要なら携帯で録画してもらってもいいよ」

忠告を破り他言すれば、少なくとも神崎と姫野から失望されることだけは確かだ。

親しい間柄には見えないが、人として守るべきラインを渡辺たちは持っている。

納得した神崎は携帯を片付けると2人から視線を外し、オレへと向けてきた。

「ということだ。改めて渡辺と網倉を同席させてもらう」

「元々オレに異論はない。これはあくまでも一之瀬クラスの抱える問題だからな」

異物を混入させてしまったとすれば、判断をミスした神崎の責任だ。

「そうだ、本題に入る前に1つ聞いておきたいことがある。渡辺たちも含めクラスの大半は小耳に挟んでいる話だが、一之瀬が生徒会から抜ける、そんな噂を耳にした」

その話は本当か？　ちょっとした確認ではなく気を張っての一言。

まだ代わりのメンバーが正式発表されていないため、一之瀬から『辞めた』という発言は引き出せていないのだろう。

　だが勧誘を進めていく中で噂が広まり、神崎たちの耳にも届いてしまったようだ。

「どうしてオレなら知っていると思ったんだ？」

「風の噂の中には綾小路の名前もあったからな」

　少し含みのある言い方に引っかかったが、その謎は直後渡辺の発言で解ける。

「綾小路が新しく生徒会に入る、なんてものもあったんだよ」

　噂というのは面白いな。生徒会長に就任する堀北と行動するオレを見た誰かがそう思いでもしたのか、事実とは異なる話が広まってしまっている。

「近々分かることなんだが、一之瀬が生徒会を辞めるのは本当のことだ」

「……やはりそうなのか」

　直接聞けば一之瀬は否定しなかっただろうが神崎たちに確かめる度胸はなかったか。

　下手に辞めた話を聞けば、どうして？　何故？　といった追及も始まるかも知れない。

　そうなればクラスに不協和音をもたらすことも懸念されるからな。

「いち早く一之瀬も伝えたいと思っているだろうが、南雲生徒会長は代わりの人材が決まるまでは伏せるように命じていた。だから言いたくても言えない状態にあるってことだ」

　その点だけは勘違いしないようにしっかりと先に伝えておく。

「生徒会を続ける続けないは一之瀬の自由だ。そこに俺が、クラスの人間がとやかく言う資格など無いことは分かっている。しかし印象の悪さだけはどうしても拭えない」

「やっぱり一之瀬さんはAクラスに上がること諦めた、ってことなのかな」

オブラートに包んでいた神崎とは違い、姫野はそう発言する。

Aクラスを追いかけ、切磋琢磨している段階で生徒会を去る。それはむしろ話し方一つでプラスに持っていくこともできる。生徒会に割いている負担をクラスの競争に向けるためと仲間たちに告げるだけで、本気を感じ取ることも出来ただろう。

ところが、クラス争いから脱落寸前の今、生徒会から去るとなれば見え方は違う。

追走するための武器を手放し降伏するようにも受けとられてしまうからだ。

事実、神崎と姫野はそう考えていると見ていい。

一方で――――。

「それは少し飛躍しすぎだろ姫野」

「うん、そうだよ。帆波ちゃんがAクラスを簡単に諦めるとは思えないよ」

対極的に、一切疑うことなく信じ続けている網倉が反論した。

「じゃあ何で生徒会を辞めたの？」

「Aクラスに行くために集中するみたいな。だから生徒会の負担を減らした、とか？」

網倉は一之瀬の心が折れたのではと考えておらず、そう発言する。

渡辺も網倉の考え寄りなのだろう、呼応するように何度も頷いて同意を示した。

「じゃあ何で私たちには話してくれないわけ？　そう言ってくれれば安心じゃない」

「だって生徒会長から黙っておくように口止めされてるんでしょ？　なら帆波ちゃんが不

用意に約束を破るわけないじゃない」

姫野の反論に負けじと網倉が正論で言い返す。一之瀬の性格上、口外しないことを命じられればその期間が終了するまで黙っているのは当然のことではある。

「一之瀬はAクラスを諦めていない。これが今のクラスの考えであり現状だ」

「じゃあ神崎はAクラスを諦めたから一之瀬が生徒会を辞めたって言いたいのかよ」

「そうじゃない。当人の口から直接聞かなければ真相は不明なままだろう。ただ、俺が言いたいのはあまりにも妄信が過ぎるということだ。生徒会離脱が、Aクラスを諦めた故の決断である可能性をどうして誰も考慮に入れない」

ここにいる網倉たちは代弁者。一之瀬クラスその他大勢の考えと一致している。

「決まってるじゃない。帆波ちゃんがそんな子じゃないからだよ」

「俺も同意見だな。それに神崎、おまえこそ一之瀬がAクラスを諦めたと決めつけてるんじゃないのか？　そうじゃなきゃそんな言い方しないだろ」

まさに妄信を具現化したような網倉と渡辺の発言を聞いて、神崎は迷わず口を開く。

「確かに俺はその線を強く推す。しかしそれでも精々7対3くらいの割合だ」

疑っているのは7割程度。けして低くない、むしろ高いくらいだろう。

「おまえっていつも疑ってるよな」

発言自体には驚くことは少なく、むしろ渡辺は強く呆れたようだった。

「神崎くん程じゃないけどさ、少なくとも半々だと私は思ってる」

「姫野さん、本気で言ってる？」

「もちろん本気。って言うか少しは疑った方がいいんじゃない？」

「おかしいよ。帆波ちゃんを疑うことなんて何もない」

姫野と神崎が視線を交錯させる。自分たち以外のクラスメイトの中に、神崎や姫野と同様の疑う考えを持った生徒が存在すると信じたいところだろう。

しかし実体は、網倉や渡辺のような生徒が多数を占めているであろうということ。

一之瀬の心が折れた可能性を、一切考慮には入れていないという現実。

「生徒会を辞めただけで、酷い言われようだと思う……帆波ちゃんが可哀想だよ」

「だが生徒会を辞めたことでクラスへの恩恵は間違いなく減ることになる」

「生徒会に入ってもない俺たちにそんな不満ごとを言う資格があるのかよ」

渡辺の反論も正しい。誰にも一之瀬の行動を責められない。いや責める権利はない。

責め立てる者がいれば、それは即座に叱責されてしまうだろう。

生徒会の恩恵を受けられなくなるのが嫌なら、自分が立候補して何とかしろと。

真逆の意見をぶつけ合った結果、静まり返るカラオケボックス。

まだ本題にも入っていないわけだが、一之瀬クラスの内情が具体的に見えてきた。

話の組み立て、流れ、論理性。神崎はけして無能なわけではないが付け入る隙を与えるような発言を少なからずしてしまうため軽々と反論を許してしまう。

恐らく神崎の思考を言語化する過程で、意識との齟齬が出ていることが原因だ。

喋り慣れていない、発言慣れしていないという自身の抱える弱点が顔を覗かせている。

「……少し話を前に進めよう。綾小路は本当に一之瀬が辞めた理由は知らないんだな？」

苦しむ神崎は話を打ち切るように、こちらへと再度の確認を取ってきた。

ここは軽く助け舟を出す方がいいだろう。

何故辞めてしまったのか。その意思確認がしたいと思っているのは全員の共通認識だ。

「期待されているところ悪いが、ハッキリ言ってオレには今の一之瀬が何を考えているのかは分からない。生徒会を辞めることは想像もしていなかった」

そう告げた後、誰かの反応が戻ってくる前に言葉を再開することを決めた。

このまま神崎に主導権を渡していては話が行ったり来たりする恐れがある。

部外者の立場ではあるものの、ここはリスク管理をしておくべきだ。

そして1つのテストケースとしても後々利用できるかも知れない。

「そもそもオレなんかより、毎日同じ教室で過ごしているクラスメイトの方が諸事情には詳しいものじゃないのか？」

「う、それは確かに……。綾小路って痛いところを突いてくるな」

渡辺も網倉も一之瀬を信頼するのは構わないが、本質を見ることが出来ていない。

それは神崎や姫野も同様であり等しく同罪だ。

疑う視点がクラスの中に複数生まれたのは喜ばしいことだが、それは立つ位置が変わっただけでありクラスを理想の形に変えていく役目には今のところなっていない。

「確かにクラスメイトの私たちが、こんな風に何もわかってないのは問題かも……」

網倉にも思うことはあったようでその点には反省を見出す。

4人の答えを待つ中、ここで店員が頼んでいたドリンクの配膳にやって来た。

今日は朝からずっと混雑しているらしく、いつもよりも時間がかかっているようだ。何か頼むのであれば早め早めの注文をしておいてくれとお願いされ、店員は下がっていく。

「神崎。渡辺たちの考えを叱責する前に、まず生徒会の件くらいは自分で確認できる状況にしなければならないとオレは思う。違うか？」

「しかし、今表立って俺が行動を起こしたところで──」

「表立って？　一之瀬の真意を確認することに表も裏もない。早朝でも夜中でも、あるいは電話でもチャットでも、連絡を取る手段は幾らでもあるはずだ」

そして神崎だけでなく澄ました顔をしていた姫野にも同様のことが言える。

「自分からは行動せず、同調する仲間が少し出来たことだけに満足しているのか？」

「そんなんじゃ……。だって私は一之瀬さんと特別親しくもないし、聞いたところで本当のことなんて話してくれるとは到底思えない」

一之瀬クラスの抱える問題。それは崇拝による一方的な妄信だけにとどまらない。

「なら誰よりも近づいて親しくなったっていい。秘密もなく一之瀬と打ち解け合う仲に姫野がなっていれば、今回の疑問や疑念は生まれることはなかった」

情報を引き出した姫野が、早々に神崎とそれを共有するだけでいい。

表情を硬直させ、姫野はどう言い返していいかも分からないようだった。

「ま、待てよ。綾小路の言いたいことも分かったけど、ちょっと言いすぎだぜ……」

ここまで神崎たちに責められる側だった渡辺が、庇いに入る。

「それは……一之瀬に本音を話してもらうって簡単なことじゃないだろ。手段がどうあれ、気持ちが楽に分かれば誰も苦労しないんじゃねえの」

この場の空気が重たくなっていくのを感じたのか、そう答えた。

仲間をかばい合う意識の高さは悪いことじゃない。

悪材料の多い中でも、こうして議論することで見えてくるものがある。

「オレは普段クラスのリーダーを務めている一之瀬が、仲間に向けている視線や言葉を詳しくは知らない。だからこそ幾つか疑問が浮かんで来る」

「た、例えば？」

「直接聞けないのなら、観察し自ずと理解することだって出来る。露骨に体調の悪い生徒がいれば気が付いて『大丈夫？』の一声をかけるくらいは誰だってするはずだ。一之瀬が常にポーカーフェイスってわけでもないのなら、その変化を見定めるのも大きな手段だ」

感情を読み解く上で欠かせないのが相手の表情を見ることだ。

生徒会を辞める前、辞めた後で、毎日の中で変化を見せていたのかどうか。

詳しいことが分かっていなかったとしても、違和感があったのかどうかを知りたい。

４人は、直近で一之瀬と過ごした時間のことを必死に思い返していることだろう。

修学旅行の前後で何か気付かせるような仕草や表情、出来事があったかどうか。何かＳＯＳのようなものが出ていなかったか。

しかし――。

「なんて言うか、まあいつもと変わらなかった……よな？」

しばらく沈黙が続いた後に出てきた言葉、それは異変無しを告げる発言。

同意を求めるように渡辺は自らのクラスメイトたちへと視線を投げかけた。

網倉も渡辺の発言を受けて、自分が感じていることを口にする。

「そうだね。生徒会を辞めてるのが本当なら、辞める前と辞める後で変化らしい変化はないかも。今日だって次の特別試験に関する話し合いとか普通にしてたし」

「……同意見だ」

人一倍一之瀬を観察しているであろう神崎も否定することはなかった。神崎たちクラスメイトはその殆どが思考を自己完結している。情報共有をしていない。

しかし４人集まって話し合えれば、そこから閉ざされていた扉は開いていくもの。

「ただ……その、直近じゃないんだけど何て言うか無人島試験が終わった辺りからずっと元気はないよね。理由は……あんまりＡクラスがどうとかじゃないと思うんだけど」

遠慮がちに言った網倉が、さり気なくオレの方へと視線を送った。

「え？　そうだったか？　俺全然気づかなかったんだけど……え、ホントに？」

渡辺だけでなく、それは神崎も同様に気が付いていないようだった。

「確かに、言われてみれば変だったかも」

網倉の発言に姫野が一定の理解を示す。これまでは気が付いていなかったが、思い返してみればそうだったかも知れない、そんな心理状態だろうか。

男子2人は思い当たる節はなく女子2人には思い当たる節があるようだ。

「帆波ちゃんが変になるのも無理が無いって言うか……」

「網倉はその原因に心当たりもあるようだな。教えてくれ」

「あ～。えっとだから、元気はなかったけど、それは全然関係ないことって言うか。生徒会を辞めたことには直結しないんじゃない、かなぁ……？」

「何故そう決めつけられる。仮にそうだとしても元気がないのなら早いうちに原因は知っておきたい。指揮系統にも関わってくることだ」

「言いたいことは分かるけど、だって——あ、綾小路くん。私どうしたらいい？」

余計なことを言ってしまったかも知れないと、慌てて助けを求めてくる。

一之瀬の親友として色々察している網倉と違って、それ以外のメンバーは分かっていないようだからな。しかし、妙な間とオレに助けを求める状況を見て姫野が閃く。

「あ、もしかして原因って、そういうこと？」

「そういうこと、そういうこと！」

伊達に女子じゃないというか、何も知らない3人の中でも頭一つ抜けて早く気づいた。

「私詳しくは知らなかったけど……うん、なんかしっくり来た」

「教えてくれ姫野。一之瀬の元気がなくなったと言える要因は一体なんなんだ」

置いてけぼりを食らった神崎が、詰め寄りそうな勢いで問う。

「本人前にして言うのもなんだけど、一之瀬さんの元気が無いのは綾小路くんが関係してるんでしょ？」

そんな踏み込んだ姫野の発言に網倉が迷いながらも頷く。

「なんだと……？」

神崎にしてみれば寝耳に水。一之瀬不調の要因がオレにあると聞かされ驚く。

これ以上中途半端な話を続けていても、神崎と渡辺は混乱が続くだけだろう。

「一之瀬のプライベートにも関係するものの、この状況で情報を開示しないのは良くないので話すが――。無人島試験の最中にオレは一之瀬から告白を受けた」

これまで黙っていたことを伝えると、誰よりもまず衝撃を受けたのは渡辺だった。

「こくはく？　は？　なに、は？　好きって？」

「そういうことになるな」

「まま、マジのマジ⁉　あの一之瀬が⁉　綾小路に⁉　だ、大ニュースだ……！」

「嘘……⁉　私もそんなこと知らなかった……」

両手で口元を抑え、声を失う網倉。

「ええっ⁉　じゃあ網倉は何のことを言ってたんだよ⁉」

それぞれに持っている情報が違うため、カラオケボックス内はパニックに陥る。

「え、その。帆波ちゃんが綾小路くんを好きだってのは分かっていたけど、軽井沢さんが彼女になったことを知ってショックを受けてた……って感じなだけかと」

オレに対して想いを伝えたことまでは、親友の網倉も知らなかったようだ。

「ほぼ同時タイミングだったからな、恵のことを知ったのも。そう変わりはないことだ」

なんてことだと渡辺が頭を抱える。

「柴田の奴そんなこと知ったら泣くぞ……いや、柴田だけで収まる話じゃないけど……」

「恋愛絡み、か……なるほど」

頭が痛いのか、神崎は額を抑えながら首を何度か振る。

「いや、しかしそれは確かに元気がなかったとしても関係性は薄そうだな……」

生徒会の件とは切り離して考えようとする３人だったが――。

「でも分からないよ？　一之瀬さんがいつから綾小路くんを好きだったのかは知らないけど失恋って重たいみたいだから。それを引きずり続けて調子を落としてるのかも」

静かにそう分析した姫野。生徒会を辞めたことも、オレが関係していると？

否定しようかと思ったがそれが１００％違う、とは今の材料で証明できないか。

「今すぐ綾小路が軽井沢と別れて一之瀬と付き合えば、改善の可能性がある……？」

どうにかクラスの向上を図りたい神崎は、１人そんなことを呟く。

「それはいくら何でもとんでもない話じゃ……ねえ？」

そう言いつつ、網倉も『どうなの？』みたいな感じのニュアンスを含めていた。

「悪いが、そういった提案を無関係な人間から受けるわけにはいかないな」

「……ごもっともです」

恋愛とクラスの戦いは、間接的に影響があるとしても切り離さなければならない。

「情報としては共有させてもらったが、今は別の方向から切り込むべきだろう」

「なんでおまえはそんなに冷静なんだよ綾小路。っつか、一之瀬に好かれるって、相当幸運なことなんだからな！　その自覚は持っててくれよ！」

熱くそんなことを語られても困る。

とにかく、ここは浮ついてしまった4人の思考を変えることが先決になった。

一之瀬が生徒会を辞めた理由を探るため、より絞り込んでいく。

「龍園のクラスと戦うことに対して、後ろ向きだったりそんな兆候はあるか？」

まだすぐに頭が切り替わらないのか、すぐに答えは戻ってこない。

ドリンクを飲んだりしながら、少し間をおいて網倉が手を小さくあげた。

「今のところ、本当にいつもと変わらないかなあ。前向きに勝とうとしてる感じ？」

「俺も同意。これまでと一緒で頑張ろうって感じだよな」

「うん。具体的な戦い方も幾つか聞いてるしね」

唯一神崎だけは発言しなかったが、それは3人の意見と一致しているからか。

そう思ったが、その先のことを考えているようだった。

「だからこそ無理をしていることの裏返しとも捉えられる。生徒会を辞めるほど追い詰められていながら、俺たちクラスメイトに負担をかけまいと虚勢を張っている……と」

一度考え出すと連鎖を断たない限り際限なく思考の沼にハマるだろう。

だが神崎たちは、よく考えなければならない。

もう少し深く、そして左右に広げながら探っていかなければならない。

考える力を一人一人に与えることで、クラスに活性化を起こすことが出来る。

「一之瀬が生徒会を辞めたことを知りたがっているのは分かった。神崎たちが良い方向にも悪い方向にも悩んでしまうことも理解できる。だが、そうする本意は？　一之瀬には無理をしてほしくないのか、それとも生徒会を辞めたのならよりクラスのために働いて欲しいのか。その辺を詳しく聞かせてほしい」

オレが知りたいことを4人に伝え、ウーロン茶を一口飲む。

全員は動きを止めたまま、視線だけでやり取りを行い返答に悩んでいる様子だった。

それを見ているだけでわかる。

この場にいない一之瀬のクラスメイトが何を考えているのかの予測。

一之瀬の精神状態を不安視する者がとにかく多いであろうこと。

リーダーが倒れる倒れないの前に、一之瀬をただ純粋に心配しているであろうこと。

ただし、神崎と姫野に限ってはそれがすべてじゃない。

「まずは俺から話す。当然、一之瀬にはリーダーとしての力に期待している。生徒会の一件は本来どうでもいいことで、生徒会が負担に感じるのなら遠慮せず辞めるべきだと思う。

重要なのは今のクラスを立て直し、Aクラスを目指す意志があるのかどうかだ。もしその意志を失っているのだとしたら問題だ」

「俺は最初から変わらず持ってると思ってるぜ。けどさ、もし一之瀬がAクラスを諦めたんだとして、それはもう外野がどうこう言える話じゃないよな？　極端な話、目指すも目指さないも個人の自由って言うか」

仲間想いな一面を覗かせる渡辺には強いる真似は出来ないのも無理はない。

「うん。……強制は出来ないよね？」

それは網倉も同じで、その際には仕方が無いと諦めの意思を吐露する。

誰かが諦めた時、無理に引きずってでもAクラスを目指させるのは確かに酷な話だ。

「しかしリーダーとして許される行為ではない。早急にクラスに申し出るべきだ」

せめて願うのは足を引っ張らないこと。そういった点では、仲間に迷惑行為をかけることを嫌うであろう一之瀬には心配しなくてもいい。仲間のために、最低限持てる力で貢献してくれるであろう想像は容易いからだ。

「もしも諦めるのなら、それを早い段階で明示してもらいたい。Aクラスを目指す意思のないままリーダーの座に無理して居座り続けたとしても良い結果は得られないからな」

「だからそれは大丈夫だって。実際一之瀬は何も言ってこないだろ？」

「俺が恐れているのは一之瀬の善人が故の人間性だ。さっきも似たようなことを言ったが、虚勢で諦めてしまった真実を包み隠し強がっているとしたら？　クラスにとってこれほど過酷なことはない」

仲間を想うがために、仲間のために諦めたことを表面上は伝えない。

もし一之瀬が本当に心を折られていたとすれば、そんな可能性も否定はできないな。

「言いたいことは何となくわかるけど……。それを防ぐために必要なのが姫野さんとの協力ってこと？」

「それだけじゃない。一之瀬に意見できる存在を集めることで、クラスはもう1つの頭脳を持つことが出来る。リーダーだけに全てを任せない第二の選択肢を用意する」

「なんか、それってちょっと裏切り行為に近いよね」

一之瀬率いるクラスは一枚岩でなければならない。いや、そうであるはず。そんな考えを持っている網倉にしてみれば、神崎たちの行動は離反そのものに見えても仕方ない。

「今動かないと手遅れになると思ってる。だから、その下準備を私たちはしてる」

「そういうことだ。もっとも綾小路に指摘されるようにまだまだな部分もあるが……」

当初、深く考えていなかった渡辺と網倉に、事の顛末は伝わっただろう。

しかしスッキリとまとまりのある話し合いになったとはお世辞にも言い難い。

それは神崎も痛く痛感しているようで気まずい空気は飛散していかない。

ひとまず一之瀬の生徒会を辞めた理由の追及はここまでだろう。

これ以上粘っても、今の情報量では恐らく真実に近づくことは出来ない。

答えの無い話し合いに時間を割き続けるのは無意味だからな。

「神崎。オレに話したかったことをそろそろ聞かせてもらおうか」

「ん？　あ、ああ」

神崎は思い出したかのように、携帯を見て時間を確認する。

「今日綾小路を呼び出した本題は、新しい仲間を紹介することだった。朝、外せない別件が出来たらしく到着が遅くなっているが、そろそろ着く頃だ」

それから20分ほど、重苦しい話を抜きにして雑談へとシフトしたオレたち。

修学旅行であったことなどを交えながらその時を待つ。

「お邪魔するよ」

「来てくれたか、浜口」

浜口？　視線を向けると一之瀬クラスの浜口哲也が顔を出してきた。

「まさか浜口くんが……？　嘘、意外……」

渡辺と顔を見合わせ、網倉は想定していなかった人物だと表情に出す。

「やあ綾小路くん。こうして面と向かうのは無人島試験の時以来だったりするかな」

「かもな。あの時は色々と世話になった」

食糧の節約が求められる中、他人のオレを丁重に歓迎してくれたことは記憶に新しい。

「大したことはしてないよ。それより僕はどこに座ればいいかな？」

「とりあえず……浜口にはこちら側に頼む」

神崎がその場から腰を上げて少し詰める形で、浜口を隣へと導く。

「後で合流する予定だったのは浜口だったのか」

「ああ。今のところ浜口だけ、とも言えるんだがな」

　つまり予期せぬ形で飛び入り参加することになった渡辺と網倉を除けば3人。

「既に浜口には、例のことで協力してもらえるように話はつけてある」

「つまり、正式な3人目の仲間ということだな」

　神崎と姫野（ひめの）に思い当たった、一之瀬を変えられる存在。

　もちろん渡辺たちには状況が理解できていないところだろう。

　しかしこの2人が偶然の形とはいえ同席を認めたのにも神崎の意志あってのこと。

　邪魔だと思えば、別日にしてくれと断ることも出来た。

「俺たちは前に進むために、動き出さなければならないところまで来ている」

　神崎の、一段階ギアの上がった熱量に姫野も静かに頷（うなず）いた。

「待ってよ浜口くん。神崎くんから聞かされたけど、何をするのか分かってるの？」

「一之瀬さんの精神状態は危うい。このまま放置するのは得策じゃないよ。これは神崎くんに指摘されたからじゃなく、2年生になってからずっと抱いていたことなんだ」

　どうやら浜口に至っては既に一之瀬の不安を見抜いていたらしい。

「マジかよ。そんな素振り今まで一度も見せたことなかったろ」

「それはそうさ。クラスがそんな空気を嫌っていたからね。僕一人が行動を起こそうとしたところで誰もついては来ない。神崎くんがこれまで、それでずっと苦しみ続けていたのは皆で見てきたことだから」

その詳細は他クラスのオレには分からないことだが、真実と重みはここにいるそのクラスメイトたちの仕草や表情が物語っている。

「僕は一之瀬さんをリーダーから降ろしたいわけじゃない。だけど困った時に支えられるような仲間になりたいと常々考えてる。今回の神崎くんの誘いは良いタイミングだったんだ」

「満場一致特別試験で俺が孤立した時も、周囲の目のないところで浜口はずっと気にかけてくれていた。その様子や口ぶりからも理解してもらえると判断できた」

周囲の様子を見ていればよくわかる。

浜口は頼りになり、同時に頼りにされる存在であること。

堀北のクラスで言うところの洋介の役割とポテンシャルに近いかも知れない。

「……良かったのかよ、そんな秘密を俺や網倉にも話して」

「賭けだな。ゆっくりと水面下で進めることも大切だが一之瀬の生徒会離脱の件もあって時間をかけている場合じゃなくなったと判断した。渡辺や網倉を引き入れることが出来ないようではこの先すぐに行き詰まるだろうからな」

偶然の接触から、神崎は光明を見出し手を進めることを選択したようだ。

網倉の方は一之瀬寄りの発言が目立つが、自己の考えもしっかりと持っている。

「信用してくれるのは悪い気はしないけど……」

「まあ、他言無用ってのは約束したし、な」

両者戸惑いを隠せないようだが、神崎たちを裏切るような様子も見られない。

「すぐにこちら側に立ってほしいと言うつもりはない。ただ、これまでの一之瀬に判断をゆだねることに一辺倒だった考えを少しだけ変えてほしい。今後ゆっくりとでも」

「おまえが悪いことしようってなら話は別だと思うんだけどさ、クラスのためを思って行動してるってのは痛いほどわかった。すぐにとは言えないけど考えてみる」

一定の理解を示した渡辺が、少しだけ頰を緩めてそう答えた。

「私はまだ……何とも言えないかも。だけど、渡辺くんも言ったように今回のことを帆波ちゃんに伝えることはしない。今はそれだけしか言えないけど……」

「それで十分だ」

今ここでそれ以上を強引に求めても期待に応えてはもらえないだろうしな。

「ちなみにさ、神崎たちは具体的にこれからどうするつもりなんだよ」

「具体的に、か。まずクラスを救うための第一歩だが――」

そう発言を続けようとした神崎が、ふと視線を向けたドアが勢いよく開かれる。

「おうおう！　邪魔するぜ～！」

許可もなくカラオケボックス内に踏み込んできた石崎、そして小宮の両名。

この場の誰かがこの2人を呼んだのか？　そう思ったが、そんな様子ではない。

明らかにこれまでの場の空気とは様子が異なる。

「休日に揃って何をやってんだ？　俺も交ぜてくれよ」

オレがいることを知るはずもなく、ここで初めて石崎の視線がこちらへと向けられた。

「って、アレ……なんでこの集まりの中に綾小路がいるんだよ？」

「石崎たちの方こそ、どうしてここに？」

「どうしてって、そりゃ、まあ色々っつうか。なあ？」

どこかばつが悪そうな感じで視線を小宮の方に逃がしてしまう石崎。

「お、おう。俺たち2人でカラオケに来たらおまえたちの姿が見えてさ。男2人で寂しく歌うよりも大勢の方が楽しいと思って」

そう言ってコンコンとカラオケのドア、ガラスの部分に触れて答える。

「私たち全然仲良くないよね？」

ズバッと網倉が石崎たちに切り込む。

「そ、それは、ほら。だからこそっつーの？　歌で親睦を深めようって狙いだぜ」

明らかに苦しい言い訳を並べ立てていることは明らかだ。

これ以上の茶番を続けさせるつもりはないのか神崎が2人の目的を明らかにする。

「特別試験が発表された日から、連日龍園クラスからの無法な接触が続いている」

「またか～って感じ？」

怒った様子などは無かったが網倉は呆れながら腕を組む。

「何が無法だよそんな大げさな」

「他グループのボックス席に許可もなく乱入しているんだ、違うとでも？」

「俺たちはただ同級生の様子を見に来ただけだっつの。どんな歌を歌ってんのかなとか楽しそうなら交ぜてもらおうかなとか、それだけのことだぜ」

　小宮に合わせるように苦しい言い訳を並べ立てる石崎だったが、誰も信じない。

「残念だが、今日のこれは勉強会の集まりじゃない」

「……みたいだな」

　石崎はテーブルの上に勉強道具などが一切ないことに気付き、頭をかく。

　龍園クラスは一之瀬クラスとの対決。学力では学年で圧倒的に不利な石崎たちにとっては真っ当に勉強するよりも相手を妨害するところに重きを置いているということか。網倉の『また』という発言からも、対決決定以来こんなことが繰り返されているようだ。

「ってことだから帰ってくれる？」

　勉強をしているならいざしらず、この状況では単なるカラオケを楽しむだけのグループにしか見えないため石崎たちが留まり続けるメリットはない。

「チッ。次に行くぞ、次」

　最後は露骨に認める形で、舌打ちしながら石崎たちは部屋を後にした。

「下らない連中だ。いや、それもすべてはその指示を出している龍園の方だがな」

「ホントだよ。真面目に勉強すればいいのに相手の足を引っ張ることしか考えないね」

「去年の学年末試験のような流れだな」

あの時は龍園も勝つためとはいえかなり危険な行動、行為に手を染めていた。流石に今回やり過ぎることは無いと思うが、龍園がどんな手段を用いてくるかは分からない。

「無理難題な契約を迫られたりはしていないか？」

「大丈夫だ。こちらも既にしっかりと対策を立てている。もちろん、今後も絶対にトラブルが無いと言い切れない以上警戒を怠るつもりはない」

神崎は立ち上がり石崎たちが本当に帰ったかを確かめてから席に戻ってくる。

「余計な邪魔が入ったが本題に戻す。クラスを救うための第一歩、まずは一之瀬がどんな精神状態にあるのかを迅速に確認する必要がある。平時に戻ってもらわなければ前に進むも後ろに進むもないからな」

「何か現況を完璧に把握する方法があればいいんだが……」

確かに。今は誰も一之瀬の本当の状態を知らない時間が続いている。

「やっぱり私たちが、ちゃんと帆波ちゃんに寄り添うことしかないんじゃないかな」

「それは今までと何が違う？」

「え？　な、何が違うって言われると困るけど……」

「そうやって静観、静観を続けて来てしまったからこそ今の現状がある」

「おい神崎さー、そんなに喧嘩腰に責めんなよ。自由に発言していいって場なんだろ？」

少し怒った口調で神崎の説教を遮った渡辺は続ける。

「勇気出して案を出したのに、抑えつけられるように潰されたんじゃ次の意見も出にくくなるんじゃないか？」

「……しかし……」

「いや、僕も渡辺くんの意見に賛成だ。これまでは僕自身の発言を控えて来たけれど、大きな問題を抱えているのは一之瀬さんだけじゃない。神崎くんの強い口調も1つの原因になっていると思っていた」

渡辺を擁護するように、浜口は落ち着いた対応で神崎にそう苦言を呈した。

「神崎君がクラスのために動いてくれていることには感謝している。だけど、それが空回りしてしまったら意味が無いんじゃないかな？」

まだ少数の集まりとは言え、思ったよりも個々のメンバーは自分の意志を持っている。

大勢が一之瀬を妄信する中で、そこに疑問を持つ生徒も混ざっていたということだ。

ただし、浜口や渡辺もけして重苦しい場で表に立てるわけじゃない。

だからこそ率先して前に出てくれる神崎がいることで気ままに発言することが出来る。

「寄り添うって方向性は悪くないと思う。無理に聞き出しても一之瀬さんが簡単に答えるとは思えないし、自然と観察し見定めることが重要なんじゃないかな」

「時間をかけろと？　もう後のないこの状況でか。悠長なことだな」

「いや、それはアプローチの仕方次第だと思う。僕らは言っても基本的にリーダーとしての一之瀬さんしか知らないわけだからね。だけど網倉さんは違う。休日に彼女と遊んだりする機会だって相当あるんじゃない？　その分チャンスは広がるはずさ」

肯定する形で網倉が力強く頷く。

「機会が増えるのはメリットだよ。ただ……同時にデメリットもあるのかな。網倉さんたちは日常的に一之瀬さんと共にしているからこそ警戒もされやすいし、懐に入り込めないようになってしまってる部分はあると思う」

親しき中にも礼儀あり。網倉も何でもズバズバ聞きだすわけにはいかない。

「あ、はい。それに対する理想、私思いついたけど」

一番発言しなさそうだと思っていた姫野が、誰よりも早く軽い挙手をした。

「聞かせてくれ」

「綾小路くんに一之瀬さんの休日の様子を見てもらうっていうのは？　で、その流れで色々聞いてもらえばいいじゃない。他クラスの生徒って普通信じてもらえないけど好きな人が相手なら気だって緩むでしょ？」

「それ、いいかもしれないね。一之瀬さんだって好きな人から誘われたら嫌な気はしないだろうし、姫野さんの言う通り警戒心だって――」

浜口も一之瀬の恋心がオレにあることを当然のように知っているようだ。

「だが、今言ったように綾小路は他クラスの人間だ。それは最大の懸念事項だろう」

「でも信用してるんでしょ？　こんな重要な話し合いの場にも呼んでるんだし」

姫野が鋭く突っ込むことで神崎も開きかけた口が止まる。

「私たちクラスメイトには見えてない部分を探ってもらおうよ」

「や、ちょっと待てよ。姫野の言いたいことは分かったけどさ、綾小路って彼女いるだろ。ほら軽井沢だよ軽井沢、それは色々問題じゃないか？」

「帆波ちゃんは目立つからね。男子と2人で会ってるとなれば噂も立っちゃうかも。最低でも軽井沢さんに許可を取らないと。デートじゃないって証明……あぁでも、帆波ちゃんが綾小路くんを好きな事実があるからそれって許可の問題じゃないのかぁ……」

勝手にオレの名前を出し勝手に盛り上がり始める生徒たち。

「そもそも帆波ちゃん抜きでこんなこと進めていいの？　クラスのためだっていうのは分かるけど、なんか……気持ちを利用するみたいで嫌だな」

特に親しい間柄にいると思われる網倉が、そんな不満を漏らすのも無理はない。

これまで一之瀬クラスは良い時も悪い時も一之瀬を中心に動いてきた。

「特別試験への対策を勝手にするわけじゃない。これは一之瀬に対する行動の1つだ。一之瀬の考えで悩んでいる、ということを当人に伝えるのは可笑しな話だろう」

神崎は網倉にそう説得を試みるが、すんなりと納得しそうにはない。

「満場一致特別試験の時に神崎くんがクラスを変えたいと思ってることは分かった。それが悪いことだとまでいうつもりはない。だけど、裏でこそこそ綾小路くんに相談したり姫野さんを抱きこんだり、やってることは褒められたことじゃないと思う」

透明性を大事にしているであろう一之瀬クラスの一員としては、それも自然な発想か。

「堂々と行動を起こせば反対の芽が出ることは明らかだ。だからこそ、俺一人だけじゃなく姫野、そして浜口が協力してくれたから反論に力が生まれている」

この場でも、半数以上が神崎の側に立っているのは事実だ。

もし神崎1人であれば、1対4で戦うしかないが、今は実質3対2。

味方がいることで援軍からの助けも期待が出来る。

「綾小路くんとのデートで決まりでしょ」

そう結論付けようとした姫野だったが、やはり網倉の表情は硬く姿勢を崩さない。

「姫野さんは迷いがないみたいだけど、そんなに帆波ちゃんのやり方に不満があるの?」

「私は……」

「神崎くんは分かるよ？　帆波ちゃんの傍でずっと意見してたし、時には自分の意見を強く主張することもあった。だけど姫野さんからはそんなこと聞いたこともなかった」

「姫野は——」

当人の代わりに反論しようとした神崎だったが、それを浜口が手で制止する。

「こういう大事なことは自分の口から発言しないと、意味が無いんじゃないかな」

全体を見回し、客観的に正しい物事を判断できる浜口の加入はやっぱり大きいな。

「不満って言うか……私は、全員手を繋いで仲良くってスタンスが好きじゃない。それは最近とかじゃなくてこの学校に入る前からずっとそうだった。友達付き合いもあんまり好きじゃないし、どちらかと言えば1人でいる方が楽だって感じる」

これまで、そんなことを思っていたとは露ほども知らなかっただろう網倉。

「でも私は発言が得意な方じゃないし、黙って流される方が楽だと考えてた。だから遊ぼうと誘われたら黙ってついていくし全員が一之瀬さんに従うなら黙って従うのが楽だと思って従ってきた。ただそれだけ」

自分の意見を述べず周囲に流されることで良しとしてきた姫野。

「でも、内心ではずっと思ってた。一之瀬さんのやり方だけじゃAクラスには上がれないんじゃないかって。だけど仕方ない。全員が黙って従うのなら、私も従うしかないって流されてきたから」

今も人と視線を合わせるのは苦手なのだろう、姫野は映像が流れ続けるモニターの方を見つめながら喋り続けていた。

「でも神崎くんが本気でクラスを変えようとしてるって知った。Aクラスで卒業することを諦めたくないことを知った。だから――私はそれに賭けてみることにした」

「楽に流されてBクラス以下で終わるのか、無理してでもAクラスで卒業するのか、その2択から選んだってわけだな」

これまで聞かされることのなかった姫野の考えを聞いて、渡辺が呟く。

「……そっか。姫野さんの気持ちは分かった。私は何もわかってなかったんだね」

「無理もないって。本心で話したことなんてなかったんだし」

だがそれは言い換えれば一之瀬にも言えることだ。どこまでのことを本心で話しているかは当人の口から語られなければ見えてこないもの。

やり方に多少不満はあるようだったが、網倉も折れたのか一定の理解を示す。

「クラスを代表して俺から頼む。一之瀬から、生徒会を辞めた心境や今後の方針をどう考えているのか。まだ勝てると思っているのか。本音を聞き出してきてもらいたい」

結論がまとまったことで、そう口にした神崎が俺に頭を下げる。

「乗りかかった船だ、特に断る理由はないが……」

そう言うと、普段あまり笑わない神崎が嬉しそうに感謝し頭を下げた。

「でもさ、軽井沢の問題はどうするんだよ」

「どうするも何も、事情を説明して分かってもらうだけだ」

「事情って言っても他クラスのことだよ？　私たちを助けるような真似、軽井沢さんが素直に認めてくれるかな。って言うか疑われたりしない？」

「その辺は心配ない」

突然降ってきた頼まれ事ではあるものの、試したいことを試す良い機会だ。

2

網倉の提案で少しだけカラオケを楽しんでいくことが決まり、オレはその前に一度トイレへと立っていた。思わぬ方向へ進んでしまった一面もあるが、神崎たちが話し合いの中で成長の兆しを見せたのは大きい収穫だ。

あとは後日、オレが一之瀬を誘い生徒会を辞めた事情を上手く確認するだけだ。

本来ならこれも神崎たちで何とかするのが望ましいが、今の神崎たちが下手に動くのはクラスの混乱を招くだけの恐れがあるため推奨は出来ない。

あくまでも一之瀬に付き従う仲間、という側面をしっかりと守ってもらいたいからな。

引き受けたこと自体は後悔していないが、問題は一之瀬に上手く確認するだけ、というのが難しい部分だ。特別試験に生徒会の離脱。一之瀬にとって大きなイベントが立て続けに2つ起こっている状況で誘い出せば、色々と勘繰られることは避けられない。

いっそ正面から堂々と言葉で聞き出し確認するのも手か？

いや、一之瀬の精神状態をチェックしてからどうするかを決めた方がいいだろう。

下手に聞き出すことがマイナスに繋がるようなら意味が無いからな。

「な、なあ綾小路」

男子トイレへと慌てた様子で追いかけてきた渡辺。

急ぎ用を足したいのかと思ったが、どうやらそういうわけでもないらしい。

「あのさ……今度、一之瀬と会うわけじゃん？　ちょっと、別件で頼みがあってさ……」

「頼み？　簡単なことだったらいいんだが」

トイレを済ませて手を洗い廊下へと戻る。

「多分簡単、だと思うんだが、いやどうなんだ、難しいのか……？　うーん」

割とハッキリ物事を口にする印象の渡辺だが、非常に歯切れが悪くなる。

だがあまり長い間席を外すことは良くないと思ったのか、話を切り出す。

「その、なんだ。えーっと……網倉の、ことなんだ」

「網倉？　何か心配事でもあるのか？」

先ほどの話し合いでも一番心が揺れ動いたのは網倉だろうからな。

この後ケアが必要な状態には見えなかったが、渡辺には感じ取るものがあったのかも。

「そうじゃなくって。いや、まあ心配事っちゃ心配事でもあるけど、そうでもなくて」

言葉として支離滅裂になっているが、とりあえず聞き流す。

「あいつにさ、その……今好きな男子とかいるのか、とか、そういうこと？　一之瀬なら把握してるんじゃないかって思って。……良かったら聞き出してくれないか？」

「なるほど」

オレも少しずつ恋愛に関しての事情、感情、そして行動は理解し始めている。

こうして渡辺が口ごもりながら伝えてくるのも意味として汲み取れる。

「渡辺の好きな女子は網倉、と」

「うおいおいおい！　こ、こんなところでそんな露骨に言うなって！」

「大丈夫だ。今は誰もいない」

廊下に漏れ出ているのは、店内を流れるＢＧＭとボックスからの歌声だけ。

むしろ渡辺の大声で慌てふためく方が問題だろう。

「そ、そうだとしてもだって！」

しかし分からないものだな。渡辺が網倉を好きだとは気が付かなかった。

「好きな異性が同じグループにいても冷静だったな。特に修学旅行中」

「小学生じゃないんだからさ、そんな露骨に分かるように態度に出さないって」

そう言えば今日は、渡辺と網倉で買い物に来ていたとか言っていたか。

その事実が判明すると面白いもので、繋がりが見えてくる。

「ひょっとして今日は、デートに誘ってたのか？」

だとすれば、渡辺は渡辺で中々のやり手ということになるな。

「え？　あ〜……まあ、それに近いことを狙ってはいたんだけどさ。気合入れて早起きして準備して。んで寮のロビーで待ち合わせしてさ。そりゃもう内心はドキドキだった」

出がけのことを振り返るように、渡辺は苦々しい顔をしながら話した。

「けどいざ2人で歩き出すと全然話が盛り上がらなくてよ。普段、大勢といる時はお互いに上手く話せるんだけど、こう、言葉が急に出なくなって。ケヤキモールにつくまでの間がちょっとした地獄だったんだ」

誘い出すまでは良かったが、その後は流石に上手くいかなかったというわけだ。

「2人きりが嫌だったのか？」

「俺は嫌じゃねえよ。だけど上手く話せない自分にイライラしたり、そんな俺と過ごしてくれてる網倉は楽しくないだろうなとか、悪いことばっかり考えちゃってなあ。そんな時に神崎と姫野が歩きながら、これから綾小路と会うとか言ってるのが聞こえてきたんだ」

それは、苦境に陥った渡辺にとっては救いの糸だったのかも知れない。

「修学旅行で同じグループだったし、ちょっと顔を出していかね？って誘った」

逃げの一手でありながらも完全に後退はしない、そんな判断からだろうか。

「なるほど、そういうことだったんだな」

2人きりで無くなるのは惜しかっただろうが、盛り上がらないデートほど辛いものはないだろうからな。いや、網倉にしてみればデートという意識すらないと思われるが。

「まさか大事な話が始まると思わなくてちょっとビビったけど……結果的には知れてよかったと思ってる。神崎や姫野の考え、分かった気がするからさ」

ここまで見てきた渡辺の性格上、もっと早い段階で神崎たちが動いていれば浜口のように味方につけることが出来ていたんじゃないだろうか。

恐らくは、そういった生徒がまだ一之瀬クラスには眠っていると思われる。

「でさ……その網倉のことなんだけど、探り……入れてもらえないか？」

「オレが？」

「今度一之瀬と会うんだろ？　さり気なく聞き出してもらいたいんだよ」

「一之瀬に聞けるかどうかも分からないが、そもそも網倉の恋愛事情を知ってる保証は全くないだろ」

「いや、知ってるね。もし誰かを好きだったり付き合ってたら絶対知ってるね」

どこから湧いてくるのかしらないが、かなりの自信をもってそう答える渡辺。

「いわゆる女子の情報網的な話か？」

「そういうこと。網倉は誰かに恋愛相談もせずに男と付き合うタイプとは思えない。となると仲の良い一之瀬には絶対に話を通すはずだ。もし仮に一之瀬が全く察知してなかったんだとしたら、それはそれで俺にもチャンスがあると考えるね」

「なるほど。まだ網倉の中には明確に好きな男子がいないことが判明するからか」

ニヤリと笑った渡辺が頷く。

「まあ……ホントは、なんだ。俺の名前がチラッと出てくれるのが一番なんだけどさ。今のところそういう気配は全くないから、そこは仕方ないって感じで。今ライバルがいないんだったら突き進むだけってな」

自分の中では一切感覚が掴めていないため、リードしている可能性はないと分析する。

まあ恋愛に関してはその自己分析もどこまで当てになるかは分からないが、修学旅行では世話になったよしみもある。

この手のことはクラスメイトには頼みづらい部分もあるだろうしな。

何より渡辺の前向きな姿勢には好感が持てることだ。

「さりげなく聞き出せそうなら聞いておく。だけど過度な期待はしないでくれ。下手に踏み込んで警戒される方が渡辺にとっても不都合が生まれるだろうから」

「おう、全然それで大丈夫だ」

恥ずかしそうにしながらも、嬉しそうな表情も同時に浮かべ渡辺は喜んだ。

3

午後4時過ぎ。カラオケでしばらく聞き手に回ったオレは無言の盛り立て役を終えて解散となり、一人ケヤキモール2階のベンチに腰かけていた。

解散が早かろうと遅かろうと、今日は残ろうと決めていたためだ。

特に目的などもないため、ひとまず携帯でネット検索でもしようと思ったのだが、いつの間にか恵からメッセージと写真が送られてきていた。

ピースをしながら佐藤と寄り添い楽しそうにしているのが一目で分かる。

今日は夕方まで女子の部屋に集まって寮でお喋りに華を咲かせるつもりらしい。

恵の他にも佐藤や森、石倉や前園といったメンバーが揃っているようだった。

オレとの時間を過ごせずとも、こうして仲の良い友人たちで気軽に集まることが出来るのが恵の強みでもある。

いつ帰ってくるのと聞かれていたため少し悩んだ後、午後8時過ぎと返答しておいた。

早めに戻ることを伝えると、恵が友人を置いて切り上げてしまう可能性もあるからな。

バラバラで過ごす日くらい雑念に囚われず楽しんでもらう方がいい。

「さて……」

周囲には今他の人も見当たらないことだし、電話を聞かれる心配はなさそうだ。

時折遠めに見える生徒たちを観察しながら携帯を手に取り一之瀬へと電話をかける。

先延ばしにしても良いことはないので、出来ることなら明日アポを取りたい。

しばらく耳元でコールが鳴り続けていたが、一之瀬が通話に出ることはなかった。

誰かと過ごしていて気付かないのか、昼寝でもしているのか。

あるいは気が付いていて、意図的に電話に出ない可能性もあるかも知れない。

修学旅行終了間際の夜、一之瀬へと接触したことは結果的に歪みを生んでしまったのだろうか。様々考えを巡らせながら着信履歴を眺めていると、折り返しがかかってきた。

『も、もしもし？　ごめん、電話出られなくって』

緊張したような相手の第一声。

特に嫌がっているような様子は声を聞く限りでは感じられない。

「立て込んでたか？」

『う、ううん。ちょうど夕飯の準備をしてて……そ、その電話なんて珍しいね』

言われてみて気付いたが、確かにそうかもしれない。

こういったプライベートな時間に一之瀬に電話した記憶はほとんどないな。

電話の向こうでは微かに話声のようなものが聞こえた。誰かと一緒なのかと思ったが、よくよく聞いてみるとテレビの音声であることが分かった。

「ちょっと急な誘いになるんだが、もし明日予定が空いてるなら会えないか？」

ここは正面から堂々と乗り込むように、ストレートに用件を告げる。

『えっ……え、私と？』

「一之瀬以外を誘っているように聞こえるのか？」

『そそ、そんなことはないけど……でも……ん、えと、２人……で？』

「可能なら２人で」

こちらも回りくどい言い方をすべき場面ではないため、そう伝える。

すると一之瀬からは返事が戻ってこず、やや重い沈黙が数秒続いた。

『予定は、ないんだけど……。用件は何かな』

用件か。確かにそれ次第では一之瀬としても会うことはやぶさかでないだろう。

分かりやすく言えば相談事がある、何か問題を抱えている。

そんな話であれば一之瀬としても会いやすいだろうからな。

しかし神崎たちに頼まれたという部分を今、伝えるわけにもいかない。

一応彼らには悟られないように探ってくれと頼み込まれている。

「もし用件がないと２人では会ってもらえないか？」

『そういうわけじゃ……で、でも、２人きりっていうのは……』

「オレは会いたい」

『っ……!?』

「ただ、精神的にキツイのならやめておいた方がいいかもな」

リスクを承知で、ここは一度少しだけ引いてみる。

その感触で一之瀬の感情がどこにあるのかを探るためだ。

『……ま、待って。ううん……大丈夫』

警戒心がないわけじゃないが、避けたい感情が前にあるわけじゃなさそうだ。

「本当にいいのか？　無理強いはしたくない」

『無理してないから。……私も、綾小路くんに会いたい……』

「そうか。なら明日の10時ケヤキモール前で集合させてくれないか」

どれだけ時間を要するか分からないため、最大限拘束出来る方が望ましい。

『わ、分かった。10時、だね』

「それじゃあまた。もし都合が悪くなったらいつでも連絡をくれ」

長話をしようと思えば出来る状況だがそれは避ける。

『うん……また、明日、ね』

そう言ってどこかぎこちない会話を終えて通話を終了させた。

これでひとまず一之瀬と会う約束を取り付けることは出来た。

あとは明日、一之瀬の精神状態を詳しく探るだけ。

同時に今何を想っているのか、そこまで知ることが出来れば理想的だな。

この後は本屋にでも立ち寄ることにするか。

まだまだ今日は1人で過ごす時間が余っている。

友達がいない頃に1人で過ごす時間とはまた違った、あえて1人で過ごす時間。

これもまた違う視点に立てるようになって気付ける至福の時間だ。

4

夜まで自分の時間を満喫したオレは、スーパーに立ち寄り遅めの夕食を購入し、恵にこれから帰ると伝えてケヤキモールを後にする。気温も随分と下がり、これまで暖房が効いた環境に長くいたこともあって温度差が中々堪えるな。

ポケットの中の携帯が震える。すぐに既読が付くと、恵は友人と夕食まで一緒だったようで解散したばかりだと言う。一日満喫できたようで何よりだとメッセージを返し、人気の少なくなった道を1人寮へと歩く。

その途中、立ち止まっている女子生徒の背中を見つけた。

歩いている様子はなく、視線が空に向けられている。

誰なのか暗くハッキリしなかったが、どことなく見覚えがあるなと思いつつ近づいていくとその正体はすぐに判明した。周囲に他の生徒は見当たらず1人。

「驚いたな。てっきり帰ったと思ってたんだが」

こちらの発言を聞いて振り返ったのは姫野だ。

「え？　綾小路くんこそ帰ったんじゃ？」

「一応買い物して帰るって伝えたつもりだったんだが」

「そっか、そんなこと言ってた気もするけど……それにしては遅すぎない？」

どうやら話半分に聞いていたらしい。

とは言え解散してから4時間近く経っているため、不思議に思っても仕方がない。

「それで今から帰るところ？」

スーパーのビニール袋を見た姫野がそう聞いてきたため、頷いて肯定する。

「そっちはこんな時間まで何してたんだ？」

「んー……ボーっとしてた。雑貨屋行ったり意味もなく映画館の前まで行ってみたり？」

オレと似たような感じらしい。1人で過ごす時間を満喫していたのかも知れないな。

「ついでだし、良かったら寮まで一緒に帰らない？」

姫野らしくない提案に少し驚いたが、否定する理由は思いつかない。

「うー、やっぱり夜は冷えるね」

まるで気が付かなかったというように、ここで身体を震わせる。

「実は解散した後、神崎くんたちにもう少し付き合わないか声をかけられたの」

「そうだったのか」

「クラスメイトだけで話す機会も大切なんじゃないかって。でも、断った」

「どうして？」

「正直いうとさ、あの環境が少し嫌で避けたくなったんだよね。あ、別に仲間を抜けるとかそう言うことじゃなくて。複数で行動するのが嫌だっただけでね」

多少打ち解け合うことも覚えつつある姫野ではあるが、まだまだ多人数との付き合い方には四苦八苦しているのかも知れない。

「やっぱり1人は落ち着くなーなんて思ってたら、夜になってた」

「そういうことか」

「でも1人の時間が長く取れた分、考えちゃうことも多くてさ。特に綾小路くんに言われた言葉が結構突き刺さったって言うか。痛いところ突かれたなって思った」

どうやらカラオケで見せた四苦八苦を気にしていたようだ。

「自分がイメージしてたより何もできてなかったんだなって。一之瀬さんが危ういって気づかない周囲と違って気づく自分がちょっと凄いとか、神崎くんと組んで特別なことをやってるんだって根拠のない自信があったりして。その鼻っ柱を折られた気分」

「それは何と言うか悪かったな」

「別に謝ることじゃないって。むしろ綾小路くんの言ったことは正しいよ」

白い息を吐きながら、姫野はこちらを向いて苦笑いを浮かべた。

「もっと簡単に凄いことが出来ると思ってたのに……行動するって大変だね」

「誰だってそうだ。一之瀬だって、オレだって。行動に移すのは大変なんだろう」

慰めるわけじゃないが、深く悩みすぎても困るためそうやんわりと伝える。

「進むべき道を模索してる最中だけど、このまま、神崎くんや浜口くんと行動を起こして改善するのかどうか自信が持てなくなったな」

「迷うのは悪いことじゃない。ただ、立ち止まっても解決する問題じゃない」

「そうなんだけどね。クラスを救うために動き出したはずなのに、見えない歯車は少しずつ狂い始めてる。そんな気がしてならないんだ」

見えない歯車が狂い始めている……か。

これまでにないことをやろうとすれば、不安が顔を覗かせるものだ。

「分からないでもない。それでも今まで上手く歯車が回っていたかと問われた時、正直にイエスとは答えられないんじゃないか？」

「まあ……それもそうだね」

健全なクラス運営は行われてきたが、そこに結果はついてこなかった。

つまり歯車は正常に機能していなかったことを表している。

「今、姫野たちのクラスに変革が訪れようとしていることは確かな事実だ」

それが幸か不幸か、辿り着く先の答えはまだオレにも分からない。

神崎たちの存在だけじゃなく、生徒会を辞めた一之瀬もそうだ。

様々な事柄を御しているつもりのオレにも、先々のことは不確定で不透明だ。

しかし結末は２つ。生か死か。つまり一之瀬クラスが救われるか救われないかの２択。

されどその過程の道筋は――――何者にも見通せない濃霧が広がり始めている。

３月、やがて訪れる２年生の終わり。

その頃には、姫野の目にも結果が見えてきていることだろう。

「綾小路くん。私たちのクラスが変わればAクラスの可能性は残されてると思う？」

「客観的な意見が聞きたいのか？」

「うん。出来れば」

「その問いかけに答えられるとしたら……条件付きでイエスと答える」

「へえ……てっきり無理って言われるかと思った。でも、条件付き？」

「このまま意識の改革だけでAクラスになれるほど2年生の戦いは甘くない。実際に一之瀬クラスとAクラスとの差は深刻になりつつあるからな。その差を埋めるには、相応の痛みと覚悟をクラス全員が持つことが出来なければ到達できないだろうな」

「痛みと覚悟……？　具体的にはどんな？」

「悪いがそれは、今は答えることは出来ない」

「答えることは出来ない、か。そんな返答が戻ってくると思わなかった。全く考えてないとか、適当に言ったんだとか、そんな風に言われると思ったから」

「普通はそう思うだろうな」

「だって他クラスの悩みって言うか、苦悩話だし。私たちが苦しめば苦しむほど、綾小路くんのクラスは相対的に得をするって言うか。そうでしょ？」

「そうだな」

「なのに親身になって協力してくれる。それはどうして？」

「敵味方以前に、一之瀬クラスの行く末を見てみたい気持ちが強いからだ」

「行く末を……？　なんか、綾小路くんには先の未来が見えてるみたいな言い方だね」

誰にも未来を見通すことなどは出来ないが、予測して備えることはできる。

「だからしばらくは、困った時には手を貸すつもりだ。オレなんかで良ければな」

「きっと神崎くん喜ぶと思う。私も、凄く心強いって感じてるし」

好意的に捉える姫野は、両腕で小さくガッツポーズを作るような真似をしてみせる。

「その姿を堂々と見せられるようになるといいな」

「えっ？　あ、なんか急に恥ずかしくなった……」

そう言って両手をポケットの中に逃がして視線も一緒に逃がしてしまった。

5

姫野と寮まで歩いて帰っていると、ベンチに座り携帯を触っている恵を見つける。

「じゃあ、またね」

すぐに場の空気を読んだ姫野はオレの横から離れると足早に歩き出す。

ベンチに座る恵に軽く会釈をして、そのまま寮へと戻って行った。

「こんなところで何してるんだ？　部屋に戻ったんじゃなかったのか」

「何してるって？　何してるように見える？」

「誰かを待ってる」

「正解。じゃあ、その待ってる人は誰でしょうか。1、池くん。2、南くん。3、清隆」

そう言って1本ずつ指を立ててクイズを出してきた。

「極めて難しい問題だな。1の可能性が高そうにも思えるが……」

「外したら罰ゲームがありまーす」

「答える前に罰ゲームの内容を聞いておこうか」

「そうだなぁ。額に恵ちゃんラブってマジックで書こうかな。それで通学ね」

「よし、3番にする」

「はやっ！　そんなに罰ゲームしたくないわけ!?」

ちょっと怒りながらもベンチから立ち上がりオレの横に並んだ。

「それで？　さっきの女の子って姫野さんだよね？　なんで清隆と歩いてたわけ？」

笑顔ではあったが、その理由を話しなさいと強い圧を向けてくる。

「神崎と会うことは伝えてただろ。姫野もその中にいた1人だ」

「ふうん？　でも神崎くんたちはいなかったよね」

「一度解散した。で、帰り際にたまたま姫野に会って軽い雑談をしてただけだ」

「ふうん？　ふうん？　まあ彼女だから彼氏の発言は一応信じますけどー？」

そうは言うものの疑う気持ちが全くないわけではなさそうだった。

「なんか仲良さそうに見えたんだよね」

「ダウト。この暗闇じゃそんなところまでは分からなかっただろ」

「う……そ、そうだけど。何となく伝わってくるものがあったの！　もういいけどさ！」

オレの横は自分の席だというように、腕を絡めてくる。

「楽しい話しようよ」

「同意見だ」

「じゃあ明日一緒にケヤキモールに行こうよ。クリスマスも近いしさ」

そう誘ってきて、ニヤッと笑った。何が言いたいか分かるよね？　そんな表情だ。

「須藤の告白が失敗に終わったからな。クリスマスプレゼントだろ？」

「正解っ。サプライズでプレゼントも悪くないけど、欲しいものを彼氏と一緒に買いに行くのも悪くないよね」

独自に考えて悩むよりも喜んでもらえるのは間違いないので、こっちも助かることだ。

「期待に応えてやりたいところだが、ちょっと明日は無理だ。来週にしてくれ」

「えー？　もしかしてまた別の予定入れちゃったの？」

今日神崎たちに会うことは、事前に恵には知らせていた。恵は神崎たちと繋がりを持っておらずオレとの関係をよく分かっていないため、不思議そうにしていたものの特に気に留めることはなかったが……。

「そういうことだ」

「ちょっとだけでも時間作れないの？　明日はどんな用事なの？」

一之瀬と過ごす。それを伝えず誤魔化すことは簡単だ。だが、神崎たちのことを話した時と同様に伏せることのデメリットは非常に大きい。

ただでさえ目立つ一之瀬の存在だ、オレが隣にいれば不穏な噂も立つだろう。

それに恵には友人も多く、その生徒たちが目となり耳となる。

「一之瀬に会う」

「……一之瀬さんに？」

神崎と会うと伝えた時とは明らかに違う反応で、恵は足を止める。

「他には誰がいるの？　神崎くんとか姫野さんとか？」

「今のところ誰もいない。一之瀬だけだ」

「何それ。ちょっとよく分からないんですけど。女子と2人きりで休日に会うの？」

露骨に機嫌が悪くなったのが分かったが、無理もないことだろう。

これが逆の状況でも、普通の男子なら同じような反応を見せたはずだ。

「そうなるな」

視線で恵の様子を窺うと、被せるように目を合わせ睨みつけてくる。

「それで？」

「それでとは？」

「普通さ、ちゃんと理由とか話すでしょ。2人で会うけど勘違いしないでくれ、こういう事情があるんだみたいな。彼女を不安にさせるようなの絶対ダメでしょ」

「確かにそうだな。一之瀬に会う理由は幾つかあるが1つは神崎たちに頼まれた」

「……神崎くんたちに頼まれた？　はい？」

ここで神崎の名前が出たことで少しだけ安堵した恵。

「まだ公になってないが一之瀬が生徒会を辞めた。今そのことで混乱が起きてる」

「ちょ、ちょっと待って。そうなの？　なんか、よく分からないけど何で？」

「不思議だろ？　神崎たちはその真相を知りたがってる。生徒会に属することはそれなりにクラスにとってもプラスに作用するからな。Ｄクラスに落ちた今少しでも得点を稼ぎたい中での生徒会離脱ともなれば、クラスメイトが動揺するのも無理はない」

これだけの説明でも、何となく神崎たちの感じる不安は恵にも伝わるだろう。

「だが神崎たちは一之瀬に直接理由を問いただすことを恐れてる。Ａクラスを目指すことを諦めた、なんてことがリーダーの口から聞かされるのは耐えられないからだ」

「それで――代わりに清隆が理由を聞き出すってこと？」

「そういうことになる」

「事情は分かったけどさ……なんで清隆が一之瀬さんのクラスに関わるわけ？　放っておけばいいじゃん。下手に助けたらまたライバルになるかも」

その疑問が生まれるのももっともだ。これは堀北たちには到底聞かせられる話じゃない。

「敵に塩を送る行為をする理由はある。が、それはおまえにもまだ話せない」

「あたしに話せない……？　誰かに話すかもって思ってるの？」

「そうじゃない。おまえの口が固いことはよくわかってる。ただ、オレのやろうとしていることを今の段階で誰かに話して聞かせる気が無いだけだ」

あえて、厳しめに突き放す言い方に恵の表情が少しだけ強張った。

しかし恵には恵で、素直に受け止めることは出来ないのも当然のことだろう。

一瞬堪えようとしたみたいだったが、すぐに想いをぶつけてくる。

「清隆が色々考えてるのは分かる。きっとあたしの知らないところでクラスを助けてることや、神崎くんたちのお願いを聞いて一之瀬さんから事情を聞き出そうとしているのも意味があることなんだって、分かってるつもり。でも、でもさ……嫌じゃん、女子と2人で休日に会うって……なんか、嫌じゃん。せめて学校にするとか、お昼休みだけにするとか他にも方法があるんじゃないの？」

拗ねるように、恵は唇を尖らせて明後日の方向を向いた。

ここで悪かったと言って、大切なのは恵だけだと言えば話は簡単だろう。

心配するなと一声かけてやることが恋愛において大切なことは、もう学んでいる。

なら、逆ならどうなるのか。答えの想定は出来ていても実際に導き出してみなければ理解したとは到底言えないだろう。

「ならオレの邪魔をするか？　休日、一之瀬と会っている最中に乱入してくればいい」

「そ、そんなの……」

「しないだろ？　そんなことをしてもメリットはない。なら、この話はここで終わりだ。クリスマスのプレゼントは来週一緒に買いに行く、それで問題は無いはずだ」

優しい言葉をかけないだけで、場の空気はこんなにも一瞬で重たくなり変わる。

寒空の下でオレを待っていた時の楽しそうな恵の姿は、消え失せていた。

「もういい。清隆には清隆の考えがあるもんね。あたしがどうこう言う資格ないし」

表情だけじゃない、感情までもどこか遠くへと逃がしている。

「あたし、ちょっとコンビニに寄り道して帰る。先帰ってて」

そう言って、こちらを見ないままコンビニの方へと駆け出した。

しかし恵の去って行く歩幅は早いようで遅く、オレが追いかけてくるのを期待していることが背中からも分かった。

すぐに追いかけ、悪かった、一之瀬と会う方法は少し考える、そう伝えるだけでいい。

それで直前のように機嫌は戻るだろう。

だがオレはその背中から視線を切り、そのまま寮へと戻ることを決めた。

こうすることで溝は深くなる。

恵がどんな反応をするのかどんな態度を示すのか。

そしてオレがどう感じどう行動するのか。

それらを経験する良い機会になるだろう。

○休日の過ごし方

神崎(かんざき)たちとの話し合い、恵とのちょっとした軋轢(あつれき)を経験したその翌日の日曜日。

前日に約束した一之瀬と会う時間がやって来た。

少し早めにロビーへと降りてみるが、周辺に一之瀬の姿は見受けられない。

偶然バッタリの可能性もあると思ったが、そうはならなかったようだ。

振り返りエレベーターを見るが動く様子もない。

「流石(さすが)に恵が後を付けてくることはないか」

一之瀬と会うことを懸念していた恵なら、そういった行動に出ないとも限らない。

いや、まだ何もしないと決めつけるのは時期尚早か。時差で向かう可能性もあれば、もうすでに先回りしている可能性もある。

あるいは大胆に一之瀬と会っている最中に合流をしてくる可能性もなくはないだろう。

これまでの行動パターンを解析すれば、確率を0にすることは出来ないものだ。

そうなったらそうなったで立ち回るだけだが……。

昨日のあの様子では、流石に無茶(むちゃ)な行動には出ないのではないだろうか。

見たくないものを立て続けに見るには、それなりに勇気がいるもの。

寮から外に出る。空模様は今のところ快晴だが、生憎(あいにく)と午後からは一転雨になることが予報されているため傘も一応持参する。

一之瀬はどんな気持ちで今日の朝を迎えたのだろうか。

彼女の望むもの、欲しいもの。それが1つだけでないことは明らか。卓越したリーダーとしての能力、恋愛に勝つこと、強い精神力を手に入れること。願望を数えれば片手、いや両手の指だけでは足らないものだ。

修学旅行の夜だけで、オレとの関係に具体的な変化が訪れたわけじゃない。

まだまだ不安定な一之瀬が、何を考えているのかは直接会って確かめるしかない。

先々のことを考えながら約束の時間から少し前に現地に到着すると、後ろ手に傘を持った一之瀬が既に待機していた。

こちらが声をかける前に気が付き、手をゆっくりとあげる。

「お、おはよう綾小路くん」

重たい空気は感じない。どちらかと言えば瑞々しく初々しい緊張感のある様相。

不意打ちの夜とは違い一之瀬もしっかりと表向きの感情を用意してきたか。

最初はこちらと視線を合わせてきたが、真意を探ろうと追い続けているとすぐに逸らされてしまった。気付かれにくいようオレの口元や鼻、首に目線を落としたことが分かる。

「無理を言って予定を開けてもらって悪かったな」

「別に大したことじゃないよ。元々予定はなかったから。ほんと、うん」

建前だけでもそう言ってもらえると、誘った側としてはありがたい。まだケヤキモールが開く数分前で、中に入ることは出来ないため2人で入口に並ぶ。

隣同士だが距離は近すぎず遠すぎず。何も知らない第三者が見ればバラバラに開店を待っているのか一緒に待っているのか判断の難しい微妙なところだろうか。

「開店前に来る機会は少ないんだが、まだ誰もいないな」

「今日は特に寒いもんね。みんな、まだ部屋でゆっくりしてるんじゃないかなぁ」

確かに。特売日でもない限り、朝早くにモールの開店を並んで待つ必要は無いか。

ホント寒いね。そう小さく繰り返し呟いた一之瀬の言葉。

話は建物の中に入ってからと思っていたこともあり、会話がそこで途絶える。

恋人である恵と過ごす時間が増えていた日常。その日常は常に会話が溢れているわけじゃない。

時には同じ時間を共有しながらも、10分20分と沈黙が続くことだって少なからずある。

最初は今と同じような気まずい感じがあったが、気が付けばそれはどこかへ消え失せ、時に沈黙の時間を心地よいとさえ感じるようになっていた。

これは慣れる慣れないの問題よりも、やはり距離感がある、親しいと呼べるほどの距離じゃない相手とは、僅かな沈黙の時間が妙に重苦しく感じてしまうものなんだな。

続く沈黙に耐えられないわけじゃなかったが、相手を誘った手前話題を振った方がいいのだろうか。

もしかしたら、一之瀬も同じように考えていたのかも知れない。

だが互いに上手く言葉を発することが出来ず最初の一歩が踏み出せない。共通の話題。1度投げれば2回3回と会話のキャッチボールが出来るもの。

それを考えた時、頭の中で1人の男子生徒が浮かび上がった。

「そう言えばこの間の修学旅行で、渡辺と同じ班だった」

「そうみたい、だね」

「今まで接点がなくて知らなかったが、渡辺は気さくで話しやすくて良い奴だった」

思ったことを素直に話すと、一之瀬は自分のことのように喜んでみせた。

「うん。男女問わずクラスメイトから好かれてると思う」

池ほどお調子者すぎず、洋介ほどじゃないがそれなりに場の空気も読める。

オレが見た渡辺はほんの一部だが、クラスでも変わらぬ立ち回りをしているだろう。

「クラスが違うだけで2年近く同じ場所で学んでるのに、知らないことだらけだ」

「それは私も同じだよ。他クラスのことって、知ってるようであまり知らないから。小学校や中学校とは全然違うって言うか……本気で競い合うとそうなっちゃうんだなって」

普通の友達関係だけなら、弱みを見せ合い助け合うもの。

ところが、この学校ではその普通の概念が通じないところがある。

これが一之瀬を含め一般的な生徒が抱く感想の共通点だろう。

「人付き合いは難しいな。クラスメイトとすら、まだまだ打ち解け合えてるとは言えない。それに比べて早々に誰とでも仲良くなれる一之瀬は凄いと思う」

「え？　私なんて別に凄くないよ」

謙遜するというより、自分のスキルの高さに気が付いていない様子だ。

「ならコツでもあるのか？　誰とでも親しくなるための方法とか」

友人関係の構築は、どれだけ学んでもまだ一流の頂には遥か遠く及ばない。

一之瀬や櫛田といった者たちのようなスキルは身に付く様子がない。

やるべきことはもう理解している。

何を発言すればいいのか、その単語は把握している。

それでも、オレは彼女らのようにはなれない。積み上げて来たもの、場の空気、身振り手振りから出る僅かな差で大きく結果が変わる。

「うーん……そんなのあるのかなぁ。あるとしても、私には分からないかな」

天性のスキルとして持ち合わせているからこそ理論的に分解して話すことは出来ない。

そのため、見て学んでも簡単には会得し吸収、使いこなすことが出来ない。

何とか続いてくれた言葉のキャッチボール。

程なくして午前10時を迎えたことで、閉ざされていた自動ドアが開いた。

「入ろっか」

「そうだな」

こうして一番乗りでケヤキモール内に入ると、暖房の効いた店内の暖かさに包まれる。

「今日は何時まで大丈夫なんだ？」

「何時でも大丈夫だよ。この後予定があるわけじゃないから」

今日一之瀬には幾つか質問をしたいと思っていたので良い機会だ。下手に時間制限があると、その中で上手く会話の駆け引きをしなければならないからな。

特に生徒会を脱退した理由に関しては、神崎たちから頼まれた重要課題でもあるため詳しく把握しておきたい。神崎たちの願いを叶えられる時間が確保が出来たのは、まさに好都合と言える。

が……逆に不穏なものを感じなくもない。

恋愛面はいったん棚上げしておくとして、一之瀬は基本的に鈍感なタイプではない。

一級品の嗅覚ではないにしても、並の生徒よりも優秀な察知能力は持っている。

適正以前に、そうでなければリーダーは務まらないからだ。

クラスメイトたちから向けられる視線や言葉、感情の端々から、自分がどう見られているのか程度は、今の精神状態でも把握している可能性は高いと見るべき。

だとするなら偶然このチャンスに恵まれたのだと、決めつけてかかるのは良くない。

こちらの誘いの意図を察し、推測を立ててるくらいのことはしているだろう。条件次第ではオレの思惑の裏にクラスメイトたちが潜んでいることに気付いているのかも知れない。

そんな心づもりで今日一日に望んだ方がいいな。

「えっと、これからどうする？」

裏の目的は情報を引き出すことにあるが、表向きの目的はまだ伝えていない。

今日どんなプランで一之瀬と同じ時間を共有するかを考えた結果、導き出した結論。

「明確な目的は決めてなかったんだが……そうだな。一之瀬の休日の過ごし方を教えてもらう、ってことでもいいか？」

「私の休日の過ごし方？」

「ああ。どんな日常生活を送れば誰とでも仲良くなれるのか、そのヒントを探りたい」

「えぇっ？　そんなことで分かってくるものなの？」

「とりあえず思いついたことを言ってみただけなんだが……ダメか？」

断られた時には第二プランを提示しようかと思ったが、一之瀬は嫌な顔をせず頷く。

「力になれるかは分からないけど、綾小路くんがそれでいいなら、そうしてみる？」

前向きに考えてくれたようで、快諾してくれる。

まず最初の交渉は上手く成功したようだな。

「んと、じゃあ……ホントに私が休日にしてることをしていいの？」

「もちろんだ。買い物だろうと映画だろうとカフェだろうと、付き合わせてもらう」

「ちょっと期待には応えられないかもしれないよ？　それでもいいかな？」

今言ったどれにも当てはまらないのか、一之瀬は笑う。

朝合流してからどこかぎこちなかった様子だったが、自然な笑みを見た。

「じゃ、早速行こっか」

そう言い歩き出した一之瀬は迷わずエスカレーターで2階へと向かった。

1

ケヤキモールの中には様々な商業施設が存在し、大半はオレも足を踏み入れたことがある。しかしそんなオレも、まだ未体験な施設というものは幾つか残っている。

そのうちの1つが、2階にあるトレーニングジムだ。

「休日の土日だけなんだけど、ここに来るようにしてるんだ。運動音痴なところがあるから、それを少しでも改善できればと思って」

そのジムの前に到着して一之瀬(いちのせ)が学生証を取り出す。

「綾小路(あやのこうじ)くんはジムって通ってないよね？」

「ああ。入ったこともない」

「じゃあ丁度よかった」

「それにしても一之瀬がジムとは驚いたな。いつから通ってるんだ？」

「無料体験を9月の中ごろにして、本会員になったのが10月の頭からだったかな」

もう2か月以上ジム通いをしていたということか。それは全く知らなかった。

「1人で始めたのか？　オレはこういうところに入るのが苦手というか……」

入会して通い始めたら気にならないんだろうが、最初の1回2回のハードルが高い。

「私もだよ。だから友達と始めたの。１人じゃ勇気が足りなくても２人なら結構思い切って出来るからね。今日は一緒に付き合ってくれるってことでいいよね？」

頷（うなず）いて答えると、そのまま一之瀬に導かれるまま施設の中に足を踏み入れる。

受付に立っていた愛想の良い女性スタッフに挨拶をした一之瀬が、学生証を提示すると同時に後ろで立つオレのことを説明し始めた。

「学生証持ってる？」

「ああ」

どうやら学生証を提示すれば細かな記入を省いて無料体験が簡単にできるらしい。

「じゃあまた後でね綾小路くん。ここからはスタッフさんに説明を受けてね」

その後は男性トレーナーに案内が替わり、ロッカーの使い方や着替え、シャワー室などの説明を一通り受けてから着替えを求められる。

ジムには荷物を持ち込まずとも、手ぶらで通えるようになっているようだ。

ロッカーで私服を脱いで借りたレンタルのトレーニングウェアに袖を通したオレは、奥のトレーニングルームへと向かう。

まだ一之瀬は着替えを終えていないようで、誰の姿もなかった。

開店したばかりだからな、当然か。

しかし無料体験のオレが一番というのも、何か少し困ったものだ。

男性トレーナーが色々と教えてくれるようだったが、その申し出は断る。

折角（せっかく）なのでその辺も一之瀬から教わった方が良いと思ったからだ。

ただどう振舞っていいか勝手がわからないため、適当に機材を見て回る。

もっともトレーニング器具そのものには馴染みも強いため違和感は少ない。

ホワイトルームにいた頃は、身体を鍛えるための最新設備が全て揃っていたからな。

メーカーや年式は多少違っても、どれも扱う上では問題なさそうだ。

そんな感想を抱いていると意外なことに続々とジム生が集まり始めていた。

もっと閑散としているかと思ったが、結構人気なんだな。

「お待たせ綾小路くん。あ、男子はもう始めてるみたいだね」

トレーニングウェアに着替えて出てきた一之瀬の格好に少し驚きつつも、同意する。

「女子のロッカー室も、2、3人は来てたかな」

「大人の姿もあるが生徒以外も利用できるんだな」

映画館にしろスーパーにしろ、全てが学生専用でないことは分かっていたがこのジムも例外じゃないらしい。

「真嶋先生なんかもよく見かけるよ」

なるほど。教員にしても例外じゃないわけだな。

学校の敷地内で生活をする者たちにしてみれば、身体を鍛える場所も重要だ。

これまで近寄りがたい施設として長らく敬遠してきたが、一之瀬のように馴染み深い生徒が通っているのなら真似させてもらってもいいかも知れない。

そんなことを考え始めていると、一之瀬が丁寧に機材の説明を始めてくれた。

これはこう使うもので、とちょっとした実践形式を交えて。説明が不要であることはあえて口にせず、ここは大人しく何も知らないフリをして解説に耳を傾けることにしよう。

知識としてはそれなりに身に付けている一之瀬ではあったが、まだジムに通い始めて日が浅いこともあってか、実際に使いこなせるものは少ないようだ。

それから10分ほど機材の使い方を教わっているとジムにやって来る生徒たちも徐々に増え始めオレたちを除き男女7人ほどが汗を流し始めていた。

「そろそろ私たちも何かして――あ、麻子ちゃんおはよー！」

実践に移ろうかというタイミングで、一之瀬は見知った顔を見つけて声をかけた。

「え、あ、帆波ちゃん!?」

それは着替えてロッカーから出てきたばかりの網倉だ。

今日オレが一之瀬と出かけることを知っていることもあり心底驚いたようだった。

「な、なんでジムに？」

思った疑問がそのまま口から漏れ出てしまったのだろう、落ち着きがない。

「休みの日にジム始めたでしょ？　綾小路くんにもちょっと紹介しようと思って」

「そう、なんだー」

まさか2人でジムにいるとは思いもしなかっただろうな。

一之瀬は網倉のそんな心情はわかるはずもないのでこちらは何気ない顔で済ます。

「ってことなんだ。邪魔する」

「……別に邪魔ってことはないけど……」

網倉が目線で『余計なことを言わないでね』と釘を刺してくる。

余計なことは当然、先日カラオケで会った時のこと全般だろう。

もちろんそんなことはしない。どれだけ通じるかは分からないがこちらも目で訴えておく。

「綾小路くんとジムってなんか違和感すごいね」

「そうか？」

「こういうことするイメージがないっていうか。人が集まる場所嫌いそうっていうか」

それは単なる偏見だと言いたいところだが、正解だ。

一般生徒たちの前で体を鍛える行為には多少なりとも抵抗があったからな。

それにこの手のジムは、何というか黙々とトレーニングに励むというより、友達とワイワイしながら行うイメージがあったため、寄り付きにくかった。

そういう理由から疎遠にしていたことは認めるしかない。

「ていうか、ちょっといい帆波ちゃん」

そう言って何かに気が付いた網倉が一之瀬の腕を引いて距離を取った。

そして何かを耳打ちする。２人の目は何故かこちらに向けられている。

「……ッ!?」

飛びあがるように驚いたかと思うと、何故か網倉の後ろに隠れるように身を伏せた。

「気付いてなかったんだ帆波ちゃん……」

そう答える網倉も、どこか気恥ずかしそうな感じを出している。

「なんだ……？」

「あぁいや、その……まあほら、慣れてないとこういう格好ってちょっと恥ずかしいって言うか。ね？」

空気を読んでよ分かるでしょ？　な視線を頂く。

「なるほど？」

どうやらジム用のウェアが男子に見られて恥ずかしい、という話らしい。

ただジムの特性上動きやすさ、汗の吸収などを考慮すれば格好の制約はどうしても出来るもの。恥ずかしい恥ずかしくないといった羞恥の概念は持ち込まない方が良い。

一之瀬はその事実に気付いていなかったが、網倉が気付かせてしまったと。

露骨な彼女の反応に網倉からも失敗した、という表情が簡単に窺える。

年頃の異性として気にするのも無理ないかも知れないが、ここはジムだ。

割り切って気にしないのが一番であることを思い出してもらいたい。

「こういう時は汗を流すのに限るんじゃないか？　色々と教えてくれ、やってみたい」

異性の格好を気にしだすと見境がなくなるためオレはそう言って別のことを考えるように仕向ける。その言葉で一之瀬も覚悟を決めたようだった。

「そ、そうだね。えっと……じゃ、じゃあ……どうしようか麻子ちゃん」

「なんで私に聞くの!?」

どうやらまだパニックが治まっていないようで網倉に救いを求めた。

2人でまた耳打ちするように話し合うと、ほぼ同時に頷いて意思の疎通を確認。

「私たちってまだまだ初心者で、慣れてるルームランナーからでもいいかな?」

「もちろん全然かまわない」

フィットネスジムの定番ともいえそうなルームランナーに乗った2人が、それぞれ自分に合ったモードで走り始める。メーカーなどはもちろん異なるが、小さい頃にオレも繰り返し使ったことがあるため戸惑いはない。

室内でのトレーニングには欠かせない有酸素運動定番のマシンだ。

一之瀬と網倉はほぼ同じ設定だったので、こちらも同等程度にしておく。

「ジムは初めてなんでしょ? 無理はしないでね綾小路くん」

網倉が気遣うようにそう言ってくれたので、軽く手で大丈夫だと答える。

それからは、しばらくルームランナーに乗って黙々とトレーニングをスタート。

最初こそ一之瀬は緊張と羞恥が抜けきらなかったようだが、徐々にその感覚も薄れてきたのか30分ほど経つ頃にはある程度慣れてくれたようだった。

設定していた30分が経過し、ルームランナーが止まった後一之瀬が顔をあげる。

「ふーっ……! 疲れたぁ」

自分で運動が得意な方ではないと言っていることもあってか、網倉よりも疲労が大きい

ようで深く息を吐いて肩を上下させていた。

「ちょっと水分補給してくるね」

そう答えた一之瀬が、オレたちに断りを入れてこの場を離れる。

確かロッカー室の横にボトルに水を入れる装置が設置されてあったな。

オレと網倉の2人がその場に残されたため、少し話しかけることに。

「しばらく通ってるだけあって、2人とも様になってるな」

「そんな全然だよ。綾小路くん同じメニューだったのに全然疲れてないんだね」

「男子だから女子より基礎的な体力はあるしな」

「そっか。でも、驚いたよ。もしかしたらケヤキモールで会うかもなんて想像はしてたけど、朝からジムで遭遇するとは思わなかったなぁ」

流石にこの場でバッタリ出くわすことは網倉の中にもなかったらしい。

「どう？　何か……帆波ちゃんから聞き出せた？」

「まだ何も。会ってすぐにジムにきて、網倉に会って今に至るだからな」

「そっか。でも凄く帆波ちゃん楽しそうだからいいね」

汗をタオルで拭きながら、網倉は自分のことのように喜んで目を細めた。

「そういうのも親友なら分かるんだな」

「分かるよ。普段も笑顔なことが多いけど今日はなんて言うか初々しさ爆発って感じ」

一之瀬が席を外し2人きりになった今、オレは渡辺との約束を果たすべく、ここはさり気なく情報を引き出すことにチャレンジしてみる。

「もうすぐクリスマスだな」

「だね。綾小路くんは軽井沢さんと過ごすんでしょ？」

こちらが詳細を聞き出す前に逆質問を受ける形になった。

「ん？　まあ、一応そのつもりだ」

「あのさ……ぶっちゃけて聞くけど……帆波ちゃんのことはどうするつもりなの？」

「どうするとは？」

「だって、具体的な気持ちは知ってるわけでしょ？　だったら、ほら、ね？」

網倉はストレートに表現することが躊躇われたのか濁しながら伝えようとしてくる。

「網倉としてはどうあるべきだと思う」

「えぇっ？　それを私に聞くの⁉」

「聞いてくるからには、こうあってほしいと思う想像くらいはあるんじゃないのか？」

困った顔をしつつ、汗が出てきたのか首にかけていたタオルで額を軽く拭く。

「私は……やっぱり帆波ちゃんが笑顔になるのが一番だよ、友達としてはね。だけど今綾小路くんには軽井沢さんがいる。それを別れてまでってなるとまた少し違う気もするし。一番良いのは他の人を好きになって、その人と幸せになることかなぁ」

自分の理想とすることを考え口にしながら、修正しつつ結論に至る。

確かに網倉の言うように、今一之瀬がオレに対して好意を向けている状況は厄介だ。

だから無関係な第三者にその好意が向けば一発で解決する可能性がある。

「そうだな。オレも他の男子を沢山知ってるわけじゃないが、渡辺(わたなべ)なんかは接しやすいし一之瀬(いちのせ)なんかに合いそうだけどな」

オレはここで、網倉(あみくら)の話に乗っかるように渡辺の名前を放り込んでみた。

ここでの反応次第では網倉が渡辺に抱いている印象を知ることが出来るかも知れない。

休日に渡辺の買い物に付き合うくらいには、網倉も評価している。

可能性を探るには、これだけの確認でも十分かも知れない。

「渡辺って渡辺くんだよね？　ウチのクラスの」

「ああ。修学旅行でも同室で話す機会が多かったからな。一之瀬とは合わないか？」

「うーん……そうだなぁ」

少しだけ、考えるような素振りを見せる。

好意的とも否定的とも取れない曖昧な間で、どちらとも判断がつかない。

「私としては———帆波(ほなみ)ちゃんならもうちょっと上を目指せると思うけどな」

「なるほど。渡辺じゃ分不相応だと」

「渡辺くんを悪く言うわけじゃないからね？　普通の子だったら十分だと思うし」

「なるほどな。ちなみに網倉はどうなんだ？」

ハッキリしないため、ここは勢いよく踏み込んでみることにした。

あまり悠長に時間をかけていると一之瀬が戻ってきてしまう。

「私？」

「恋愛に詳しそうだしな」

「そんな全然。私は──なんて言うかずっと片思いって言うか、ね」

「へえ。誰か好きな相手はいるんだな」

「まああそりゃあさ、それくらいはいるでしょ。高校生なんだし」

それが誰なのか。それを聞き出せれば一番なのだが。

「もう5年近く片思い中だからさ。いつになったら次の恋に行くんだろ」

独り言のような呟き。5年。つまりこの学校に入学する前から続く恋ということ。

どうやらこれ以上の踏み込みは不要そうだが、渡辺にとって朗報なのかどうか。

少なくとも恋のライバルが同じ学校にいないのは強みと言えそうだが……。

せめてどんなタイプかだけでも追加で聞き出そうかと思ったものの、水分補給を終えた一之瀬が戻ってきてしまう。まさか一之瀬の恋愛話を勝手にしていたと知られるわけにもいかないため、慌てて網倉はオレから距離を取った。

「ごめんお待たせー」

「ううん全然だよ。もう大丈夫？」

ここで食い下がっても怪しまれるだけだ。

後で一之瀬からもう少しだけ深く聞き出せそうだったら聞いてみることにしよう。

2

それから更に1時間ほど、オレは一之瀬、網倉と共にジムの体験を続けた。

切り上げる流れの中、網倉は場の空気を読んでか少し残ると言ったのでオレと一之瀬で先に着替えを済ませて受付で集合することに。

その間に、オレは正式な入会を検討するためにジムのパンフレットを貰う。

毎月数千ポイントの支出が増えるのは痛手だが、たまに汗を流すのも悪くない。

ここ2年間自主的に体を動かすことは殆どなかったため、入学時とは比較もできないほどに能力が低下していることが再認識できた。以前の状態に戻すまではいかずとも、ある程度の底上げはしておいてもいいとの考えに至ったからだ。

着替えを終えた一之瀬とジムを後にして、モール内へと戻る。

「パンフレット貰ったんだ？」

「ちょっと本気でジムに通ってみるのを検討しようと思ってな」

「そうなんだ、そしたら……会う頻度が増えるかもね」

「だな」

「そっか……」

「この後はどうする？」

ジムだけでルーティーンは終わらないはずなので、その先を聞いてみる。

「私はよく本屋とか覗くかな。それから雑貨屋とかもつい見ちゃう。でも、今日はちょっといつもより疲れたから少し休憩したいかも。ベンチとかで休憩してもいい？」

同じトレーニング内容でも、環境が違えば体力の消耗も変わる。

無理にルーティーンを決行せず休む選択をすることも大切なことだ。

「カフェじゃなくていいのか？」

「うん。ほら、何かと目立っちゃうし」

どうやらオレのことを考えての提案をしてくれたようだ。

「気持ちは嬉しいが別に気にすることはない。カフェでもいいんじゃないか？」

「そう？　……綾小路くんが良いんだったら私は構わないけど」

むしろ下手に人目を避けると、その方がかえって怪しく見えるというものだ。

カフェでたまに異性とお茶をするくらいは、よくある日常の一コマでしかない。

意識してしまうから、それが特別なものに見えてしまうだけ。

いつも通りを心がけるように促し、オレたちはカフェに。一応の配慮ということで人が集まりやすい1階のカフェではなく2階の規模の小さなカフェの方を選択した。

2人で適当に好きなドリンクを買ってテーブル席へ。

「私から綾小路くんに質問してもいいかな」

「質問？　なんでもしてくれ」

「今日私を誘ってくれた理由って生徒会を辞めたことと関係がある？」

遠慮しながら聞いてくるが、間違いなく一之瀬は確信を持っているようだった。

やはり突然休日に誘った時点で分かっていたんだろう。

「関係ないと言えば嘘になるな」

「だよね。正直に答えてくれて嬉しい」

相変わらず視線は逃げているが、そう言って一之瀬は口元を緩めた。

「生徒会を辞めたことはオレにとっても驚きだったからな。堀北との生徒会選挙で一之瀬が勝つ可能性は十分あると思っていた」

1年生の早い段階から生徒会に貢献していたこと、一之瀬の人柄、能力。一方の堀北は一周遅れての生徒会入りだが、兄が生徒会長だった肩書きや、現在Bクラスで勢いがあることなどを考慮され、下馬評は互角になっただろう。

「もし生徒会選挙をしてたら、綾小路くんはどちらを応援してた？　なんて……。愚問だよね」

好き嫌い以前に堀北は今現在オレのクラスメイト。

クラス向上のためには、身内が生徒会長になる方がメリットが大きい。

「オレ個人としてはフラットな考えを持っていたつもりだ。クラスメイトだから堀北の応援をする必要性があるとも感じていなかったしな。もし南雲が堀北を推挙すると言ったら普通に一之瀬を応援してた」

これも正直な気持ちだったが、一之瀬はお世辞と受け取ったのだろう。

嬉しそうにしながらも申し訳ない気持ちが上回っているようだ。

「でも……そしたらきっと勝てなかったね。私じゃ堀北さんには敵わないよ」

戦う前から、一之瀬は堀北に勝てる気がしなかったようだ。

しかしそれは能力の優劣以前、精神面で負けているからに他ならない。

「綾小路くんに恥を掻かせずに済んだから、やっぱり辞めて良かったんだろうなあ」

「勝負は下駄を履くまで分からない」

「そう言ってくれるだけでも嬉しいな。ありがとう」

「ただ、それ以前に生徒会を辞めることを決めていたんだろ？」

「うん」

「もしかして修学旅行の、あの一件が影響してるのか？　だとしたら――」

「それは違うよ」

オレの言葉を遮るように強い語気で否定する一之瀬。

手にした紙コップが曲がりそうなほど、力が込められている。

「もうその前から考えていたの。私は生徒会に向いてないって。実力もないし、人望もないし、何より――消せない過去もあるから」

そう語る一之瀬の横顔は修学旅行の時を一瞬だけ彷彿とさせたものの、あの時のように泣き出すことはなかった。弱音を続ける気もないらしい。

「でもね……でも、全部を諦めたわけじゃないの。クラスの中には私がAクラスに上がることも諦めたんじゃないかって心配してる人もいると思うけど、それは違う」

「ならAクラスを目指し続けるつもりなんだな？」

「踏み出す一歩に勇気が持てないのなら手を貸すことも出来る。綾小路くんが言ってくれた言葉。それを聞いて、あの修学旅行の夜に決意することが出来た」

ここで視線を合わせてきた一之瀬は、そう言って笑う。

「まだ私は戦える。だけど、二足の草鞋を履いて勝てる戦いじゃないと思った。生徒会に所属し続けることは贅沢っていうか、余計な雑念になると思ったの」

それが生徒会を辞めるに至った理由か。

「あ……でもそうすると生徒会を辞めたのは結局修学旅行の出来事が原因かも」

「ってことになりそうだな」

軽い冗談を交えてくすっと笑い、一之瀬は目を細める。

「生徒会を辞めたことや、辞めるまでに考えていたこと。今綾小路くんに伝えたことは週明けにでもクラスの皆に伝えるつもり。誤解されたままだと良くないしね」

「それがいいな」

仲間内で本心を知らぬまま探り探られでは、龍園クラスとの対決にも支障をきたす。

ここで語ったことは全て一之瀬の本心とみていいだろう。

不安定な修学旅行までの段階から、時間を経て自己消化できたのは大きな強みだ。

武器の1つであった生徒会の役職は失ったが、得たものはそれよりも大きい。

危惧していた状態は、一時的にでも脱却できたと判断していいんじゃないだろうか。

神崎（かんざき）に対しても良い報告が出来そうだ。

「そうだ。全然関係ない話なんだが、ちょっと聞きたいことがある。聞いてもいいか」

「いいよ、なに？」

ここは渡辺（わたなべ）のためにも、もうひと肌脱いでおきたいところだからな。

「網倉（あみくら）の好きな男子のタイプとか知らないか？」

「え？」

カップを口元に持ってきていた一之瀬の動きが固まる。

先ほどまで逃げ回ることの方が多かった視線が、こちらの目を凝視して離さない。

どちらかと言えばオレの方が逃げたくなる感情に襲われる。

「どうしてそんなこと聞くの？」

声は変わらない。怒ったような様子もない。

しかし、何故（なぜ）だろうか。

目の前で変わらぬはずの一之瀬の雰囲気が数秒前とはまるで違う。

「いや……どうしてと言われると、ただ何となく気になっただけなんだが」

「何となく？　何となくで麻子（まこ）ちゃんの好きなタイプを知りたがるかな？　どう考えても綾小路くんらしくないよね」

そう言われてしまうとそれまでなのだが、重たい空気が更に重くなっていく。

否が応でもオレの言葉が詰まる。

しかしここで易々と渡辺の存在を匂わせることは出来ない。

「修学旅行でも一緒だったから思ったんだが、網倉は可愛いしモテそうだなと」

「うん、麻子ちゃんが可愛いのは分かるよ。で？　タイプにどう繋がるの？」

「繋がら——ないよな」

「うん。綾小路くんらしくないよね？」

繰り返しらしくない、と言われてしまう。

というか全然目を逸らす気配がない。

「いや……まあ、そうかも知れないな」

先ほどまでの穏やかな空気はいずこへ行ってしまったのだろう。

口元にカップをとどめたまま、一之瀬は変わらぬ表情で追い詰めてくる。

「どうして麻子ちゃんのタイプが知りたいのかな」

「特に理由は——」

「ないの？」

「ないわけ、ないよな。こんなことを聞いてるんだから」

オレは目を合わせることを断念して、カフェの店員へと逃がす。

あ、今注文が入ったのかチョコレートを使った飲み物を作ってるようだ。

「麻子ちゃんとは、私と会う前にどこかで会ってた？」

視線が逸れたのなどお構いなしに、一之瀬の追及は続く。

「……というと？」

「今日ジムで偶然会った時2人の視線が妙に合ってた。目で会話するっていうのかな？」

ここまで確信を持たれていると、否定は余計に事態を悪化させるだけだな。

「気付いてたんだな」

「分かるよ。だって私は……ずっと綾小路くんのことを見てるし、考えてるから……」

ここでやっとこっちを見つめていた一之瀬の視線が外れた。

自分で勢いよく恥ずかしいセリフを言ってしまったことに気付いたんだろう。

「これは私の推理なんだけど。私が生徒会を辞めるって噂を知った麻子ちゃんやクラスの皆は悩んでたはず。だから綾小路くんに相談を持ち掛けてたんじゃない？　出来れば私の様子を見てって頼まれた？」

精神面で立ち直った根拠とばかりに、一之瀬は状況をしっかりと把握していることを証明して見せる。ちゃんと周囲が見えている。

「お見事。正解だ」

素直に拍手を送ってやりたいくらいだが、そこは控えておく。

「でも分からないな。麻子ちゃんが好きなタイプを知りたがったのはどうして？」

網倉と少し前に話し合いの場を持っていたことが推理できても、彼女の好きな異性のタイプを聞いてくることに繋がらないのは無理ないことだ。

「どうしてだと思う」

考えて当てることが出来るのか、こちらから聞いてみる。

というより、渡辺の存在を隠すためにはこの方法しか残されていない。

一之瀬の勘ぐりから逆算し、適当な答えをでっち上げるのがいいだろう。

「綾小路くんが麻子ちゃんのこと気になってるから――とかじゃないよね。うん、それは嫌だから、考えないことにする」

選択肢に出したものの、自ら両断するように消去した。

というか……2人きりの場とはいえ随分と大胆なことを言うものだ。

まだオレのことを好きである、そんな意図を隠そうとしない。

それともこの手のことは深く考えておらず無意識で呟いているのか？

観察してみても一之瀬の真意がどこにあるのか、霧が濃く見えてこない。

「それ以外であるとしたら……麻子ちゃんを好きな男子がいて、探るように頼まれた。うん、それならしっくりくるかも。私なら知ってるって考えたんじゃないかな」

ここまで色々と的中させて来ると少し怖くなってくるな。

「つまり麻子ちゃんと私の関係をよくわかってる男子。そして綾小路くんと接点を持っているウチのクラスの生徒は——」

「分かった。正直に白状する」

すまない渡辺。今の鋭い一之瀬に対して下手な誤魔化しは通用しそうにない。

ここで止めずとも1秒後には名前を出されていた。

「網倉を好きな男子がいてそれを探るように頼まれた。ただ、その好きな男子が誰であるかを一之瀬に教えることは出来ない。そう思ったがちょっと一方的だったな」

間接的に異性の好きな相手を探る行為が悪だとは言わない。

しかし網倉の立場に立った時、それが喜ばしいことであるかは別問題か。

「すまない。今回のことは忘れてくれ」

「ううん。誰だって好きな人のことを知りたいと思うのは当然だし、直接聞くのがどれだけ勇気のいることかは分かってるつもり。麻子ちゃんは凄く良い子だよ。好きなタイプは正直分からない。聞いたことないから。ただ、普段話してる限りじゃこの学校には好きな人はいないんじゃないかな」

には、という部分から察するに、この学校ではないところにいるということだ。

それは先ほどの網倉の話とも繋がってくる。

「中学時代に好きだった同級生はいたみたい。付き合ったりはしてないみたいだけど、ずっとそのことを気にしてて、まだ他の人を好きになるって感じはないんじゃないかな」

恐らく渡辺の想定にもなかったであろう網倉の恋愛事情。長い間、その異性のことを想い続けているというのは意外にもハードルが高いのかも知れないな。

それでもやはりチャンスがないわけじゃない。今、そしてこれからの1年で密接な関係を築くことが出来れば、十分可能性はあるんじゃないだろうか。

「こんなことしか教えてあげられないけど、役に立つかな？」

「十分だ。ありがとう一之瀬」

「綾小路くん、渡辺くんにも随分頼られるようになったんだね」

「オレは一言も渡辺とは言ってないぞ」

「あ、そっか。ごめんごめん」

朝名前を出したことよりも、交遊関係が少なすぎることが一番の敗因だな。

3

それからオレたちはしばらくケヤキモールを堪能した。

一之瀬が言っていたように買い物をするというより、目的もなく店を見て回るだけ。

彼女のルーティーンをしっかりと見せてもらった半日。

それからランチの時間を迎える頃、共にケヤキモールを出る。

「もう雨が降ってるのか」

大雨とまでは言わないが、降り出してしばらく経っているようだ。

「みたいだね」

互いに傘は持参していたため、それぞれ傘を差して歩き出す。

「今日は付き合わせてすまなかった」

「ううん。私のことを心配してくれてる人がいることが、よく分かったから」

オレが会いたいと誘ったことは、全て一之瀬から情報を引き出すためのことだった。

今の一之瀬の立場にしてみれば怒ったとしても仕方の無いこと。

「ありがとう綾小路くん」

だが一切の悪態をつくこともなく、むしろ感謝の言葉を述べてくる。

「お礼はいらない。回りくどいことをしないでもっと正面から一之瀬に聞くべきだったと反省しているところだ」

「やめてよ。回り道をしてくれたから……一緒に過ごすことが出来たんだし」

恥ずかしそうに頬（ほお）を赤らめながら、一之瀬はそう呟（つぶや）く。

「軽井沢（かるいざわ）さんは怒ってない？　今日のことは話してきたんだよね？　どんな事情があるにしても他の女の子と2人で一日を過ごすって、きっと嫌な思いをしたんじゃないかな」

自らの気持ちとは相反する位置にいる恵（けい）のことを心配する一之瀬。

これは本心か、それとも建前か。

「そうかも知れないな」

水たまりが出来始めていた帰り道、歩くたびに小さく水が跳ねる。

不意に訪れる沈黙。朝と違い、重苦しい感じは和らいでいた。

「聞いてもいい？　綾小路くんから告白したの？　それとも軽井沢さんから？」

こちらを窺（うかが）うような目。

その問いかけ、一之瀬の望む答えを返してやることは出来ない。

「オレからだ」

「そっか。綾小路くんから好きになったんだね。……羨ましいな」

以前ならこの手の話など、一之瀬とする時が来るとは思いもしなかった。

しかし隣を歩く一之瀬にはどこか余裕というか、受け止めるだけの心づもりがある。

通常、こういう場合はこちらに対する想いへの清算が済んだケースで起こること。

自惚れるわけではないものの、冷静に見て一之瀬の恋心はまだオレに強くある。

なら今の一之瀬の心理状態は一体どんなものであるのか。

単なる強がり？　あるいは諦めの境地？

そのどちらを想定してみても、カチリと当てはまる音は頭に響かない。不思議と恵のことを聞いてきた直後の方が、一之瀬の目には輝きがあるようにさえ感じられる。

「余計な誤解を生んだりしてない？」

「すんなりとはいかなかったな。ちゃんと説明はしたんだが、少し怒らせたようだ」

「そうなんだ。もし綾小路くんが良いなら、私から事情を話してもいいからね？」

「一之瀬が気にすることじゃない。上手く事前説明できなかったオレの責任だからな」

「でも――――」

まあ、当面は冷戦状態が続くかも知れないがな。

また沈黙の時間が戻り、それはそのまま最後まで続く。

やがて寮のロビーに到着すると、降りてきたエレベーターに2人で乗り込んだ。

「今日は凄く楽しかったよ。ありがとう綾小路くん」

4階に着いてオレが下りると、そう言ってお別れの手を振ってきた。

「またな一之瀬」

扉が閉まるまで、オレと一之瀬は目を合わせたまま逸らさず数秒の間を持つ。

やがて一之瀬の姿は見えなくなった。

部屋に戻ったオレは神崎にチャットアプリで連絡を取り報告を済ませる。

一之瀬はAクラスへの希望を捨てていないこと。

生徒会を辞めたのは、今後より集中して戦うためであること。明日、月曜日には生徒会を辞めたことを周知させる意思があることなどを文章に添える。

こちらの報告後神崎から届いたのは、オレから見てそれらの事柄が本意であると思えたかどうか。

少なくともオレの見た限り嘘偽りは感じられなかった。

何よりこれまでの一之瀬にはなかった異様な積極性を垣間見ることが出来たこと。

それが吉と出るか凶と出るかは今のところ不明だが、これまでとは違った一之瀬の一面を見ていくことが出来るような予感。

見守り支えつつ、一之瀬に意見を言える仲間を増やすように伝えておいた。

ひとまず安堵したのか神崎からは厚い感謝のメッセージが届く。

「恵からは連絡は無しか」

こちらから終わったことを伝えても良かったが、どちらにせよ明日学校で会う。その時に説明をしておけば十分に補足できるだろう。

そう考え、今日はこちらも連絡せずそのままにしておくことを決めた。

○近づく特別試験

神崎たち、そして一之瀬の生徒会案件も一段落してから数日。

2年生たちは来る特別試験に向けて連日勉強、勉強を繰り返す日々が続いていた。

今回は学力の低い生徒ほど重責を担っている部分もあるためか、これまでの筆記試験とは異なる大きな変化を生み出していることは確かだ。

昼休みに突入するや否や、大勢は学食へと向かうのが日課だったが、クラスには半数以上の生徒が残り持参した弁当やコンビニなどの弁当を取り出す。

そして机にはそれ以外にタブレットや本、ノートなどを広げる異様な光景が広がる。

「ううう、ううっ……猛烈に眠い。ぐっすり寝たい……」

とある生徒からはそんな声。

「遊びたい、遊びたい、遊びたい……」

また別の生徒からはこんな声。

「なんか廊下うるさくない？　集中力が乱れるっての～。誰か静かにさせて～っ」

など、外野の声を気にする意見まで。

様々な不足する欲望が溢れ出し己の求めるものを口ずさむ者が明らかに増えている。

特に睡眠が足りていない生徒が多いようで、園田もそんな生徒の中の1人だった。

「眠すぎるって〜」

頭を抱えてぶんぶんと振り必死に眠気を飛ばそうとしている。

「もうちょっと頑張りましょう。ここまでやったら休憩ですし……！」

そんな園田の傍について勉強を教えているみーちゃんが柔らかい激励を飛ばす。

一方、意外な進歩を見せる生徒も。

「さつき、おまえもう終わったのかよ」

「今俄然やる気が出てるって言うか、波に乗ってるって言うか。調子いいんだよね」

椅子を並べて一緒に勉強していた池と篠原のカップルコンビ。

そのうちの１人篠原は、どうやら今までにない手応えを感じているようだ。

「ここ数日はずっと勉強会に参加してるじゃない？　今まで、サボってきた分のつけを払わされてる感じできつかったんだけど……」

篠原は眠そうにあくびを繰り返しながらも前向きな様子だった。

「少しずつ身についてきた実感あるんだよね」

「お、俺はまだ全然……」

「まあ一緒に頑張ろうよ」

「頼もしい。流石俺の彼女！」

そう叫び池が抱きつこうとすると、篠原の教科書が脳天に降り注ぐ。

「ちゃんと終わったらね」

「ううっ……」

「いつまでも、バカみたいなこと繰り返していられないんだよ。ほら、ちゃんと問題と向き合って向き合って」

「なんかやる気だね篠原さん」

その様子を近くで見ていた洋介が、篠原に声をかける。

「単なる足手まといでしかなかったけど、今回の特別試験ってその足手まといの部分を生かすチャンスじゃない？　少しくらいクラスに貢献しないと。それに退学したくないし」

現実的な問題、能力を向上させなければクラスで必要とされる順位が下がる。

いざという時努力しなかった自分に跳ね返ることは、先のケースで実証済みだ。

「池くんも頑張ってるみたいだね。だけど無理はし過ぎないようにね。本番前に倒れてしまったら意味がないから」

「お、おう」

洋介に褒められ、そして気を付けるようにもアドバイスを受ける。

そんな会話。当たり前のことだが、勉強に意欲的でない生徒は無駄な勉強なんてしたくないと考えている。だが、その中でも必要に応じて努力することが出来るかは重要だ。

彼氏のためでも彼女のためでもいい。何か自分に合う理由を見つけること。

それがその努力への近道だ。須藤も原動力は堀北だったからな。

これまではその努力が難しい生徒も多かったが、こうしてクラス全体がまとまりを持ってくることで着実に実現出来ている。

「それにしても――廊下が騒がしいわね」

勉強に集中したい時間、廊下を行き交う人が多いのか話し声や走る足音が絶え間ない。

集中力が高まっている時に、この喧騒は招かれざる客と言ったところか。

「少し様子を見てくる。気になってる生徒も多いだろうしな」

騒動を収めることは出来なくても、原因くらいは調べてこられる。

事情が分かれば落ち着かない生徒たちに多少の安定剤効果を生むはずだ。

「そうね。頼めるかしら」

勉強をしている生徒たちの邪魔をしないよう、オレが見てくるのがベストだろう。

1

廊下に出ると、一之瀬クラスの生徒たちが血相を変えて駆けていく。

更に龍園のクラスメイトも同様に、同じ方角を目指していた。

そのため騒がしかった原因もすぐに判明する。ある教室の前に出来た人だかり。

それを蹴散らすように石崎とアルベルトが無理やり道を切り開いているところだった。

「出て来いよ一之瀬！　龍園さんが来てるんだぜ！」

教室の中に向かってそう叫ぶ石崎を、既に廊下に出ていた柴田が止める。

「なんだよいきなり押しかけて。今こっちは取り込み中だよ」

「取り込み中？　知らねぇよそんなこと。ほらさっさと一之瀬を出せって」

強引に柴田の肩を掴んで入口から引き剥がそうとするが、柴田も抵抗を見せる。

石崎に指示を出しているのは、その後ろで不敵な笑みを浮かべている龍園だ。

しかしあまり露骨な殴り込みをかけるのは良くないだろう。

大勢が行き交う昼休みであり監視カメラも多数存在する廊下での問題行動となれば学校側もすぐに嗅ぎつけてくる。

龍園たちの行動を察知した者たちが一之瀬を教室に匿っているところだろうか。

しばらく硬直するかに思われた事態は、すぐに変化をもたらす。

教室の扉が開き、一之瀬が姿を見せたからだ。

同時に女子も複数連れ添っていて、やめておいた方がいいとまだ止めている様子。

更に神崎や浜口など主要な生徒たちも姿を見せた。

「これはこれは。やっとお出ましか。生徒会を辞めた間抜けなリーダーさんよ」

龍園はいつもの態度のまま、そう声をかけた。

今日解禁されたばかりの生徒会の新体制の発表。それに伴い一之瀬が辞めたことは、誰もが知るところになったことなのでそれ単体としては驚く話じゃない。

辞めた理由も表向き学業に専念するためだと告知されたが、それが真実か嘘であるかなど龍園には関係のないことだ。

1つの弱み、ネタとして利用しない手はないと早速揺さぶりをかけに来た。

どうやらこの時間帯を狙ったのは意図的。人の目を集めた方が効果的との判断だ。

事実騒動を聞きつけ様子を見に来ている他クラスの生徒も大勢いる。

オレと視線が露骨に合ったAクラスの橋本が、スッと他の生徒の群れに紛れた。

「随分と騒がしいことになっちゃってるんだね」

「そりゃそうだろ。早い時期に生徒会に潜り込んで内申点を稼いでたんだ。それすら維持できなくなった心境を聞きたいと思うのは群衆の当然の感情だろ。なあ？」

「うす」

龍園にそう声をかけられ、傍の石崎が両腕を軽く広げながらそう答える。

「学業に専念するためだって伝えたんだけどね」

ちょっと困った顔をした一之瀬が、改めて生徒会を抜けた理由を口にする。

もっとも先ほども言ったように龍園にとってはどんな返答であろうと関係がないのだ。

「本当は追い出されたんだろ？　無能に生徒会は務まらないとでも言われてたりしてな」

「そう見えるのならそうなのかも知れないね」

真面目に返答することが無意味だと悟った一之瀬が、龍園の言葉に合わせた。

「ククッ。それとも過去の罪が今になって問題視されたか？　生徒会長が小賢しい万引き犯だと締まらねえよなあ。逃げたくなる気持ちも分からなくはないぜ」

同調で済ませる気など最初から持ち合わせていない龍園の言葉による圧力が続く。

万引きのワードには思うこともあるだろうが、直近でも一之瀬は受け止めた話。

生徒会での出来事で一時的に耐性も身に付けているのか動揺した姿は見せない。

「何を言われても仕方ないかも知れないけど、他の人に迷惑をかけるのはよくないね」

「そうでもねえさ。大勢が知りたがってるはずだぜ？　生徒会を辞めた真相をな」

この場で曝け出してみろよ、そんな挑発を繰り返す。

これ以上仲間として黙って聞いているわけにもいかず、神崎が両者の間に割り込む。

「いい加減にしろ龍園。一之瀬の生徒会脱退の理由は生徒会からも通達が出た通りだ」

「表向きの理由なんざどうでもいいのさ。この時期に辞める以上、色々と勘繰りたくもなるだろ。次の特別試験で俺に負ければいよいよ崖から転落するんだからな」

自分が一之瀬に負けるなどとは考えてもいない龍園らしい発言だ。

落ち目である一之瀬クラスに、今浮上のキッカケは無い。

更にAクラスとの差が倍に開くことでこれまで以上に絶望感が増す。

今は危機感の薄い一之瀬クラスの生徒たちも、その事実に気付き始めるだろう。

「いちいち試験をやるのも面倒だからよ、おまえらのクラスには棄権を進めるぜ」

「これ以上ふざけた発言は止めてもらおうか。俺たちはAクラスを諦めたつもりはない。それに今回の特別試験も、負けないように努力を重ねている」

「努力か。確かにおまえらの取り柄はバカ真面目なところだけだしな。教科書と語り合ってれば勝てる可能性があるこの特別試験に希望を捨てきれないのも無理はないか」

この接触だけで一之瀬クラスが棄権するようなことは絶対にあり得ない。

あくまでも追加で揺さぶりがかけられればそれで十分なのだろう。

神崎たちの話では既に勉強に対する多数の妨害工作が始まっているようだしな。

割り込んだ神崎の登場から、沈黙を貫き通している一之瀬。

返す言葉もないのかと思われたが、その表情には陰った様子はない。

「龍園くん。もう気は済んだかな」

変わらぬ態度で、一之瀬は気の張った神崎を宥めつつ笑顔を向けた。

「私に対して何を言うのも自由だけど、頑張る子たちの妨害だけはしないでほしいな。それと今からご飯を食べに行く子たちのことも考えて」

廊下を塞ぐように広々と立ち塞がる龍園たちへ、そう注意する。

この様子を単なる虚勢とみるかどうか。微妙なラインではあったが、生徒会を去ったことに対する周囲の興味と疑念を肥大化させたことで龍園は十分効果があったと判断したか口角を僅かに上げる。

「どうやら邪魔になってるらしい。こっちも腹も減ってきたことだしな、引き上げるぞ」

僅か数分間の出来事ではあったが、龍園が現れるだけで騒ぎになるのは流石だな。

悪評もまた評なり。2年生の間においてその力は紛れもなく発揮されている。

龍園たちが去ることで、集まっていた生徒たちの3分の2が一気に散って行く。

気付けば橋本の姿もそこにはなく、いつもの落ち着いた昼休みが戻ってくる。これで堀北クラスの生徒たちも落ち着いた時間を取り戻して食事と勉強が出来るはずだ。

「あっ。綾小路くん！」

人が捌けたことでこちらに気が付いた一之瀬が、笑顔を見せて近づいてきた。

「ごめんね、私のせいで騒がしかったでしょ？」

「一之瀬のせいじゃない。単に龍園が騒動を起こしたのが問題なだけだ。平気か？」

「大丈夫。むしろ私たちにとっては好都合だよ」

「あの露骨な挑発がか？」

「これからも龍園くんは、特別試験が始まるまで妨害を続けてくれる。それは私たちにとってデメリットよりもメリットが上回るからね」

勉強の邪魔をされても構わない。むしろ邪魔をして欲しいといった様子だ。

「一之瀬、そろそろ——」

様子を窺いつつも、長話は困るという感じで神崎が声をかけてきた。

恐らくこの昼休みも堀北クラスのように特別試験に向けた話し合いや勉強が盛んに行われているんだろう。神崎の表情にもその余裕を覗き見ることが出来る。

「また後でね綾小路くん」

そう言って、一之瀬は本当に動揺した様子などなく普通に教室へと戻って行った。

「……また後で？」

その言葉には少し気になることもあったが、とりあえず堀北に事情を説明しに教室へ戻ることが先決だろう。

2

騒動の顛末を見届けた橋本は、足早に廊下を抜け学食へと向かう。

そして既に着座し昼食を始めていた3人グループへと接触を果たす。

「なあ姫さん。本当に今回、俺たちは何もしなくていいのか？　このまま正面からぶつかり合うってのは得策じゃないと思うんだが」

「随分とBクラスのことが気になるようですね橋本くん。放っておけば良いんですよ」

手にしていた箸を置き、坂柳は橋本に視線を向ける。

「元Dクラスとはいえ、今はBクラスまで来てる。それにAクラスとの差も笑っていられるほどのリードはないはずだ。今回負けたら差は200ポイントを切ってくる。デカい特別試験1つでひっくり返るかも知れない」

一切気にした様子のない坂柳だが、その正面に座る神室は少し違う。

どちらかと言えば橋本の考えの方が理解しやすく同意しやすい。

「その話とさっきすっ飛んでったことと何か関係があるの？」

「お手本を見たのさ。龍園は次々と新しい手を打って一之瀬クラスを追い詰めてる」

「新しい手？　とてもそうは思えませんが。形は同じまま色を変えているだけのこと」

「だとしてもだ。正直ちょっと羨ましいと思ってる」

坂柳への批判を含んだ、橋本の本音。

その本音に対して、坂柳は不快に感じることもなく笑顔で応じる。

「今回のような筆記試験に特化した特別試験では出来ることが極めて限られています。外側に働きかけられる要素は薄く、出来ることと言えば机にかじりつき、教科書を見つめ自分と向き合うことだけです」

「それはわかってるさ、けど打てる手がないわけじゃないだろ」

「私たちのクラスは勉強を苦としない生徒も多く、自主的に取り組む者や自らチームを組んで取り組む方々ばかり。わざわざ私が指示をすることなど何もないと思いませんか？　実力以上に詰め込もうとする行為はかえって逆効果です」

橋本は唇を少し噛み、そうじゃないんだと態度で応える。

「何もしないのが相当不服なようですね。では龍園くんのように四六時中監視、プレッシャーを与え相手の妨害でもしますか？　私にはそれが効率的だとは思えません」

橋本は悟られない程度のため息を逃がし、坂柳に対して反論する。

「確かに効率的じゃないかもな。それに龍園の二番煎じって考えたら、姫さんが採用する確率は低いこともわかってる。が、何もしないより何倍もマシなんじゃないか？　集中力のいる勉強を邪魔されるってのは厄介なもんさ」

橋本が龍園の戦略を真似ることも1つの手だというようにその行動を肯定する。

「確かに表面上は意味があるかも知れないけど、結局一之瀬たちだって妨害に困れば寮に籠るんじゃないの？　勉強する場所が変わるだけで、それって意味ある？」

　パンをちぎって、神室は興味半分に尋ねる。

「外で勉強したり仕事したりする理由の根幹を見ればわかるだろ。大衆の面前で勉強する方がサボれないし、適度に息抜きもできて逆に集中力が増すからさ。そうだよな？」

「確かに勉強というものは籠り続けて真価を発揮できるとは限りません。特に普段勉強慣れしていない人たちほど、外部と接触のある場所で行う方が身に付きやすかったりすることもあるでしょう」

「だから妨害が入るような場所だと分かってても一之瀬たちは勉強を続けてる、か」

　ジャムを塗り口にパンの欠片を放り込むと、神室も納得したように頷く。

「しかし肝心なことを忘れていますよ橋本くん」

「肝心なこと？」

「妨害工作を行うには多くの人手が必要です。それに、グレーゾーンな妨害を大衆の面前で行うことは印象としても悪い。Aクラスが勝つために対戦相手の勉強の邪魔をしている、そういった低俗扱いを受けることをノーダメージと捉えられますか？」

「……それは……」

　少なくともそれはAクラス、王者の立ち振る舞いとは程遠く見えてしまう。

「それに、その作戦を行えば学習の時間も大いに失ってしまう。壊滅的に相手クラスの得点を減らせるわけもなく、こちらも同等かそれ以上に得点を得る機会をロスしてしまいます。次に浮かぶのは1年生や3年生を雇い妨害を頼むことですが、代価に見合った働きをしてくれる保証もありませんし、働きを監視するためにも人員が必要になります。今回はお世辞にも大きなクラスポイントの変動でもありませんから、非効率ですね」

否定され続ける橋本は、どうにか手を打てないかと諦めず考えを巡らせる。

「なら俺個人が動く分には問題ないよな？」

「オススメはいたしません。彼のやり方は本末転倒という言葉がよく似合う戦略です」

勉強する人員と時間を削り効果の不明な妨害工作を続ける。

「それに1人も10人も同じこと。相手クラスへの嫌がらせが周知されたなら、それはあなただけの責任に留まらずAクラスの品格を落とすことになる。違いますか？」

橋本が単独、独断でやったことだと訴えても信じる者がどれだけいるか。

効果があればあるほど、裏で坂柳が命じていると判断される。

「その言い方だと、あの龍園が無駄な戦略をやってると言ってるのも同然だぜ？」

「正確にはそうではありません。こちらにとっては無駄な戦略でも、龍園くんのクラスが妨害戦略を採用するのは私たちと違い大きな意味があります。彼らは2年4クラスの中でも学習意欲が低く勉強能力に長けた者が少ない。今から付け焼刃の勉強期間で机と真剣に向き合ったとしても一之瀬さんクラスの学力には遠く及ばないでしょう。だからこそ自分たちを伸ばすのではなく、相手を転ばせる方に賭けている」

何か手を打つべきという主張を続ける橋本に対し、坂柳は理論でしっかりと説明する。

「ならウチはこのままで勝てるってことだな？」

「今回の特別試験は順当にいけば私たちが勝ちます。が、特別試験のルール上勝敗の主導権は相手側にある。下位クラスも上位クラスと戦えるように設定されたルールのようですが、上位の私たちと違い下位のクラスが最高得点の権利を得ている。この形式で戦う以上絶対の保証は出来ませんね」

坂柳クラスが最高効率で満点を出しても、ルール上堀北クラスの満点には敵わない。

「可能性は低いですが、敗北もまた良いでしょう。こちらの得点を上回り堀北さんのクラスが勝つようなことがあれば、情報収集の機会になるのではないでしょうか」

「……情報収集？」

「レベルの低い生徒たちの中から、素質を持った生徒が浮上してくるかも知れない。それを見定めることが出来れば、排除すべき優先順位の精度を高めることが出来ます。そういう意味でも龍園くんの戦略はその辺がぼやけてしまいますから、やはり愚策ですね」

特別試験の結果は、詳細まで相手のクラスに告知されることになっている。目覚ましい活躍をする生徒がいれば、必然的に目に留まるということ。

「まだ不服そうだな」

これまで黙っていた鬼頭が、橋本に対して強い語気を含んだ言葉を投げる。

「いや、姫さんが言うことは理解できた。だが……俺はBクラスを警戒してる。下手すりや追いつかれるかも知れないと、そう考えることは悪いことじゃないだろ？」

橋本はそれ以上口にしなかったが、その筆頭候補は紛れもなく綾小路清隆。

さらに高円寺などのポテンシャルが一級品の相手も、無視することは出来ない。

「この特別試験に負けるだけならまだいいさ。だが学年末試験じゃ龍園との対決も控えてる。その時のクラスポイントの変動はこれまでになく大きくなるんだ、そっちは絶対に負けないと信じていいんだよな？」

「学年末試験ともなれば、相応の戦略が求められる。今回のような特定クラスに主導権を渡すような特殊条件でも付けられない限り、私が負けるなどあり得ませんね。無論、龍園くんも同じように答えるでしょうけれど」

どちらも本気となった時の自身の敗北など一ミリも疑っていない。しかし学年末、必ずどちらかのリーダーは破れ、そしてAクラス争いに大きな影響を与えることになる。

「悪い、ちょっと出しゃばりすぎた。頭を冷やしてくる」

そう答え、橋本は坂柳に謝罪するとその場を後にした。

それから上履きを脱ぎ靴を履くと、正面玄関を出てその足で寮の方へと向かう。

そんな橋本のもとに、1人の男子生徒が近づいて来た。

どちらから声をかけることもなく横並びとなって並進を始めた。

「随分揉めていたようで」

面白そうにそう答えた男は、食堂をガラス越しに見ていたため状況を把握している。

「俺はリアリストでもあるがロマンチストでもあるんだ」

「相反する意味になりますが、どういうことでしょうか」

「リアリストってのは現実主義者だ。普通に考えりゃ坂柳が龍園に後れを取るとは思わないさ。あの手この手を使う龍園をいなして勝利する。まあ順当にAクラスとしての威厳を見せつけてくれるってパターンだ」

「ええ。大勢はそう考えていることでしょうね」

「ただ、漫画や小説、ドラマの世界じゃそうはならないだろ?」

「つまり坂柳氏が負けると?」

「リードしてるAクラスがこのまま独走するなんて、物語としちゃ不成立だ。学年末試験辺りで転ばされて横並びさせる方が盛り上がる。そして3年になってからは龍園と堀北クラスとの三つ巴。挙句の果てにはどっちかのクラスに負けてAの座から引きずり降ろされてエンディング……ってな」

Aクラスに在籍する生徒にとってみれば、そんな空想は実に受け入れがたいもの。

「なるほど、確かにロマンチストですね」

「堀北と龍園。どっちのクラスが逆転の奇跡を起こしてもいいようにしておかないとな」

「実に橋本氏らしい考えです」

幸いにも橋本はAクラスの情報をある程度握れる立場にある。

「ただ、俺は後ろだけじゃなく前にも、そして横にも警戒しておく必要がある。おまえの

 こともタダで信用するわけにはいかないぜ？　金田」

名前を呼ばれ、不気味に笑った金田がメガネの縁に指を当てる。

「龍園氏の傀儡を疑うのは至極当然のこと。これまでもこれからも、橋本氏はそうあっていただかなければ。私としても計算していく上でブレてしまいますからね」

「俺は俺のために。おまえはおまえのために、互いを利用する。一番良い関係だ」

金田は携帯に打ち込んだ画面を橋本へと見せ、しっかりとその文面を頭に焼き付けた橋本が頷いたタイミングで画面の文字を全て消す。そして並進をやめた金田が自然と離れていった。

「坂柳につくか、龍園につくか。あるいは堀北のクラスか。そろそろ決断の時だな」

学年末を見据え、その先の3年生を見据え。

橋本は自分にできることを自分のために考え続ける。

3

対戦相手である龍園と一之瀬が接触し一悶着あったその日の放課後。

堀北からは定型文のように勉強会へと誘われたが、当然のように断っておいた。

朝から恵はこちらを気にしつつも話しかけてこない状態が続いており、この後も特に予定らしい予定はない。

だからこそ、押し付けられた厄介な問題を解決するのに時間を割くことが出来る。

ここ最近やけに『万引き』のワードが飛び交っているが、その発端とも呼べる事件。

鬼龍院楓花が、なぜ盗みの濡れ衣を着せられそうになってしまったのか。

彼女の言動や行動を見ていれば、友人が1人もいないと言い切ったのも事実だろう。

当然クラスメイトだけでなく3年生全体から、性格上嫌われているケースもあるはず。

だが、だからと言って罪を着せようという発想には通常簡単には至らない。

仮に鬼龍院がAクラス争いをしていく上で邪魔な存在だと認識されていた1年生の時代などであれば、善悪に囚われない戦略として考えられたかも知れないが、既に勝敗が決した今、わざわざそんなリスクを冒す意味とは何なのか。

現状最も可能性が高いとして浮上しているのが、南雲からの直接ではない迂回指示による嫌がらせ。

熱い勝負に飢えている南雲が、鬼龍院に対して嫌がらせを仕掛けることで本気にさせることを目的としたやり口。

しかし、先日の生徒会へ殴りこんできた様子からすると、絶対にそうだとも言い切れない。種明かしをして勝負をしろと突き付けてもいいタイミングだった。

だからこそ鬼龍院も、正確な判断を迷っているところなのだろう。

オレが調査を進めていく上で取れる選択肢は、幾つかある。

1つは筆頭候補である南雲に対して今回の件を思い切ってぶつけること。　1つは鬼龍院の鞄に商品を仕込もうとした山中に話を聞くこと。そして最後は3年生の実態をより把握するために信頼できる第三者から情報提供を求めること。

ただでさえ交流が極めて薄い3年生たちだ。

連絡先を知っている人物と言えば、南雲や桐山といった元生徒会メンバーだけ。

となると、直接歩いて足で情報を稼ぐしかない。

もちろん闇雲に時間を浪費するつもりは一切なく、当てがあっての行動だ。

今、オレにとって一番有益な情報を持っていそうで、かつ鬼龍院をハメた人間との繋がりが無いであろうと言える人物。

何人か単独で行動している3年生を見つけ、オレは情報収集を図る。

そうして集めた情報から、目的となるその人物が体育館の方へ行ったことを知り、すぐに向かう。

しかし道中で背中を見かけることはなく、体育館にまで到着してしまった。

既に部活は始まっているようでクラスメイトの須藤が人一倍大きな声を発しながら入念に基礎練習に打ち込んでいる姿が見える。

「いないな」

続々と体育館に部活生が集まり始めたため、邪魔しないよう退散することにした。

体育館に向かう生徒に聞いてみても目新しい情報は得られない。

結局会えずじまいだったオレだが、玄関に戻り靴を確認するとまだ校内に残っていることが判明する。

姿は消えてしまったが、まだ校内には残っているのか。

午後5時も近づき、部活生以外で校内に残っている生徒も少なくなってきた時間。

ここは多少目立つリスクもあるが3年生の教室があるエリアに足を向けることにした。

会えない時は会えないものだ。４クラス全て見て回ったが姿はやはりない。

ここは大人しく玄関で待ち伏せした方が賢明なのかもしれないな。

そう思い始めた頃、尋ね人が職員室に行ったらしいという話を小耳にした。

そんなこんなで最終的に職員室へと辿り着いたオレは、廊下から様子を窺い先生と話している目的の人物を見つけることに成功する。

放課後のこの時間は教員たちの出入りも多いため、下手に目を付けられないよう少し離れた位置で出てくるのを待つことに。

それから10分ほど経ち、やっとお目当ての生徒が職員室から姿を見せた。

いつも明るい人物のイメージを持っていたが、今日はやけに表情が暗く俯き加減で歩き出す。職員室を見守っていたオレの存在に気付かず横切っていく。

声をかけるタイミングを逸したオレは少し迷った後、距離を空けて追いかけることにする。玄関で靴を履くタイミング辺りで声をかけようと考えたからだ。

ところがその人物はすぐに玄関に向かわず、階段を上がり屋上の方へと向かった。

ただ屋上に出ることは出来ないため誰かと待ち合わせか？

そう思っているとやがて立ち止まり、微かにすすり泣くような声が聞こえてきた。どうやら誰かに会うためのこの場所ではなく、誰にも会わないための場所だったようだ。妙に静まり返った校舎。堪えていても泣き声は妙に目立つ。もし事情を知らない誰かがここに来ればオレが泣かせたと思われても無理なき状況。気付かれないように立ち去ることも出来たが、こちらとしても用件を抱えている。

「あの」

短く、出来る限り驚かさないように声をかけてみた。

だが傍に人がいるなどとは思ってもいなかったのだろう、過剰な驚きが目に見える。

「っ⁉　え、え、綾小路、くんっ⁉」

「すみません驚かせてしまって」

「ごめ、ごめんね。ちょ、ちょっと待って！」

「別に謝られることじゃないですけど……」

当人は驚きっぱなしだったが、手遅れの顔を隠し、頬を伝う涙を慌てて拭い去る。

「タイミングが悪かったようなら出直しますが——」

「だ、大丈夫。大丈夫だから！」

帰さないように袖を引っ張られる。そんな行動は想定していなかった。

もしかするとこのままオレを帰すことで泣いていてことを言いふらされる、そんなリスクを本能的に警戒したのかも知れない。

それから朝比奈が落ち着きを取り戻すまで数分間、静かに待ち続けた。

「……うん。もう大丈夫」

そう答えた朝比奈が、咳ばらいを一度して恥ずかしそうに呟く。

「ごめんね」

「また謝罪ですね。驚かせたオレの方が悪いだけなので」

「それとは別の話。格好悪いところ見せちゃったから」

下手に無関係なことに踏み込んではいけないと思い、涙の理由を追求しない。

ところが、それが逆に気になったのか、朝比奈は自らその理由を話し始めた。

「今朝スッチー……じゃなくて、萌香が学校を辞めたの。Cクラスの須知萌香」

「この時期に退学ですか。特別試験のペナルティではないですよね？　自主退学とか？」

昨日今日3年生たちの間では特別試験は行われていないはずだ。

だが自主退学を否定するように朝比奈は首を振った。

「理由は重大違反を犯したからだって。規律を乱す行動をした処分ってことだった。詳細が知りたくて先生に聞いてみたんだけど教えられないの一点張りだった」

それが職員室に足を運んでいた理由か。

Aクラスの朝比奈にしてみればCクラスから退学者が出ても関係が無い。が、この様子からしてクラスの垣根を超えた友人だったことは聞くまでもないだろう。

「本人に話は聞かなかったんですか？」

「萌香が退学したのは昨日で、今朝知らされた時にはもう寮に残ってなかった。連絡なんかも一切来てなくて……Cクラスの子たちなら色々知ってるんじゃないかって朝から聞いて回ってたんだけど、結局何も分からなかった。皆、去って行く子たちのことにはそんなに興味が無いんだと思う」

誰も須知の退学理由を知らないのか、あるいは知っていて隠している者がいるのか。

堀北学の世代、南雲の世代、堀北の世代、そして七瀬や天沢などの1年生。

オレは4学年のことしか知らないが、明らかに南雲世代は退学が多いようだからな。

それでも、特別試験とは関係の無いところでの退学者というのは少々気にかかる出来事なのは間違いない。学校側が詳細を伏せているのは、それだけ重大な違反で、かつ悪影響を及ぼす可能性があると判断してのことだろう。

「勝手な想像だし違反が何なのかは全く分からない。だけど、理由は何となくわかる。Bクラス以下の生徒たちは、皆毎日Aクラスに抜け出すためにあの手この手を考えてる。きっとその中で萌香はしちゃいけないことをやっちゃったんだと思う」

「朝比奈先輩の世代は、全ての主導権を握っているのは南雲先輩では？」

南雲に認められたならAクラス、それ以外なら敗退。

それがこれまで表に見えていた3年生たちの生き残る道だ。

だが、朝比奈の曇った顔はそれ以外に方法があることを示唆している。

「それとは別に、Aクラスに上がれるような抜け道が用意されてるんですね？」

「……抜け道って言うか。その……綾小路くん、雅とは関係はどうなの？」

「どうとは？　普段から良くありませんよ、それは今も変わりません」

「このことは他の学年の子が知らないことで……」

「ああ、なるほど。誰かに告げ口するような真似はしませんよ」

安心させるためにそう伝えると、朝比奈は安堵して3年生の実情を話し始めた。

友人が退学してしまったこともあり吐き出したかったものがあるのだろう。

「去年の今頃、雅が生徒会長になったころにはAクラスの勝ちが確実になったたって言われてて、Bクラス以下には希望が消えてた。だからこそ、雅が活躍すれば、実力があればAクラスに引き上げるって公約を掲げた時、皆喜んだ」

しかしそんなに甘い話はない。この学校のシステム上、クラスポイントを掻き集めたところでクラス移動できる生徒などごく僅かだ。

話の途中、朝比奈はふーっと息を吐くと同時に身体を僅かに震わせた。

「萌香だってそう、何とかして一緒にAクラスで卒業したいって希望を持ってたんだ」

その夢は叶わず卒業を前にしての退学か。

「南雲先輩は須知先輩の退学に何か言ってましたか？」

「何も。というより、気にしてすらいないんじゃないかな。先生から告知はあったけど気付いてない可能性だってあるかも知れない」

去って行く雑魚には意識を向けることもないわけだ。

南雲のその考え方は嫌いではない。

「よかったら、ちょっと場所変えない？　なんだか寒くなっちゃって」

職員室に乗り込んでいる間はアドレナリンが分泌されていたのだろう、落ち着いてきたことで寒さを身体が思い出したようだ。

暖房の効いていた教室や職員室と違い廊下はやっぱり肌寒いからな。

夕方が近いこともあって、どんどんと気温が下がり始めている。

こちらも朝比奈には聞きたいことが色々とあるため、少し遠いがケヤキモール内にあるカフェへと場所を移すことにした。

4

温かいお茶を注文した朝比奈が、カップを両手に持って美味しそうに口元へと運ぶ。

「それでさっきの話の続きですが。南雲先輩への不満や反発する動きは日増しに活発になってるってことですよね？」

「うん。具体的には何人なのか私も分からない。基本的にAクラスにそんな情報は降りてこないし。私は萌香と仲が良かったから、少しだけそのことを教えてもらったの。綾小路くんは雅が3年生と結んだ契約については知らないよね？」

「学年を縛るために何らかの方法を用いているとは思ってましたが、具体的には何も」

「じゃあまずはその点からだね」

そう言って、朝比奈は少しだけ周囲の目を気にして近くに誰もいないことを確認した後詳しく契約の内容を語った。

南雲雅が、多くの3年生たちと結んだ契約内容が初めて明かされる。

・毎月得られるプライベートポイントの75％を南雲個人へと譲渡すること
・南雲雅の指示を順守し敵対行動を取らないこと
・独自に制定した得点を集め認められた者がチケットの獲得権利を得ること
・資金を手渡されるのはクラス確定の前日であること
・チケット獲得後も南雲に背けば権利を剥奪(はくだつ)されること
・以上の5つの条件を守る生徒は2000万のチケット争奪戦の権利を得る

そしてもう1つ。

「雅は何千万ポイントか残して、最後にくじ引きをさせるつもりみたい。2枚か3枚くらいになると思うって言ってたけど、契約した生徒たちに引かせるんだって」

つまり貢献できなかったとしてもAクラス行きのチャンスは最後まであるということ。

南雲率いるAクラスの地位が万全となったタイミングで、南雲が下位クラスの生徒へと迫った契約。個人で2000万ポイントを貯めることが不可能である以上、その他大勢からプライベートポイントを巻き上げクラス移動チケットへ変換して提供する。

Bクラス以下の生徒たちにはAクラスで卒業するチャンスは通常0%に等しいものであるが、富の再分配を行うことでその確率は数パーセントに上昇する。

実際に桐山など一部の生徒は既にその権利を得ていることからも、一定の効果は出ていると見ていいだろう。75%の搾取率は非常に高いが、これは1人でも多くの生徒にチケットを与えるためという命題を掲げる上では重要だ。そして同時に南雲に有利でもある。大金を扱わせないようにすることで反乱の芽が生まれない抑止にもなるからだ。

「これをBクラス以下のクラスに強いたわけですね」

「うん。具体的に何人が契約したのかは雅だけが知ってる。でも、多分殆どの生徒がこれに応じてるんじゃないかな。それと契約とは違うんだけど私たちAクラスも50%を雅に渡してるよ」

勝ちが確定しているAクラスだけ、毎月満額自由にプライベートポイントを使える。本来は与えられた当然の権利だが下のクラスに所属する生徒は不満を覚えるだろう。

その部分を南雲は理解しているからこそ上手く調整し、コントロールしているわけだ。

3年生はAクラスが独走している。そのため負担率が50％でも3クラスから集める75％全額より多い額になる。特別試験の結果まで自由に決定できるほどの権力を持つ南雲にしてみれば、全てを掌握している王様だ。

「私はたまたま雅と同じBクラスに配属された。雅が頑張ってAクラスにあげて、そして今の環境を作り上げた。その恩恵にばかり預かってる自分にこんなことを言う資格がないのは十分分かってるんだけど……」

口にするのが憚られたようではあったが、重たい言葉を喉の奥から引っ張り出す。

「間接的にだとしても、雅の作り上げた環境のせいで萌香は退学しちゃったんだって。そんなことを考えたら涙が溢れてきちゃって……」

それがさっきの校舎で見せた、朝比奈の泣き顔だったのだろう。

今回の須知と鬼龍院には直接の関係があるようには思えないが、今まさに朝比奈が言った間接的という表現は、こちらに当てはまるかも知れない。

「朝比奈先輩、力を貸してもらえませんか」

「力？　どういうこと？」

「3年Dクラスの山中先輩とはどういう関係ですか」

「山中さん？　普通に話すくらいはするけど特別仲が良いってわけじゃないよ。だから力にはなってあげられない気がするんだけど……」

特別仲が良いわけではない、その言葉を聞けてこちらとしてはむしろ好都合だ。

「下手に深い友人関係、あるいは親友だと答えられる方が厄介でした。３年生の立場として、客観的に山中先輩を語ってもらうことの方が大事なので」

「そうなんだ？」

オレは携帯を取りだして３年Ｄクラス山中郁子のＯＡＡを表示させる。

典型的なＤクラスタイプで、全能力が平均以下。特筆すべき能力は何もない。

「交遊関係は広い方ですか？」

「んー、どうだろ。クラスメイトの女子とは仲が良いと思うけど、顔が広いとか誰からも人気があるとかってタイプじゃないね」

朝比奈一人だけの評価をあてにする気はなかったが、聞く限りＯＡＡが示す能力以上のものは持っていないと判断してもよさそうだ。

「今から話すことは、オフレコでお願いします」

「なんか面白いね。同じようなこと言ってるんだから」

「そうですね」

オレは朝比奈に、今鬼龍院が万引きの罪を着せられそうになった件を伝える。

最初こそ驚いていた朝比奈だったが、すぐに事態を理解し始めた。

「そっか。それで綾小路くんが３年生の調査をするために私に話を聞きたかったんだ」

「信用できそうな人が朝比奈先輩しかいなかったので」

「なんだか嬉しいな。雅の傍にいることが多いと、疑われることの方が多いから」

まあ普通に考えれば南雲と内通していると考えられるのも無理ないことだ。

「朝比奈先輩から見て、今回の一件をどう考えますか」

「ん、そうだなぁ……。鬼龍院さんとは、正直3年間で数えるほどしか話したことがなくて、詳しいことは分からないんだけど、多分綾小路くんの想像しているままの人」

「でしょうね」

「恨みを買うことが絶対に無いとは言わないけど、だからって復讐のために万引き犯にしようって考えるかは別だよね。何よりそんなことがバレたら退学にされちゃうかも知れないでしょ？」

「実際鬼龍院先輩にはすぐに気づかれて、失敗に終わっていますしね。すぐに学校側に報告されていたら、朝比奈先輩の言うように退学の可能性も0じゃなかったかも知れない」

つまり今回のこの事件、最初から不可解なことが起こっているということ。

「でも——そっか。ちょっと合点が行ったかも」

「合点？」

「うん。多分万引き犯にされそうになった直後じゃないかな。帰りがけにすごい剣幕で男子生徒を転ばせて、踏みつけてる鬼龍院さんを見たんだよね」

「転ばせて踏みつけ、ですか」

普段は優雅というか落ち着きのある鬼龍院。あまりイメージはしにくいが。

「相手は山中さんに会おうとしてるのを妨害してたのかな。山中を出せって詰め寄ってた。相当腹が立ってたんだと思う。吐け吐けって迫ってて」

どんな理由で山中を守ろうとしたのかは分からないが、ご愁傷さまだな。

相当怖い思いをしたに違いない。

「ちなみに、それは誰に迫っていたんです？」

「同じDクラスの安在くんだったかな」

ここで新しい名前が出る。山中を操っていて妨害に出たのか、あるいはクラスメイトとして鬼龍院から守ろうとしただけか。まだ判断はつかない。

「山中先輩と話がしたいんですが、朝比奈先輩から呼び出せたりしますか？」

「え？　あ、うん。それは難しくないけど……」

「ではお願いします」

実際、鬼龍院に罪を着せようとした山中に直接当たってみるべきだろう。

朝比奈先輩がチャットで連絡をすると、すぐに山中先輩は既読が付いたようだった。

「今ケヤキモールにいるみたい。綾小路くんが会いたがってること伝えてもいい？」

問題ないことを頷いて伝えると、それを文章にして送る。

「既読は付いたんだけど返事が来なくなっちゃった、ちょっと待っててね」

しばらく携帯と睨めっこしていた朝比奈先輩だったが、数分してメッセージが戻る。

「待たせてもいいなら、30分くらいで来るって」

「構いません、待ちます」

そのことを伝えてもらうと、ここに山中先輩が来ることが確定する。

「助かります」

「別にこれくらい大したことじゃないよ。私も、その真相が気になるしね」

時間が出来たため、オレはしばらくの間朝比奈先輩にこれまでの学校生活、特別試験などの出来事を聞くことにした。

5

約束の時間まで、あと数分というところになった。

カップのドリンクも無くなるタイミングで、男子生徒が1人近づいてくる。

「朝比奈、コイツが綾小路？」

「え？　立花くん？　そうだけど……」

「邪魔するぜ」

乱暴に椅子を引いた立花と呼ばれた生徒が手ぶらのまま座り込んだ。

そしてすぐにテーブルに腕を置き、前のめりになりながら話しかけてくる。

「山中に何の用だ」

立花賢人。３年Ｄクラスで山中とはクラスメイトということになる。

もしかすると安在が出てくるかもとは思っていたが、また新しい生徒か。

「ちょっと、え？　なんでそのこと……」

「山中先輩から連絡を受けたんですね。様子を見てくるように頼まれましたか？」

「あ？　質問してんのはこっちだろ」

先輩であることも関係しているのか強気な姿勢を崩す様子はない。

恐らく安在より肉体、精神面で上回っている人物だと思われる。

「代わりを寄越している時点で推察は当たっています。鬼龍院先輩の件ですよ」

「おまえに何の関係がある」

「直接の関係はありませんが、真相を確かめるように鬼龍院先輩から依頼を受けてます」

「探偵か何かのつもりか？　だったら伝えとけ、前に言った通りだってな」

「南雲先輩に命じられて盗みの罪を着せようとした、ですよね？」

「そうだ」

「ねえ、それ本当なの立花くん。雅がそんなことさせるなんて思えないんだけど」

「思えないだ？　南雲はそういうことを平気でやらせる奴だろ。俺たちを奴隷にして手足のように使ってるじゃねえか」

この様子を見る限り、少なくとも南雲を応援する一派とは異なりそうだ。

まさに反南雲一派と名乗っても違和感はない。

「どれだけ気に入らなくても従うしかないんだけどな。山中のように」

つまらなそうに息をプッと吐くと、少しだけ首を傾ける立花。

「分かったら二度と山中に関わるなよ。いいな?」

「申し訳ないですがそうもいかないんです。南雲先輩は今回の件を認めていません」

「疑うのは勝手だけどな、それが事実だ。俺たちは南雲に逆らえないんだからな」

「聞きました。南雲先輩と契約を結んでいるからですよね」

立花は朝比奈を睨みつけ、そんなことまで話したのか、といった表情を見せる。

「だったら分かるだろ」

「プライベートポイントを集めてクラス移動出来る大金へと再分配する方法は、クラス別にも出来たはずです。わざわざ大勢が南雲の指示に従った理由はなんですか?」

「分かってないな。契約を迫って来る前まで、俺たちＤクラスやＣクラスにはまともなクラスポイントは残ってなかった。クラス全体で1年協力したって２０００万なんて集まることはなかったんだよ。Ａクラスで卒業する確率は0だ。だが契約すれば適度に特別試験も勝たせてもらえる。つまりクラスポイントが貰える。結ばない選択があるか? それにもしクラス全体で南雲の契約を無視した場合、俺たちはどこまでも徹底して南雲と戦わなきゃならなかった。そうなればどうなる? 残ったクラスポイントはむしり取られて、毎月支給されるプライベートポイントも0が延々と続いていたはずだ」

好機を逃さず、南雲は自らのクラスの強さとアドバンテージを徹底的に活かした。

「安定した学校生活を送れる上に南雲に認められたらＡクラスで卒業するチャンスまで与

えられる。これを拒否できるヤツは鬼龍院みたいなバカだけだ」

南雲の配下に下ることである程度クラスポイントが維持できる。

75%搾取されたとしても毎月必ず小遣いは残る。

一度契約を結んでしまえば、その内容からも破棄は難しい。

1人2人が反乱を起こしたところで、誰かの密告によって見つけられてしまう。

「大金を南雲が使い込んだとしても、誰にも文句は言えないわけですね」

「そりゃ……不満が無いわけじゃない。けど、おまえの言う通り文句は言えないんだ。実力のあるやつはまだいいさ。だけど俺みたいに誰かに頼らないとAクラスの望みが無い人間には、残されたくじ引きが最後の砦なんだ」

卒業まで延々とプライベートポイントを搾取されても、宝くじに賭ける。

チケットがもし1枚だとしても100分の1ほどで当たるのなら悪くはない、か。

「今回の鬼龍院先輩へ窃盗の罪を擦り付けようとしたのも指示の1つだったと」

立花は一瞬目を伏せた後、静かに頷いた。

「俺は橋渡し役の1人だ。もしも鬼龍院に万引きの罪を着せることが出来たら、評価してやるって」

「その橋渡しというのがよく分かりませんね。間に人を挟めば挟むほど、万引きさせようとした事実が漏れてしまう。それに、1つの事象に対して大勢で挑めば、当然ながら一人一人の貢献度も分散されてしまう」

南雲が最初から山中のような後の無い女子に接近させる方が手間もリスクも少ない。

南雲から立花、立花から山中へとバトンを渡す必要性がどこにあるのか。

この点が奥歯に引っかかり、ストンと落ちてこない。

それにこの立花の発言も全てが信用に値するかと言われればノーだ。

基本的には真実を語っているように見えるが、それにしては素直に話しすぎている。

「南雲生徒会長に口止めはされていたんですよね」

「も、もちろんだ。ただ、困った時は止むを得ず名前を出しても責められないことになってる。俺も山中も……自分で言うのもなんだが責任感は無いって言うか……」

詰め寄られてあっさりと罪を自白してしまったと。登場した時は強気一辺倒だったが、突かれたくない部分があるのか弱腰な部分が顔を覗かせてくる。

「立花先輩。あなたは直接の実行犯じゃないかも知れない。でも、このことが公になれば学校は同様に裁くでしょうね、その覚悟があるんですか？」

「は？　南雲がこのことを表沙汰にするわけないだろ」

「南雲先輩はそうかも知れませんが、鬼龍院先輩は怒っています。あの人がその気になれば相手が誰であろうと噛みつくことくらいは、3年間を見ていれば分かりますよね？」

「それは……安在も相当怯えてたな……」

「あなたは南雲生徒会長から指示を受けた。そして鬼龍院先輩に近づける女子として山中先輩を選び相談を持ち掛けた。成功すれば評価を貰えるとそそのかして。それが全ての真相。一切間違いないと誓えますか？」

　オレは携帯で動画撮影モードにしてそのカメラを立花の眼前へと近づけた。

「だ、だからそれは……」

「誓えますね？」

　もう一度念を押すように携帯を近づけると、立花は強い力でそれを払った。

　そして無理やり録画を停止させる。

「間違いないって言ってるだろ」

「なら慌てる必要はないですよね。どうして録画を嫌がるんですか？」

「それは……その……っ、もう勘弁してくれ！」

「あ、ちょっと立花くん⁉」

　引き止めようとする朝比奈だったが、振り返ることもなくこの場を去って行った。

「何か言いたそうだった気もしたけど……何だったんだろうね」

「大丈夫です。今の反応から、おおよその目星を付けることが出来ましたから」

「そ、そうなの？　誰が立花くんたちに命じたか分かったってこと？」

　立花はその命令を素直に聞き入れ実行した。

　失敗してしまい鬼龍院に問い詰められた時には南雲の名前を口にした。

　自らの立場が不安定になるリスクを抱えてでも、その事実以外を認めなかった。

「今日はありがとうございました朝比奈先輩。これで近々謎が解けそうです」

「う、うん。綾小路くんが分かったのなら良かったんだけど……教えてくれたりする？」

「今は止めておきましょう。下手に朝比奈先輩を巻き込むわけにも行きませんから」

終始気になるようだったが、今はオレの中で留めておくのがベストだ。

6

多少時間は使ったものの、万引き事件の真相へと迫る重要な情報を得ることが出来た。

朝比奈の協力で時間を無駄にせずに済んだが、だからこそ一度立ち止まりたい。

調査に乗り出したその日にトントン拍子に解決の手前まで来たこと。

もちろん意図しない偶然も含めた幸運のお陰だと割り切ることは出来る。

だからこそオレとしては釈然としない。

協力者の朝比奈、山中や立花に嘘が混じっているとか、そういうことじゃない。

このまま鬼龍院に結果を報告すればどうなるのか。

そしてこの物語を筋書きした人物の狙いが何であるのか。

ここでの判断と結末次第では、３学期に影響を与える可能性が残る気がする。

オレは鬼龍院に今回の件の核心を除き、メッセージを送ることにした。

そして次にどう行動を起こすべきかを提案する。後はそれに鬼龍院が乗ってくるかどうかだが、解決を望んでいるので問題なく乗ってくるだろう。

ケヤキモールからの帰り、寮の前まで到着する。

やはり携帯には恵からの連絡は入っておらず、またロビー等で待っている様子もない。

今の恵に、このまま距離を空けオレとの関係を薄められるだろうか。

いや、それはまだ考えるまでもないことだ。

宿主に寄生している以上自力で抜け出し独立した行動を取るには至らない。

エレベーターは1階に止まっていたので、乗り込んで4階へ。

恵のことよりも、今は鬼龍院の案件の整理を進めておこう。

そう思っていたのだが……。

「お帰り綾小路くん」

エレベーターを降りると、コートを着た一之瀬が少し寒そうにしながら微笑む。

どうやらオレの部屋の前で帰宅を待っていたらしい。

「どうしたんだ？」

「ん？　なんか綾小路くんに会いたくなっちゃって。迷惑、だったかな？」

「そんなことはない。ただ結構待ったんじゃないか？」

いつもなら5時には帰宅しているところだが、朝比奈たち3年生たちとの関係から寄り道したため時刻は既に午後6時を回ってしまっている。

一之瀬は不思議そうに携帯を取り出して時刻を確認する。

「わ。いつの間にこんな時間に？　気が付かなかったよ」

こちらを気遣ってのセリフかとも思ったが、どうやらそんな感じでもない。

「一体いつからそこにいたんだ？」

「えーっと学校が終わってちょっとしてだから……4時半過ぎ、かな」

つまり最低でも1時間半は立ちっぱなしだったのか。

また後で、そう言っていたのは訪ねてくる意志があったからだろう。

「事前に連絡をくれればよかったのに」

すぐには会えずとも、帰る時間を伝えることくらいは出来たかも知れない。

「ううん。綾小路くんの邪魔をしたら悪いから」

それは良いとか悪いとかの問題じゃない気がするが……。

本人が待っていたことを苦にしていないのなら、これ以上何も言うことはない。

「あのね？　特に話さなきゃいけないことがあるわけじゃないんだけど……」

申し訳なさそうに断りながらお伺いを立ててくる。

「軽井沢さんとは仲直りしちゃったかな？」

「いや、それはまだだ」

そう答えると、一之瀬はそうなんだね、と呟く。喜び、悲しみ、あるいはそれ以外か。

そのどれでもありそうな表情からは本音が見えそうで見えてこない。

「なら……ちょっとだけ我儘を言ってもいいかな？　良かったら少しだけ綾小路くんとお喋りしたいなって。ホント、良ければなんだけど……」

時間をかけて待っていた以上、ただ挨拶をするためじゃなかっただろうしな。

「一之瀬が構わないならオレは大丈夫だ。部屋に寄っていくか？」

「いいの？」

別に拒む理由はどこにもない。恵からも連絡がない以上、この後終日どこにも余計な時間を割くものはない上に、外で立ち話をさせるような場所でもない。

何よりこれ以上身体を冷やさせるわけにもいかないので、鍵を回し玄関の扉を開く。

「なんか緊張するな。お邪魔します」

そう言った一之瀬が部屋に入ると、以前との違いにすぐ気が付いただろう。

「前にオレの部屋に来た時は、雨の日だったな」

「あの時はありがとう。ずぶ濡れのままお邪魔しちゃって……」

先にオレが靴を脱ぎ、後から一之瀬が靴を脱いで、きちんと揃えて上がってくる。

電気をつけ、室内全体が明るく見渡せるようになると一之瀬が声を出した。

「あ——なんか凄く可愛い部屋になってるね」

そう答えながら、一之瀬はベッドやその周辺の変化に目を奪われていた。

家具を買ったり模様替えをしたり、そんな大きな変化があるわけじゃない。

ただ男の部屋にはちょっと似つかわしくないぬいぐるみや、手鏡、クッション。

そういった小物は以前に比べて格段に増えている。

それらは全て部屋に出入りする恵が持ち込んで置いて帰っているものだ。この学校の事情を知らない人間が見れば、同棲していると勘違いしてもおかしくないかも知れない。

台所を見れば色違いのお揃いのコップや箸などもすぐ目につくだろう。

恵と付き合っていることは百も承知で、部屋の状況が変化していることも想定にはあったはずだ。事実彼女の顔に戸惑いは一切見受けられない。

「適当に座ってくれ。今温かい飲み物を入れる。ココアでいいか？」

「うん。ありがとう」

あの日と同じ飲み物を伝えると、一之瀬は嬉しそうに微笑む。

冷えた身体を温めるには内側からが一番だろう。

とは言え、室内も相当寒くなっているので暖房を付けて加湿器を作動させる。

「すぐに温まると思う」

頷いた一之瀬はコートを脱ぎ、それを足元に置く。

「女子は凄いよな。いつもそんなスカートで登下校してるんだから。寒いだろ」

「確かに寒いけど、スカートの生活に慣れ過ぎてあまり気にしたことはなかったかも」

そう答えた一之瀬は、部屋に飾ってあるオレと恵が写っている写真が収められた写真立てを見つけると、近づき手に取って長い間それを凝視する。

「軽井沢さんを好きになったキッカケとかって、聞いてもいい？」

「興味あるのか？」

「うん。私は接点があまりなかったけど、1年生の時に平田くんと付き合ってたって話だけは知ってた。それがまさか綾小路くんと付き合うなんて思わなかったな」

堀北クラスの生徒たちですら、未だに首を傾げる者も多い。それが他クラスともなれば答えを導き出すことは難しいだろう。

「答えたくないわけじゃないが、答えるのは難しいな。恋愛するのは初めてで、詳しく話そうと思っても話せない。クラスで一緒に学ぶ中で自然の成り行き、だったのかもな」

具体的な話をするわけにもいかず、ありきたりそうな言葉を並べて逃げる。

「軽井沢さん可愛いもんね」

「それは否定しない」

ポットのお湯が沸いたので、お湯を入れてスプーンで粉を混ぜココアを完成させる。

「ほら」

「温かい」

冷たくなっていたであろう手でカップを包み、ほーっと息を吐く。

「この間は私の我儘でジムとか連れ回しちゃったね。嫌じゃなかった？」

「元々オレが一之瀬の休日を知りたいとお願いする形で提案したことだ。それに——」

オレは机の引き出しを開けて一枚の紙を取り出す。

「次の休みの日にこれを出そうと思ってるくらいには良い体験だった」

「あ、ジムの入会……」

既に名前と学生証の番号、月額コースの選択など記入を済ませてある。

「いつも自堕落な生活を送ってるからな。ちょっとくらい身体を動かそうと思ってな」

「そうなんだ。なんか嬉しいな」

修学旅行の時まで、沈んだ顔を見せることが多かった一之瀬。

しかし前回休日を一緒に過ごした日を境に、格段に笑顔が増えた気がする。

「これからはジムで会う機会が増えると思うが、よろしく頼む」

「うん！　私こそよろしくね。……そっか、これからジムでも一緒になれるんだ」

ココアを飲む一之瀬が幸せそうに目を細める。

「実は私ね……？」

「ん？」

思っていたことがあるのか、一之瀬がオレの目を見つめる。

「部屋の前で綾小路くんを待ってたのは、ただ会いたかったからだけじゃない。どうしても伝えなきゃいけないことがあるって思っていたことがあって。……良かったら隣に座ってくれるかな」

そう言って空いたベッドのスペースを軽く手で撫でる。

真剣な話であることは分かるため、希望を叶えるために一之瀬の隣に座った。

「この前の日曜日に綾小路くんに会ったのは、自分の中で区切りを付けるためだったの」

「区切り？」

「綾小路くんへの想いを終わりにするため」

覚悟を決めた一之瀬は、目を逸らす素振りを見せない。

「綾小路くんには好きな人がいる、軽井沢さんがいる。2人の関係を壊しちゃいけないんだ、って。だからあの日が最初で最後のデートだと考えてた」

そう語る一之瀬の顔には、悲壮感のようなものは一切漂っていない。

ジムで同じ時間を過ごしていた日、一之瀬はそんなことを考えていたのか。

「それで区切りか」

一之瀬が力強く頷く。

「もうプライベートな時間では会わない。それが正しいことだと思った」

だとするなら、今日のこの時間とは矛盾を生むことになる。

休日ではないにしても、紛れもなくプライベートな時間に該当する。

「でも違った。その考えは正しくない。それじゃ今までと何も変わらないって分かった」

どんな結論に至ったのかはまだ分からない。

しかし、その考えの変化が今の明るい一之瀬を取り戻せた理由なのだろう。

「自分がするべきこと、って言うのかな。これから先どうすればいいのか……」

笑顔はいつも通りにも見えるが、そうじゃないようにも見える。

これまで一之瀬は顔に出やすい、比較的分かりやすい人物だと解釈していた。

無論、試験の中では上手くポーカーフェイスを見せることもあったが、少なくともプライベートにおいてはそう考えていた。

ところが、今の一之瀬は真意を読み取ることが出来ない顔を度々見せる。

「あの日ね？　私は1つ心に決めていたことがあった。綾小路くんの前で、彼女である軽井沢さんのことだけは絶対に聞かないようにしようって」

「それはどうして？」

「心が辛くなるから。胸が苦しくなるから。聞けば痛い思いをすると思ってた」

自分と、そしてオレに伝えるように言葉を選びながら一之瀬は呟く。

「でもジムが終わった後、我慢できずに聞いちゃった。どっちから好きになったのって」

確かにそんなことを聞かれたな。あの時の一之瀬の心境を知る。

「辛かったか？」

「不思議と辛くなかったの。あの瞬間だよ、私の考えが正しくないことに気付いたのは」

「一之瀬の導き出した正しさとは何なんだ？」

「知りたい？　教えてあげる」

一之瀬はゆっくりと呼吸をして、隣に座るオレの目を見つめる。

「私は、やっぱり綾小路くんが好き」

一之瀬は逃げない。オレを捕まえ逃がす気さえない。そんな瞳をぶつけられる。

「綾小路くんが大好きなんだって、あの瞬間に再認識できた」

身を引くという考えのもとで受け入れた最初で最後のデート。

しかし、一之瀬が辿り着いた結論はその真逆のものだった。

「同時に思ったの。暗いままじゃいけない。私は根本から変わらなきゃいけないって」

それが暗いままだった一之瀬を変えた瞬間だったと。

「ねえ――綾小路くんの顔に触れてもいいかな」

「触れても景品は出ないぞ」

そんな冗談めいたことを言うと、一之瀬は柔らかく笑ってから頷く。

そして右手を伸ばしオレの頬に触れた。

僅かに力を込め、こちらの顔を自分の方へと向ける。

「私、こんなこと誰にもしたことない。こんな気持ち誰にも抱いたことない。ずっとドキドキしてて、心のどこかでは苦しくて……でも、今、凄く幸せなの。大好きな人が横にいるだけで、胸がいっぱいになる」

そう赤裸々に伝えてくる一之瀬に、オレは聞いてみたいことがあった。

「修学旅行の時に聞いたよな。おまえには欲しいものがあるんじゃないかって」

「うん。私が欲しかったのは――まずAクラスになること。仲間と辿り着く目標。あの時は見失って、もう無理なんだって心が折れかけてた。ううんきっと折れていた。この学校を去ってしまっても仕方がないとまで考えてた」

「今は違うんだな？」

「今は違う。私はここに残りたい。Aクラスを目指したい。手に入れたい」

頬に触れる手に力が込められる。

「そして、私が欲しいものはもう1つ。大好きな人……綾小路くん」

「分かっていると思うが、オレは――――」

「うん。綾小路くんには軽井沢さんがいる。それは分かってる。だから今はこれ以上のことは何も求めない。だけど……」

「だけど？」

「この先は違うよ。私は綾小路くんに振り向いてもらえるような人間になるつもり」

自らの頬を赤らめながらも、こちらを見つめて離さない瞳はあまりに真っすぐだった。

恋人がいる状態で道徳に反する最後の一歩、一之瀬は踏み込まない。

踏み込んでくるようなら止めるしかなかったが、それをしっかりと自制している。

それが一之瀬の芯たる正義の部分でもあるのだろう。

「これからの私を見ていて綾小路くん」

「おまえが望まなくても、オレはおまえの行く末を見守るつもりだった」

「学年末……だよね」

「ああ。その時、もう一度2人で会おう。その時オレはおまえに1つの結論を話す」

「あの時の決意は一度折れてしまったけれど、もう絶対に大丈夫」

それはオレが問い質すまでもないだろう。

隣に座るオレは一之瀬の放つ熱気と力強さを肌で感じている。

結果がどう転ぶかは分からないが、一之瀬は精神的に間違いなく大きな変化を遂げた。

軽井沢恵とは違う強烈な依存を根底としている。

諸刃の剣となりそうなその依存が紛れもなく一之瀬に大きな力を与えている。

本来、好きな相手には応えてもらいたいものだ。

仮初だとしても『好き』と呟いてもらいたいと思うものだ。

触れてその先を知りたいと願うものだ。

だが一之瀬はねだらない。

自らその言質を勝ち取りたいと、決意を抱いていることが分かる。

ゆっくりとその手が離れる。

「今日はもう帰るね」

「見送ろう」

「ううん、ここで平気。綾小路くん、軽井沢さんとは早めに仲直りしなきゃダメだよ？」

「善処する」

コートを手にした一之瀬が靴を履いて、軽快な足取りで玄関の扉を開いた。

そして柔らかく手を振り、扉が閉まる。

訪れた静寂と、僅かに残ったココアとシトラスの香り。

これから一之瀬が作り上げていく世界は、どんなものになるのか。

そして周囲に与える影響、オレ自身の考えに変化を与えてくれるのかどうか。

学校生活が、更に楽しみになった。

○想定内と想定外

いよいよ2学期も残すところあと2日。今日は、いよいよAクラスとの直接対決である協力型総合筆記テスト特別試験の開催日だ。特殊ルールがあるとは言え、普段の中間テストや期末テストと同じようなもので特筆すべきことは特にない。

朝、教室に集まった学力C以下に当たる生徒たちの多くは時間の許す限り最後の最後まで、自分自身と向き合って勉強することに勤(いそ)しんでいる。

事前に全ての学習を済ませている指導者側の啓誠(けいせい)や堀北(ほりきた)たちは、そんな生徒たちを見回りながら適切なアドバイスを送りつつ最後の入念な確認を行っていた。

これから一番ハードな試験本番が来ると多くの生徒は考えているだろうがそれは違う。段取り八分の仕事二分という言葉があるように、試験を迎えるまでに行った準備の方で大半のことは終わっている。勉強に取り組むまでの姿勢、勉強に向けた集中力。試験本番などそれらに比べれば5分の1程度の負担だ。

そして終わってみて気付く。大抵のことは大したことないのだと。

試験の手順は、まず堀北が昨日の夜までに茶柱(ちゃばしら)先生に提出したであろうクラス全員の試験を受ける順番を記したシートに基づいて行われる。

全100問から、誰でも好きな問題を許された問題数内で解くことが許されるため、順番など然程大きな意味を持たないと考える者も少なからずいるかも知れない。

しかし順番は非常に重要だ。１人の持ち時間としては入退室を含めて10分。問題を解く行為だけに充てる時間としては十分だが、１００もある問題文を全て読み解くほどの時間としては紛れもなく不足している。

もし、学力の低い生徒が問題文を読み解くのに四苦八苦すれば、簡単に解ける問題を５つ見つけられず理想の解答数を書き記せないだけでなく、時間が無くなっていく焦りからイージーミスを誘発することも多分に考えられるだろう。

だからこそ、その確率を下げるためには解く順番が大きなカギを握る。

開幕を告げる鐘が鳴るまで、あと5分を切った。

全員が強い緊張感を持っている中、高円寺だけはいつもと変わらない。手鏡で自分の顔を入念にチェックしていたり、時々携帯でネットを見ていたりと自由気ままな様子だ。

事前に堀北が確認したところによれば、高円寺は真剣に取り組むとも取り組まないとも答えなかったらしい。どうしようが勝手にする権利は得ているとの回答だけ。

折角組み立てた戦略も、高円寺一人に掻き乱されてしまうと台無しであることを理解している堀北は、賢い提案を持ち掛けた。

高円寺には順番的に最後の生徒として問題を解いてもらうこと。

その時点で１００問中98問を埋めておき、２問だけを残しておくと。

元々学力Bランク帯にいる高円寺が2問答えなかったところで、損失は4点。大きな痛手にはなりにくい。更に最後の2問であるため、大げさな話空白のまま終えられてもルールに抵触することなく、解かなかったではなく解けなかったで通すことが出来る。

気まぐれに問題を解こうと、空白にしようと、間違えようとリスクはない。

その提案に対し、高円寺は素直に快諾した。クラスが勝てばクラスポイントは50上昇するため、当人にとっても問題を正解することへの抵抗はほぼないだろう。

むしろ自分が働かなかったことで負けてしまい50ポイント失えば、欲しているプライベートポイントの収入が減ってしまうだけ。

常識的な予測だけで高円寺の動静を見極められないからこそ、堀北としても今言ったような戦略を用いるしかないわけだが。

けして甘くはないであろう難易度のテストの問題。

楽観視は出来ないが、勝利するための条件はこちらの方が有利な状態だ。

Aクラスとしても1点でも上限に近い点数を確保したい。Aクラスの学力が低めの生徒にのしかかる重圧とプレッシャーは大きいだろう。

リーダーである坂柳も策略を巡らせてはいるだろうが、今回の試験は一人一人が別室で挑むことや、監視の性質上意表を突いた戦い方は出来ないようになっている。

学力の低い生徒に大量の点数を獲得させることも、カンニングペーパーを仕込むなどの綱渡り行為も出来ないと見ていいだろう。

つまり全てのクラスにできることは現状の戦力を可能な限り上のレベルに引き上げ、そして最大限力を発揮できるように順番などを整えること。あるいは龍園のように試験外のところで間接的な嫌がらせを行うくらいだろう。

内密に契約を結び意図的な失点を作り出させるといった乱暴な方法もあるにはあるが、今回の結果は全て開示される。露骨なミスをすれば裏切りを見抜かれるリスクもあるし、何より１人２人の買収では勝ちに結びつく保証はない。

基本全力で取り組む生徒ばかりの学校において、特定のＯＡＡで正当な評価を受けていないオレや高円寺のような存在が紛れ込んでいるのは一種のアクシデント。

実力通りでなく低い学力判定を受けているが故に、数点だが加点されるのもバカに出来ない。

ここまでは、堀北のクラスに有利な条件が幾つか揃っていると見ていい。

チャイムが鳴りすぐに姿を見せた茶柱先生の誘導のもと、オレたちは全員特別棟へと移動を完了させ、ここで待機。あとは堀北が決めた順番に従い、隣の教室へ１人ずつ入室しタブレットで問題を解く。それを最後の高円寺まで繰り返せば終了だ。

この部屋では教師監視のもと道具は持ち込めず携帯も使用できない。また雑談も禁じられているため全員が無言で自分の番を待つ。

後はここまでの成果を生徒たちが緊張に負けず発揮できるかどうか、ただそれだけだ。

1

長い待機時間を含めた特別試験を終えて、生徒たちはひとまず安堵する。

「全員ご苦労だった。明日結果が発表されるが、今日で授業も終わりだ。明後日からの冬休み、羽目を外し過ぎないようにな。以上、本日はここまで」

茶柱先生からの労いの言葉で放課後を迎える。後は明日の終業式を待つだけ。

重苦しい時間から解放され、多くの生徒はこれから自由に羽ばたくだろう。各々どれだけ問題を解けたか解けなかったか検討する者たちも中にはいたが、堀北が率先して意見をまとめ採点に踏み切ることはしなかった。ここで何点取れたと予測したところで相手の問題もある。何より明日には結果が出るため意味はないと判断したようだ。

「あの……さ」

オレの近くに静かに寄ってきた恵が、小さな声で話しかけてくる。

「どうした」

「その……そろそろ、あたしも、許さないとなって――」

恐る恐る、あるいは戸惑いながら、そう切り出してきた。

だが直後に堀北もオレの席へとやって来る。

「綾小路くんちょっといいかしら」

「ごめんだけど堀北さん、後にできない？」

「そうしてあげられるのならそうしたいわ。でも、生憎と生徒会案件なの。桐山副会長、いいえ、元副会長からの呼び出しよ。今すぐ生徒会室に集まるようにって」

本当の話だと裏付けるように、堀北は携帯に届いたメッセージを見せてくる。

そんな堀北の後ろには笑顔の櫛田も離れて立っていた。

「悪いな恵。これが終わったら話そう。いつでも連絡してくれ」

「う、うん。いってらっしゃい……」

オレは恵を残し堀北と櫛田と共に教室を後にする。

「特別試験が終わったと思ったらまた生徒会案件なんてね。南雲先輩もいるらしいわ」

「あの2人はもう生徒会の人間じゃないんだ。律義に応じる必要もないんじゃないか？」

「そうはいかないでしょう。生徒会とは無関係になったとしても上級生であることに変わりはない。それに今回は例の鬼龍院先輩の件に関してらしいわよ。あの件のことよね？」

「なるほど。そういうことか」

この流れは昨日の夜に鬼龍院と何度かやり取りをした、想定内のイベント。

ただこの件を桐山から堀北に伝えに来ることは意外な展開だ。

当初の予定では鬼龍院の声かけで桐山と南雲、そしてオレの4人だけのつもりだった。

「ねえねえ。私には何の話だか分からないんだけど鬼龍院先輩がどうかしたの？」

「そうね、櫛田さんにも――――」

「今回の件はオレから話す。堀北にも伝えておくべきことがあるからな」

「伝えておくべきこと？」

「今回の万引き事件でオレが第三者から得た証言についてだ」

それらを話し終えて生徒会室の前に到着すると、1年生たち2人の姿があった。

Aクラスの阿賀（あが）、そこに櫛田（くしだ）と共に新加入した七瀬（ななせ）も交ざっている。

オレが想定していた最小限のメンバーに、生徒会全員が追加されているのか。

どうやら今回の一件、別の人物が思い描く展開が混ぜられているようだ。

「なんだか、初めての生徒会のお仕事とかで。書記として馳（は）せ参（さん）じました」

そう言って大切そうにノートを抱えている。

「それ記録用の？」

「はい。書記の仕事は書き留めることだとお聞きしましたので」

「そうだけれど、生徒会室に議事録用のノートは置かれて管理されているはずよ？」

「え、そうなんですか？　買ってしまいました……」

どうやら生徒会に奉仕する意気込みが高いようで、先走ってしまったらしい。

「まあ大した問題ではないけれど、領収書があるなら後日提出して。立て替えるわ」

「は、はい。すみません」

生徒会の予算からノート代を精算すると堀北（ほりきた）が伝える。

「とりあえず入りましょうか」

既に生徒会室には南雲（なぐも）が到着しているようで、中で桐山（きりやま）と共に待ち構えていた。

いつも座っていた生徒会長の席にはおらず立ったままで。

「悪いな堀北。2年は特別試験の後で疲れてるだろ」

「それは構いません。しかし鬼龍院先輩の件とのことでしたが……」

オレが説明した件は口にせず、何も知らないていで堀北が南雲に聞く。

「ああ。桐山から連絡を貰った。鬼龍院が生徒会に訴えを起こすから場を用意しろとな」

「生徒会に訴えを……？」

それは初耳だ。生徒会に訴える？　何故鬼龍院はそんな方法をとったのだろうか。

「にしても綾小路も呼んだのか桐山」

「あの時その場にいたうちの1人だからな。必要と判断した。何も知らないまま下手な噂話を流されても困ると考えた上での判断だ」

「まあいいさ。鈴音の初舞台の場を見学できるなんてちょっとしたラッキーだしな」

そう言って南雲は生徒会長の椅子に座るように堀北を促す。

「……失礼します」

丁寧に頭を下げ堀北はその席へと腰を下ろした。

「結局副会長には櫛田を選んだんだな」

「はい。既に在籍していた1年生の阿賀くんにお願いする考えもありましたが、学校のことをより詳しく把握している櫛田さんが妥当と判断しましたので。何か問題が？」

「いいや。生徒会長の人選に文句なんてないさ」

生徒会長の席についた堀北と、新たに副会長として就任することが決まった櫛田の両名が冗談を交えることもなく真面目な顔つきで着座する。

「しかし呼び出しをかけておいて時間に遅れてくるとは、肝が据わってるぜアイツは」

審議の場、鬼龍院楓花がその数分後、最後の出席者として入室してきた。

「待たせてしまったな、新生徒会長」

「どうぞお掛けください」

「いや結構だ。私は立ったまま話をさせてもらおう。別に構わないだろう？」

「分かりました。では早速ですが鬼龍院先輩に幾つかお伺いしたいことがあります」

「何でも聞いてくれ」

「生徒会に対し訴えを起こすと決めたようですが、その内容をお聞きしたいと思います」

何も聞かされていない、そんな立ち振る舞いを続けながら堀北が話を進める。

「訴え？」

不思議そうに首を傾げた鬼龍院だが、桐山がすぐに促す。

「おまえの遅刻で既に時間を押している。無駄なく進めてもらいたい」

「やれやれせっかちだな。まあいいさ、では改めて経緯を説明させてもらおうか」

鬼龍院が放課後、ケヤキモールでショッピング中に3年Dクラスの山中によって万引き犯に仕立て上げられそうになったこと。幸いにも鞄に忍ばせようとしたところで鬼龍院が気付き阻止したこと。万引きそのものは未遂に終わったことを伝える。

「山中が個人的な恨みから行動を起こしたとはどうしても思えなくてね」

鬼龍院は横目に南雲を見る。

「そんな山中を問い詰めたところ、ある人物から犯行を指示されたことを自白した」

「その人物とは誰のことですか？」

「この場にいる元生徒会長、南雲雅だ」

初耳になる1年生の生徒会メンバーたちは仰天しながら南雲の方へと視線を向けた。

鬼龍院楓花を中心として起こった幾つかの事件。

いや、事案とも呼ぶべき行為。

それが山中当人の意思によるものなのかそうでないのか。

前者であれば事情を聞いた上で罰を、後者であれば真犯人を探す必要がある。

生徒会長として、最初の船出が無事に終わるかどうかを見届けさせてもらおうか。

「鬼龍院先輩はこう仰っていますが、南雲先輩に何か異論はありませんか？」

「もちろんある。生憎だが鬼龍院、俺は山中に対してそんな指示はしてないぜ。こんな事件が表沙汰になれば俺の信頼に傷がつく。1つもメリットがないだろ」

「どうだろうか。君は常々私と真剣勝負をしたいと思っていたはずだ。しかし私は3年間相手にすることはなかった。そのことを恨んでいたのではないかな？　あるいは焚き付けて勝負を受けさせる狙いがあったとも考えられる」

ここまでは前回と同様、平行線となっている部分だ。

「確かに俺はおまえとの勝負に興味があった。が、どこまでもやる気のないおまえに対する興味はとっくの昔に消え失せている」

「フフフ。本当にそうなのかな？」

それぞれの主張を互いに受け入れようとしない。

「桐山先輩は鬼龍院先輩のクラスメイトです。そして長い間南雲先輩を副会長の立場として支えてきた方です。両者の言い分を聞いてどうお考えになりますか？」

身近な第三者として選んだ桐山に、堀北はそう質問する。

「鬼龍院が万引き犯に仕立てられそうになり憤慨する気持ちは理解できる。だが今回の件に南雲が関与しているとは思えない。もし本気で南雲が仕掛けるのであれば、もっと上手く効果的な方法を選んだはずだ」

「それは君が、南雲を買いかぶり過ぎているだけだとは思わないのかな？」

鬼龍院は薄ら笑い腰に手を当てて桐山を煽る。

「南雲がこの学校で残してきた成果を考えれば、それが過信でないことは明白だ」

「では今回の件、山中先輩は何故事件を引き起こそうとしたのでしょうか。気付かないうち、知らないうちに鬼龍院先輩に恨みを募らせ、決行に及んだ？　だとしても何故南雲先輩に罪を擦り付けようとしたのか。その辺はどうお考えになりますか」

「真相は分からないが、山中が個人で決行したと考えにくいのも確かだ」

「単独犯ではないと」

「3年生の中でも山中のカーストは相当に低い。南雲ではなくても、たとえばプライベートポイントを見返りに操られ行動してしまうことも十分に考えられる」

あくまでも桐山の主張は南雲でも山中でもなく第三者が闇に潜んでいるという考え。

「もしそれが本当なら、真犯人特定に動き出す必要があるということですね」

「そうだな。しかし特定は難しいだろう。鬼龍院に自白を迫られた段階で素直に吐かず南雲の名前を口にした。これは相応の覚悟が無ければ出来ないことだ」

「それがどうしてだかあなたに分かる？　櫛田さん」

ここで堀北は、話に耳を傾けていた櫛田に問いかける。

「3年生で南雲先輩に罪を被せようとすることは、山中さんにとってはデメリットばかり。それなのに口にしたのなら……真犯人を庇う意識がとても高いってことかな」

「その通りだ。一番恐れるべき南雲よりも、その真犯人を恐れているということだ」

「私には理解できない。南雲以上に恐れる生徒など思い当たらないのだが？　無理やり真犯人がいると思い込ませたいだけなのだろう？」

南雲を疑い続けている鬼龍院にしてみれば、桐山も南雲側の人間でしかない。

真犯人特定が難しいと匙を投げていることからも、不信感は募るばかりだろう。

「おまえこそ俺が犯人であるはずだと決めつけてるんじゃないのか？」

「候補が居ないのだから仕方がない」

「両者いったんお静かに願います。お二人で話し合っても解決しないことは明白です」

指摘の通り、鬼龍院と南雲の話し合いでは延々と平行線だ。

「もし桐山先輩なら今回の件、どう処理しますか」

「これ以上の詮索、追及は避けるべきだろう。ただし未遂に終わったとは言え山中のしたことは許されない行為だ。改めて鬼龍院に対する謝罪と出来得る限りの慰謝料を支払う。それくらいの措置をしても問題ないと考える」

「では学校側に報告する必要はないと？」

「山中の単独犯ならそうすべきだ。しかしこのまま上に報告しても真犯人が見つからなければ全ての罪を山中一人が負うことになる。違うか？」

「確かにそうですね。学校が調査しても真犯人が浮かび上がるとは限らない……」

南雲が無実であるという結論ありきだが、落としどころの1つとしては妥当か。

「私が欲しいのは真犯人からの謝罪だけなのだが？」

「それが出来ないと見越してのことだ。それとも真犯人に辿り着けるとでも？　この数週間何一つ新しい情報を耳にした記憶はないがな。それともおまえが暴行紛いの行動で脅した安在から有力な情報が手に入ったのか？」

副会長を務めた桐山の発言を受け、鬼龍院は肩を竦める。怪我などはしていないと思われるがグレーな攻め方をしたのは間違いないはず。同情の余地があるとはいえそこを突かれると鬼龍院としても困る部分だろう。

「綾小路くん。あなたは先日、朝比奈先輩に接触したそうね」

ここで堀北が先ほどオレに聞かされた話へと話題を振ってくる。南雲と親しい間柄である朝比奈の名前が出たことで、静観を求められた南雲も視線をこちらへと向けてきた。

「朝比奈先輩を介して、3年生の事情を一通り聞いた。南雲先輩がどんな契約を3年生たちに強いていてどんな関係にあるのか。どんな感情を抱いているのかを探ってみた」

「生徒会室に来る前、私は綾小路くんからその詳細、報告を受けました。そして朝比奈先輩とお話しする中で山中先輩についても詳しく探ってくれたんです」

「ほう？　流石は綾小路だ、私が見込んで頼んだだけのことはある」

そのことは既に鬼龍院に報告済みだが、わざとらしく初耳だとアピールする。

「おまえが綾小路を動かしたのか鬼龍院」

「不服かな南雲」

「いいや。ただ、だとすれば――――」

思うことがあるのか続けようとした南雲だったが、すぐに口を閉ざす。

「悪いな。気にせず続けてくれ鈴音。これは生徒会長であるおまえの初案件だからな」

野暮なことはしないと、改めて見守る姿勢を見せた。

「山中先輩とは会えなかったようですが、代わりにある人物が綾小路くんの前に現れました。彼女と同じ3年Dクラスの立花先輩です。何故無関係なはずの彼が出てきたのか。それは山中先輩が本当のことを口にするのを阻止するためだったと思われます」

「山中と立花が繋がっていたと？」

南雲は何も知らないような態度で、そう堀北に問いかける。

「立花先輩に真相を訪ねたところ、同じ返答が戻ってきたと綾小路くんは言いました。南雲先輩の命令によって鬼龍院先輩の鞄に商品を入れるように指示を受けたと」

「当たり前だが俺は立花とそんな話はしてないぜ。それどころか、ここ1か月口を聞いた覚えもないな。真犯人は立花かもな」

「まあ君はそう言うしかないだろうな」

南雲に対して、鬼龍院がそう返すのは必然だ。

「鬼龍院先輩は立花先輩と深い接点があるのでしょうか」

「全く無い。南雲以上に関係を持っていないと言い切れる」

「つまり彼が真犯人と考えるには、山中先輩よりも動機が薄いわけですね」

「立花先輩も山中先輩みたいに、誰かに命じられていた、ということでしょうか？」

ここまでノートに議事録を取っていた七瀬が、堀北にそう聞いてくる。

しかしその問いに、堀北は答えず沈黙した。

すぐに答えが返ってくると誰もが思っていただけに、驚いただろう。

「受けた報告はそれで終わりじゃないんだろう？　続きを聞かせてくれ生徒会長」

そう催促する鬼龍院にも、堀北は答えない。

それも無理のないことだ。何故ならオレは、この先の核心を伝えていない。

先日、立花と同席していた朝比奈と同程度の情報しか与えなかったからだ。

　助けを求めてくるなら手を差し伸べる。

　だがその前に、堀北の思考が何かを導き出すのかを見てみたかった。

「南雲先輩は自らが犯人でないと言っている。一方で山中先輩と立花先輩は一貫して南雲先輩に命じられたと言っている。これは明らかな矛盾です」

「どちらかが嘘を言っているんだろうな」

「そう考えるのが普通です。しかしまずは両者の言い分を信じたいと私は思います」

「発言の矛盾を信じるのは難しいのではないでしょうか」

　議事録を取り続ける七瀬が、ペンを止めてそう呟く。

「普通はそうね。でも両者共に本当に嘘を言っていないとしたら？　ある条件が加わることで矛盾はなくなるのではないかしら」

　こうして話を進めていく中で、どうやら堀北は1つの可能性を手繰り寄せたようだ。

「真犯人は南雲先輩の命令で一仕事頼まれて欲しいと立花先輩に伝えた。立花先輩と山中先輩はその言葉を信じたからこそ、そう訴え続けている。しかし要求は犯罪行為。普通は南雲先輩に直接会わせてもらい本当の話かどうかを確かめるところから始めるでしょう」

　見返りが貰える保証、確約が欲しいと考えるのが普通だ。

「しかしそうしなかった。それは何故なのか。その真犯人もまた、山中先輩や立花先輩が信用するに値する人物だと思っていたからではないでしょうか。南雲先輩の代弁者。そして権力を持つ者」

この学校において、そんな発言が出来る人物は1人しか存在しない。

「今回の件。裏で糸を引いていた本当の人物は――南雲先輩ではなく、副会長だった桐山先輩。あなたではないんですか？」

全員の視線が、一斉に桐山へと注がれた。

「俺が？　何故そのような結論に至る」

桐山は落ち着いた様子で、自分の名前が出てきたことへの疑問を口にした。

「今の説明でわかりませんでしたか？　情報を整理するとその結論が一番しっくりきます」

「綾小路の聞き出した情報が真実である保証はどこにもない。俺は南雲からAクラス行きのチケットを確約されている身だ。謀反を起こすような真似は絶対にしない」

そう弁明する桐山に、意外な人物が手を差し伸べる。

「生徒会長の推理は面白いと思うが、桐山の言う通りだ。私が桐山を疑わない最大の理由。飼い馴らされた犬に主人を噛む勇気はないだろう」

「では、今から新たな証人として山中先輩、立花先輩を招集しても構わないでしょうか」

堀北は南雲に対し、そう断りと確認を入れようとする。

「生徒会長はおまえだ。好きにすればいい」

「そうですか」

「待て」

そこに待ったをかけたのは桐山だ。

「その証人はこの場に呼ばれることを理解しているのか？」

「いいえ。今から私が連絡し交渉します」

桐山は堀北を睨み、そしてこの件に関与しているオレに対しても睨みを利かせた。

真犯人＝桐山の説が出ていなければ、注目を集めず乗り切れたかもしれない。

しかし浮かび上がったこの疑念を晴らすためには、質問攻めは避けられないだろう。

主要人物が揃っている場に引っ張り出されて、果たして2人とも打ち合わせなく桐山の存在を隠し通せるかどうか。この場で嘘をつき誤魔化し続けるのは簡単なことじゃない。

「彼らを呼び出すことに何か問題がありますか？」

堀北が、そう桐山に問いかける。

表に引きずり出されることを嫌っているのなら、引きずり出してやればいい。

それが一番手っ取り早く簡潔な方法だ。

「それは……」

「何を慌ててる桐山。おまえは無関係なんだから構えてりゃいいんだよ」

南雲は軽い様子で桐山にそう伝えるが、その瞳には意志が見て取れる。直前まで桐山を疑ってはいなかったようだが、風向きが変わったことは察知したらしい。

「……分かった。もうここまでにしてもらおう」

これ以上後がないことを悟った桐山が、観念したように訴えかける。

「それはどういう意味でしょうか」

「証人を呼ぶ必要はないということだ。今回立花に指示を出したのは俺だと認める」

「君が犯人だったとはね。答えてもらおうか、何故こんな真似をしたのか」

腹を括ったのだろうか、桐山の様子には慌てたりする素振りは見受けられない。

「鬼龍院には悪いことをしたが、目的遂行のためにはおまえでなければならなかった」

「私でなければならなかった？」

「南雲からの伝令、ポイント稼ぎのために仕事をしろと言えば立花は二つ返事で引き受けた。もう2学期の終わりも近く焦りは相当だったからな。疑うことすらなかった」

南雲の側近だった副会長の桐山からなら、信じるのも無理はない。

「嘘の筋書きはこうだ。もし鬼龍院に悟られず万引きの罪を着せることが出来ればAクラス行きのチケットを与える。失敗すれば当然無効だが、ポイントは与えるとな」

「思い切った嘘だな。山中が成功していれば、すぐにおまえの嘘が露見しただろ」

南雲の指摘は正しい。立花と山中はすぐに報酬のチケットを要求しに行っただろう。そして桐山が嘘の伝令をしたことは瞬く間に周囲が知ることとなったはずだ。

「3年同じクラスだったんだ、鬼龍院の性格も実力も俺はよく知っている。山中程度の人間が気付かれずに仕込むことなど不可能だと判断していた」

それが鬼龍院でなければならなかった理由。仕込みが絶対に失敗する相手の選定。

「最初からバレることなど承知だったわけか。しかし分からないな。私を怒らせることだけが目的にしては手が込んでいるし、君にメリットがない」

「鬼龍院先輩を万引き犯に仕立てる狙い。その考えから間違っていたってことですね」

七瀬は議事録に書き込みながらうんうんと頷きを繰り返す。

「そうだ。おまえが山中を問い詰め南雲の名前が出た段階で、まずはクラスメイトの俺に南雲に直談判するためのアポイントを取ることも分かっていた。俺はそのアポの時間を調整し、あるタイミングにぶつけることが本当の目的だった」

あの時、あの状況ではオレも同席していたため、桐山の狙いはすぐに見えてきた。

「生徒会選挙。それを事前に潰すことが桐山先輩の目的だったようですね」

「流石だな綾小路。堀北先輩に見込まれただけのことはある」

状況を整理していたであろう南雲も、桐山の狙いと目的に合点がいく。

「万引きの過去を持つ帆波の傷をえぐって、辞退させたかったってことか」

「ああ。俺が個人的に過去の問題を指摘しても良かったが、それでは弱いと判断した。その手の罪を毛嫌いする鬼龍院なら、何も知らない一之瀬の心に刺さる言葉を容赦なく吐き出してくれることも計算していた」

呆れつつも鬼龍院は軽い拍手を桐山に送る。

「どうやら私は、見事君に踊らされたというわけだ。一本取られたよ桐山」

堀北学に師事し、そして南雲の右腕として副会長を勤め上げてきた桐山の狙いと読みは確かなものだったようだ。偶然を装い一之瀬の自尊心を傷つけ、生徒会長には相応しくないと思わせるため鬼龍院を使った。鬼龍院の能力は堀北学にも引けを取らない実力者だが、友人を持たない偏屈な性格であり孤高の者である。ゆえに情報戦という見地においては極めて脆い部分を持つ。南雲、鬼龍院の性格を知り尽くした桐山の戦略。

「もっとも予定外だったのは、一之瀬があの段階で生徒会を抜けると決めていたことだ。それを早い段階で知っていれば俺が危険を冒す必要はなかったんだがな」

万引きのことを引っ張り出さずとも、生徒会選挙は流れ堀北に決まっていた。

「何故だ桐山。おまえがリスクを取って生徒会選挙を流そうとした理由はなんだ？」

「分からないのか南雲。おまえの自分勝手な行動に我慢ならなかったからだ。もし一之瀬が生徒会を辞める意志がなく、そのまま生徒会選挙を行えばどうなった。おまえは綾小路との戦いに興じて大量のプライベートポイントを賭けの対象にしていた。そして勝負に勝つためなら投票をポイントで買う行為すら躊躇しなかっただろうな」

確かに南雲には巨額の資金がある。万が一苦戦していると分かれば、票を買う戦略を打ったとしても何ら不思議はない。

「分からないな。勝ちを決めてるおまえには浮いた金なんて関係の無いことだろ」

「関係が無い？　確かに俺はAクラス行きのチケットをおまえから得た。だが、それによってこれまでどれほどの精神的負荷を負ってきたと思っている。クラスの仲間からは妬まれ、恨まれ続ける日々。それは耐えがたい時間だ」

南雲を睨むその目は、桐山が一度も見せたことのない本気の怒りを含んでいた。

「おまえが自分の余興のためにつぎ込んだプライベートポイントを、もっと同学年のために向ければＡクラスに引き上げられる生徒を増やせる。なのに、自分の欲、自分が戦いたいがためだけに、３年生たちの血と汗のしみ込んだプライベートポイントをつぎ込む？　バカも休み休み言え」

無駄なプライベートポイントの流出を防ぐこと。それが桐山の狙い。

「知らなかったぜ桐山。おまえが他人のことを考えてるなんてな。俺がチケットを与えてきた連中は全員、自分がＡクラスで卒業できればそれでいいと考える自己中心的な実力者ばかりだと思っていたんだがな」

感心したように南雲が桐山を褒める。

これを褒めていると全員が受け取るかどうかは別だが。

「堀北先輩に綾小路。これ以上３年にとって不必要な戦いをされるのが不愉快なだけだ」

「言いたいことは分かった。だが俺を裏切ったこと、桐山覚悟はできてるんだろうな？」

南雲には権利剥奪の権限がある。逆らった桐山の手元にチケットは残らない。

「契約の上での行動だ。好きにしろ」

「桐山に対する処罰は南雲に任せよう。それで制裁は十分だろうからな」

そう結論付けた鬼龍院は、さっさと生徒会室から出て行こうとする。

「待ってください鬼龍院先輩。まだ話は終わっていません」

「もう生徒会長の出番は終わったと思ったのだが？」

「いいえ、そうは行きません。今回の件は生徒会に持ち込まれた案件です。南雲先輩個人に桐山先輩を裁く権利はないと考えています。それにまだ謎も残っています」

「謎？　まだ何か残っていたかな？」

「桐山先輩が鬼龍院先輩に万引きの罪を着せようとした。そして、それが露見し生徒会に乗り込んでいることを調整した。その目的は生徒会選挙を潰すこと。一之瀬さんに万引きのトラウマを呼び起させ辞退させる目的でした」

当人の自白も含め、この仮定は間違っていないだろう。

「しかし、こんなリスクを冒す必要はなかったはずです。生徒会選挙を止めさせたいのであれば、他にも方法は幾らでもあった。万引きの過去を利用するのなら、誰の目にも触れないところで一之瀬さんに接触し辞退を促すことも出来た。その方が安全で確実にもかかわらずです」

「桐山がその発想に至らなかった——とは考えにくいわけだな？」

興味を引かれた鬼龍院が、元の位置に戻ってくる。

「何故わざわざそんなリスクを背負ったのか疑問が残ります。もしかして桐山先輩は今日のこの場で、自分が真犯人であると突き止められる覚悟を持っていたのでは？」

桐山は答えず、ただ生徒会長である堀北を見つめる。

「今回の件を公にし、問題提起をしたかったのではないかと考えたんです。今日、この場に私だけでなく生徒会のメンバー全員を集めたこと。綾小路くんを呼んだこと。全ては桐山先輩の指示だったと最初に仰っていましたよね？」

生徒会に訴えると発案したのは鬼龍院だと思っていたが、入室直後に堀北に問われた時に首を傾げていたのは、桐山が考えたことだったからだろう。

その疑問を流すように話を促したのも桐山だ。

「堀北。一瞬だがおまえの存在が堀北先輩と重なって見えたから不思議なものだ」

その推理が当たっていることを褒めたたえるように、桐山は伝える。

「どこまで効果を発揮するかは分からなかったが、その通りだ。南雲に不平不満を抱く生徒は日増しに増えている。そのことを本人に話したところで俺の発言など聞く耳を持たなかっただろう。違うか？」

「かもな」

否定せず、どちらかと言えば肯定する南雲。これまでも跳ね除け続けてきたのだろう。

「やり方には大いに問題があったと思いますが真相はこうだったようです。南雲先輩」

「どうする南雲。君の勝手が生んだ今回の責任、桐山だけに押し付ける気かな？」

「そうだな。確かに今回、俺は無関係だと決め込んでいたが、この話を聞く限りじゃそうも言ってられないだろうな」

どんな結論を下すのかと思ったが、南雲は桐山から視線を外し堀北を見た。

「真相に辿り着いたのはおまえの功績だ、鈴音。だからこそ、生徒会案件としておまえが判断して審判を下せ」

「……私が決めて構わないんですか」

「そこに座ってるのは飾りじゃないんだろ？　おまえの判断に従ってやるよ」

全てを見届けた堀北は、どのようなジャッジを下すのか。

「では生徒会長として申し上げます。今回の件、まずは桐山先輩から鬼龍院先輩への深い謝罪を。そして背景にどんな事情があったにせよ、無関係な山中先輩と立花先輩を巻き込んで犯罪の罪を擦り付けようとした事実は重く受け止めるべきでしょう。ただし学校側に申告すれば大事になるのは避けられないため、一週間程度の自主的な停学で反省をして頂きたいと思います」

生徒会には生徒を停学や退学にする権利はない。そのジャッジを下すとしても学校側の承認は必要不可欠だ。そのための自主的な停学。

病欠のフリでもなんでもいい、とにかく寮に籠り反省をしろということだ。

「また南雲先輩に直接の責任はありませんが、契約を結んでいる以上一定の管理責任があると考えます。桐山先輩がクラス移動する権利を剥奪する資格をお持ちだと思いますが、今回はそれを行使しないことを約束してください」

「思い切った要求だな」

「拒否することは出来るでしょう。しかし私の判断に従ってくださるんですよね？」

「俺も今回の桐山を強く責める気にはなれないからな。だがそれだけでいいのか？」

「いいえ。これで終わらせてしまっては再び同じようなことが起こらないとも限りませんから。今後3年生たちから集めたプライベートポイントは、3年生たちのためにだけ使用すること。その条件も付け加えさせて頂きます」

これまで南雲は、自らの王座から好き勝手にやって来ただろう。

オレたちの知らないところで多数のプライベートポイントを使い、堀北学や他学年に対する火遊びで大金を使っていたはず。それを今後禁ずるという措置。

「それが生徒会の意向だって言うなら従おう」

「随分とあっさりだな南雲、君ならその条件は呑まないと思ったのだが」

「基本的に鈴音、いや生徒会長の言ってることは正論だからな」

オレが思っていたよりもずっと、ちゃんとした生徒会長だったのだろうか。

「本当にそれで納得できるのか南雲。おまえには俺を貶める力がある」

「生徒会長が決めたことだろ。それに逆らうのは野暮だぜ」

あるいは南雲は桐山の見せた本性、一面を買ったのかも知れない。

「本気で今回のことを、これで済ませるつもりか？」

「今回のことで俺もよくわかったのさ。俺には巡り合わせがないんだってな」

何かを諦めたような南雲の退屈そうな顔。しかしそれ以上を話そうとはしなかった。だが一方で、桐山の表情には観念した様子も、全てを暴かれ晴れやかになった様子もない。

何か別の思考。その先を見据えている、そんな風にも見て取れなくはない。

「以上で本件は解決、終了とします。また今回の一件は他言無用でお願いいたします」

生徒会長の宣言をもって、一連の事件は全て解決となった。しかし本当にこれで全てが終わったのかは分からない。最後に見せた桐山の意味深な表情はなんだったのだろうか。

2

特別試験も終わりその翌日、ついに2学期の終業式を迎えた。

体育館で先生方の話を聞かされた後、クラスに戻ってからは部活の大会などで優秀な成績を収めた生徒の表彰などを簡易的に行い、そして冬休みの注意事項を受ける。

その後、茶柱(ちゃばしら)先生から特別試験の結果発表を伝えらる。

誰もが固唾を飲んだ後に聞かされた結果は、自分たちのクラスの勝利の報告。

その瞬間は隣のクラスにまで響き渡るような歓声に湧いた。

各クラス勝ち負けで変動するのはたった50クラスポイント。

されど大きなクラスポイントを得ることが出来た。

ほぼ同時に、携帯へ2つのメッセージが届く。

1つは一之瀬(いちのせ)からで『おめでとう』と勝利を祝ってくれるもの。

もう1つは――――。

「明日からの冬休み。初日から無理せず、知恵熱で温まった頭を冷やすのも大切だ」

クラスでの歓喜が過ぎ去らないまま、そう茶柱先生に告げられ解散。

教室を後にする茶柱先生も嬉しそうに目を細めていたのが印象的だった。

また今回の特別試験は事前の通達通り各クラスの生徒、誰がどの問題を解き何問正解したかを事細かに知ることが出来る仕組みだ。

他にもテストを受けた順番、使用した持ち時間なども開示される。

これを見れば努力した人間を知るだけでなく、クラスの戦略も察知できるだろう。

味方、ライバル双方にデータとして重宝されることは間違いない。

携帯でも詳細は確認できるため後ほどゆっくり確認することにしようか。

いち早く結果を見て騒ぎ立てる生徒たちを尻目に、オレは一足先に教室を後にした。

終始こちらを気にしていた恵。

昨日のタイミングを逸した後に恵からの連絡はなく今に至っている。

ただ直前までこちらの様子を窺っていたことから、接触を図ろうとしているようだ。

大勢がいる場で話しかけ辛いのなら移動してやるべきだろう。

今の恵は、まだこちらが動くには不安定さが抜けきれない上に、決め手に欠ける。

いつまでも疎遠な状態を続けていても成長が見込めないため仕方がない。

そう思い一度教室を離れることにしたのだが……。

「1人で帰るの？」

廊下に出たオレを追いかけてきたのは恵ではなく堀北だった。

「いいのか？　勝利の立役者がさっさと教室を抜け出して」

「また後で戻るわ。少しあなたと話をしておこうと思ったのよ」

そう言って追い付き、一緒に歩き出す。確かに堀北の手には鞄などが見当たらず、この後教室に戻ることは間違いなさそうだ。

「今回の特別試験、面白い作戦を使ったな」

「私のやり方が最高効率だったかどうかは分からないけれど、ね」

堀北が立てた戦略。それは問題に挑む生徒の先頭バッターを啓誠にするところから始まった。学年でもトップクラスの成績を納める学力Aの生徒だ。啓誠には早々に最低必要数である2問を解かせ、残された時間を使い問題文を読ませることに注力させた。

その目的は2番手に待機する学力の低い生徒に簡単な問題を解いてもらうため。

学力の高い生徒と低い生徒を交互に並べていく戦略。

ただ、通常ではこの戦略を打つことは出来ない。何故なら試験中に会話をすることが禁じられているからだ。携帯や筆記、メモのようなものも用意できない。

しかし全く隙がないかと言われれば、結果からも分かるようにノーだ。

前の生徒が教室で一人問題を解いている間、次の生徒は廊下で待機している。

つまり問題を解いて教室を出た時、一瞬だが鉢合わせる瞬間がある。

教室の出入口は2箇所で、仮に入る時に前、出る時に後ろを使わされることになれば距離は生まれてしまうが、それでも対応できる策を堀北は考えた。

互いに一瞬相手を視認するだけでいい。その時に両手を使い解くべき問題の候補を幾つかハンドサインで伝え、挑んでもらうというもの。

55問目なら右手で2回パーにした手を押し出すように見せる。69問目なら、両手で6本の指を見せた後、再び両手を押し出すように9本指を立てる。

ルール上問題の答えに関することは一切口にできないが、どの問題を解くべき、という点をハンドサインで伝えてもルールに抵触しないことを堀北は事前に確認していた。

どの問題を解け、というだけの指示は解答に関係するカンニング行為には当たらないし、喋ってはいけないという決まり事も遵守している。これを繰り返すことで、学力の低い生徒たちは問題を探す手間を省けてじっくりと解くことに専念することが出来た。

「でも危なかったわ。坂柳さんのクラスも流石というか……学力の低い生徒が沢山集まっていたから総得点で勝てたけれど、正解率では劣っていた」

堀北クラスの正解率が72%だったのに対し、坂柳クラスは86%。

同じ条件下、点数配分での勝負だったなら堀北は負けていたということだ。

「彼女は不満でしょうね。やるべきことをやった上で負けになったんだもの」

常に中間試験や筆記試験では1位の座を保持していて、今回もそれを証明して見せた。

「正解率では劣っていたとしても勝ちは勝ちだ。悲観する必要はない」

実際にクラスポイントを得たのは堀北クラスで失ったのは坂柳クラス。

それに正解率72%が立派なことに違いはない。

「もちろん悲観なんてしてないわ。単に悔しかっただけ」

いらないお世話だったようだ。むしろ対抗心の方が遥かに勝っていたらしい。

「ところで、最近軽井沢さん元気ないわよ。勉強はしっかり取り組んでくれていたけれど何かあったの？」

「何も。強いて言うならちょっとした冷戦中みたいなものなのかも知れないな」

「それは何もって言わないわよ。喧嘩なんて珍しいわね」

「男女の付き合いが長引けばそういうこともある。これもいい経験だ」

オレの回答が気に入らなかったのか、堀北は露骨に眉を寄せて怪訝そうだ。

「不安定な精神状態でも勉強会、そして本番で結果を出してたのなら良いことだ」

「嫌いな勉強に打ち込むほど精神的に追い詰められていたともいうけれど……。軽井沢さんの士気はクラスにも影響しやすいの。早めに仲直りしておいて」

リーダーとしては安定したクラス運営を図りたいのだろうが——まあいいか。

教室に戻っていく堀北を見送ってから、帰ることにした。

3

今回の特別試験、堀北が坂柳を破り勝利を収めたことはすぐに大きな話題となるだろう。純粋な学力勝負ではなく、ＯＡＡが関係する下剋上の要素も含まれたものだったとはいえ直接対決を制したことに変わりはない。

学年末試験を待たずして坂柳クラスと堀北クラスの差は100ポイント縮まった。一方で苦しい展開を強いられたのは龍園クラスだ。学力では勝てないと踏み外圧による戦略で掻き乱そうとしたが、一之瀬は冷静にそれを受け止め、手堅く勝ちを拾った。

生徒会を辞めたこともあり精神的に不安定と見たのだろうが、崩せなかったようだ。

それでも龍園の判断がミスだったとは言い切れない。

堀北のように龍園もクラスメイトに勉強を命じるべきだったとの考えもあるかも知れないが、これまで手広く下地を作ってきた堀北と違い、龍園クラスにはその点での伸びしろは少なかったと考えられ、短い勉強期間での追い上げは難しかったのではないだろうか。

首の皮一枚繋がった状態で勝利を手中に収めたことで、まだ一之瀬クラスにも僅かだがAクラス行きの可能性が残り、4クラスの戦いは3学期以降へと持ち越されることに。

玄関で靴を履き校舎の外へ出ると、既に待ち人が来ていた。

「わざわざ終業式の日にお呼び立てして申し訳ありません」

結果が発表された直後オレに会いたいと連絡を取ってきた人物。2年Aクラスの坂柳。

「一之瀬も来るとは聞いてなかったな」

偶然にもメッセージを送ってきた2人が、こうして同じ場所に集まるとは。

「どういうことなの？　坂柳さん」

どうやら一之瀬もオレのことは聞かされていなかったらしく、不思議そうな顔をする。

「とりあえず歩きましょうか、ここでは何かと目立ちますし」

玄関前となれば、これから下校する生徒たちで溢れ返るのは避けられないからな。

「まずは綾小路くん。今回の特別試験での勝利、おめでとうございます」

「そうは言っても今回は拾わせてもらった勝利だ。普通の筆記試験なら負けていた」

「正答率の話ですか？　それはそれれです。私が負けたことに変わりはありませんから」

謙虚というよりも、自身に出来ることを全てやった上での結果だと素直に受け止めているといったところか。Ａクラスの余裕さも窺える。

「そして龍園くんを破った一之瀬さんもお見事でした」

「私たちは普通にやるべきことをしただけ。特別なことは何もしていないよ」

「龍園くんたちの妨害に屈しなかっただけでも立派です。正直私の当初の見立てでは、勝負の結果は五分とみていました。ところが蓋を開けてみれば一之瀬さんクラスの圧勝。これはリーダーが動じず落ち着いた指示を的確に出した結果でしょう」

坂柳も一之瀬が腰を据えて戦っていたであろうことを読んでいるようだ。

単なる学力の差だけではない、冷静な立ち回りが呼び込んだ勝利と評価する。

「そうなのかな？　でも、坂柳さんに褒めてもらうと悪い気はしないね」

「随分と前向きになりましたね一之瀬さん。直近で何かあったとしか思えません」

ここにオレを呼び出していることからも何か察している可能性はありそうだ。

坂柳は自分の足で情報を稼ぐことが出来ないため、常に蜘蛛の巣を張り巡らせるように多数の生徒を使い情報収集を図っているだろうからな。

ジムで過ごした休日。カフェで過ごした時間。行き帰り。

オレの部屋の前で待ち続けていた日。幾つか目撃していたとしても不思議はない。

「あなたには船上で似たような話を私はしてあげたのですが、覚えていますか？」

オレではなく、一之瀬に対して坂柳はそう言葉を向けた。

「傾倒し過ぎると痛いしっぺ返しを食らうかもしれません。だっけ」

「そうです。今日この場にお二人をお呼びしたのはそのことをお伝えするため。綾小路くんに淡い恋心を抱く一之瀬さんへの最終通告に参りました」

既に一之瀬がオレを想うことを理解しているようだが、それ自体は驚くものじゃない。

「今すぐ綾小路くんから距離を置くべきです」

「それが坂柳さんの最終通告？」

既に改めて伝えたとはいえ、意中の相手をこの場で第三者から告げられた。

普通なら動揺の1つでも見せそうなものだが、一之瀬にはそんな素振りはない。

「そうです」

「よく分からないな。どうして綾小路くんと距離を取らないといけないの？　私がどんな感情を抱いているとしても、友達として接する分には問題がないよね」

「本当に友達として済ませられるのなら、話は別かもしれません。しかし、私の見たところ一之瀬さんがそれで満足するとは思えないんです」

「どう解釈するのも坂柳さんの自由だよ。でも、綾小路くんに拒まれない限り、今の考えを変えるつもりは全く無いかな」

「既に浸食は相当に進んでいるようですね。あなたは彼にコントロールされかけています。このまま行けばいずれその身を滅ぼすことを理解していますか？」

「あははは。面白いことを言うんだね」

「私は本気で心配しているんです。救いのない深みにハマっていくのを見ていられない」

「心配いらないよ坂柳さん。私は綾小路くんにコントロールなんてされていない」

こんなにも冷たい瞳が出来るんだな。

そう思えるほどに、見たことのない顔をした一之瀬がオレの隣に立っていた。

「坂柳さん。あなたの考えは透けて見えてる。あなたが私をコントロールして都合よく利用したいんだよね？　だからこうして引き止めようとしているんじゃないかな」

「なるほど。そういう解釈もできなくはありませんね」

「そして、もう1つ。実は坂柳さんも綾小路くんのことを特別な人として強く意識していて、私の存在が目障りになっちゃった……とかないかな？」

微笑(ほほえ)む一之瀬に対して、坂柳の動きが一瞬だけ止まる。

これまでどんな時も、常に1つ上の位置に立っていた坂柳が見せる珍しい動揺か。

「確かに私も彼を特別な目で見ていますがあなたのそれとは違います」

「どうかな。自覚はなくても、そうなんじゃないかなって私は思ってるよ」

坂柳の否定に真っ向からぶつかっていく一之瀬。

「いいでしょう。そこまで言うのなら私にはこれ以上申し上げることはありません。この先悔いることになっても、もう私では助けられないとだけお伝えしておきます」

坂柳はそう締めくくりつつも、当人の意思を聞いて警戒心が段階的に上がったのではないだろうか。恋に妄信、病んだ末の暴走ならば可愛いものだと考えていたからだろう。

しかし状況は想像以上に変わり始めている。

内側に向ける善は以前と変わらず、外側に向ける善が完全に悪へと変わる。

ここにきて沈み続けてきた一之瀬クラスの、逆襲を予感させるだけの力強さ。

それを坂柳は肌で感じ取ったはず。

何故そう思えるのか。それはオレ自身が今まさにそう思わされているからだ。

「この後ケヤキモールに集まって祝勝会があるから。そろそろ寮に戻ってもいいかな？」

一度着替えてから再集合するのだろうか、一之瀬がそう答える。

「ええ。これ以上お引き止めするのは野暮というものですね」

どうぞ、と道を譲ると一之瀬はオレに手を振って寮の方へと向かった。

オレと坂柳、2人がこの場に取り残される。

「まさかこのような形で一之瀬さんを再評価することになるとは思いませんでしたね」

坂柳もここまでの変化を読めてはいなかったようだな。

劇薬による副作用、いや副産物。

「信頼を集めている一之瀬さんなら、私の手足として優秀な働きをしてくれそうだったのですが残念です」

「目論見が外れたな」

人間を動かす上で、大局的に視野を広げ計算を立てているが、そんなオレにもまだ理解の及ばない領域がある。

恋という概念は、人の理性や本性にまで影響を与える可能性があるということ。

それはつまり想定外の展開を、容易に引き起こすことも考えられるということ。信じがたいことだが、それだけ不可思議かつ超越した感情の1つであることは確かなのだ。

一之瀬帆波がリーダーに向いている、向いていない。参謀が適している適していない。

そういった領域とは別の話。

元々一之瀬のスペックは低くなかった。

干支試験で見せた立ち回りも見事なものだったことを覚えている。

個人の秘めた能力では、堀北、龍園、坂柳にも抵抗しうるだけの可能性を持っている。

あるいは状況次第ではそれを上回ってくるかも知れないという予想外。

「彼女にあのような隠された能力があるとは見抜けませんでした。しかし、その力に己自身が溺れてしまっては同じこと。辿る結末は悲惨なものになるでしょうね」

「それをおまえなら止められると思ったのか？」

「いいえ。止める気など初めからないです。ただ、誰が彼女を壊すかの違いだけ」

坂柳は一之瀬を味方だとは当然思っていない。

便利な駒として利用し、消耗品としての役目を終えれば処分するだけだっただろう。

「それではまた、私『も』近いうち綾小路くんのお部屋にお邪魔いたします」

やはり一之瀬の情報を握っていた坂柳が、わざと手の内を見せて答えた。

○一抹の不安

2学期の終業式を終えたこの日。

特別試験が終わり、生徒たちの待ちに待った時がやって来る。

夏休みのように長期休みとは言えなくとも、大半の生徒にとっては喜ばしい時期。日夜続いた勉強漬けも、Aクラスとの直接対決を制する結果に結び付き苦労が報われた。

明日からの冬休みは楽しい日々になること間違いなし。

クラスの1人を除いて、誰もがそう思っていた。

唯一の例外に該当する軽井沢恵は憂鬱なため息をつきながら、親友である佐藤麻耶とケヤキモールへ来ていた。元々虚勢を張ることの得意な軽井沢は綾小路との喧嘩が起こった後も、学校では平静を装い勉強にも集中して取り組んだ。

そのため周囲の人間は軽井沢が悩み続けていたことを知る由もない。親友である佐藤もその1人だったが、佐藤は軽井沢だけでなく綾小路のこともよく観察しているため、いつも距離を近くにしている2人がやけに余所余所しいことには気が付いていた。

ただその原因が喧嘩とは思わず、勉強に集中するためにあえて距離を取っているのだろうくらいにしか思わず深く追及することなくこの日を迎える。

「はあっ……」

「さっきからため息ばっかりだね。折角勉強も終わって楽になったのに。どうしたの？」

「ん？　そ、そう？　別に何でもないから」

ここまで悟られないようにしてきた軽井沢だったが、勉強、試験と苦手な分野からの解放で気が緩んだのか知らず知らずのうちため息を繰り返していたことに気付く。

「……ホントに？」

「ホントホント」

そう気丈に答え振舞う軽井沢ではあったが、佐藤の疑いは晴れない。

「野暮なこと聞くけどさ、今日綾小路くんと予定入れるつもりだったんじゃないの？」

「え――――」

「だって明日から休みだもん。普通は2人で遊びに行ったりするじゃない？　篠原さんと池くんなんて嬉しそうに腕組んで映画観に行くって言ってたしね」

事前の約束もなく遊びに誘ってくるのは変だと指摘。軽井沢は失敗したと思う反面、態度に出ていたのは心のどこかで佐藤に相談に乗ってもらいたいと思っていたからだ。

軽井沢は小さく頷き、そして賑わい始めていたカフェを素通り。

ケヤキモールの2階にある休憩コーナー近くのベンチに2人で腰を下ろした。

「ねえ、麻耶ちゃん。ちょっと相談があるんだけど……」

「うん。全然いいよ」

嫌がるどころか、待ってましたと佐藤が意気込む。

「あたしと清隆、もしかしたらちょっと関係がピンチになりそうかも……」

「え、えぇっ？　そうなの⁉」

周囲に人がいないことを念入りに確認した軽井沢は溜め込んでいた気持ちを吐露する。

爆弾が投下されるとは思っていなかった佐藤はひっくり返る勢いで驚いた。わざとオーバーなリアクションを取ったわけではない様子で、咳払いしつつ体勢をもとに戻す。

「関係がピンチって……別れるかも、ってこと？」

「そんなことないと思いたいけど……でも……最近、そんな風に思えて仕方なくて」

思った以上に深刻そうな表情に佐藤は動揺を隠せず言葉を詰まらせる。

それでも場の空気を重くしないように、賢明に言葉を捻り出す。

「恵ちゃんは綾小路くんと喧嘩した。でも仲直り出来ずズルズル来てるって状況で、なんていうのかな、そんなにハードに喧嘩しちゃったの？」

ちょっとしたいざこざなら、長くても数時間くらいで関係は戻りそうなものだ。

深刻そうな顔を見せる軽井沢。２人は付き合ってからずっと仲が良いと思っていただけに佐藤は戸惑いを隠しきれなかった。

「私は軽い喧嘩だと思ったんだけど、清隆にとってはそうじゃないのかも」

軽井沢は憂鬱そうなため息をつきつつ、静かに頷く。

「その喧嘩してから、２人で話し合いとかしてないの？」

喧嘩をしたのが昨日今日でないことを軽井沢が伝える。

ただしまだ内容を話す気にはなれないのか、原因等については触れない。

「もう冬休みじゃない？　それに清隆に頑張るように言われた勉強も頑張って、試験でも4問中3問正解してさ。これならいけるって思って……。だから昨日試験の後に思い切って声かけてみたんだけど……」

「それでそれで？」

「堀北さんが来ちゃって。南雲先輩に呼ばれて行っちゃった。今日も終業式が終わったら声かけようって思ったのに、また堀北さんが声かけちゃうしで……」

繰り返される間の悪さに佐藤が額を押さえる。

「じゃあ結局、全然話できずに今を迎えちゃったわけだ」

「うん」

「でも綾小路くんが怒ってたり拗ねてる様子はわかんなかった」

「あいつはいつも無表情だし、態度は変わらないから」

それがまた軽井沢の判断を鈍らせた。露骨に怒っているリアクションを見せてくれていれば、もっと早くに謝罪に踏み切れていただろうと振り返る。

「気を悪くしないで聞いて欲しいんだけど、喧嘩って結構あるじゃない？」

恋愛に関して特に話が盛り上がる女子の間では定期的に飛び出すワードで、それ自体はけして珍しいものではない。

しかも、大半は些細な問題が発端で気まずくなったりしただけなど、喧嘩と呼べないようなケースも多い。まずはそれに該当していないかを確認したい佐藤だったが、すぐには踏み込めない。

「まあ喧嘩くらい、ほら、誰だってするよ。綾小路くんが怒ってる姿は全然想像できないけど……その時は怒ったの？」

恐る恐る聞いてみるも、軽井沢はすぐに首を左右に振った。

「怒ったのはあたし」

「あ、うん、そっか」

意外な一面話が聞けるかと思った佐藤だったが、すぐにその考えを消去する。

「じゃあ恵ちゃんが一方的に怒ってる状況が続いてるってこと？」

もしそうであるなら喧嘩を治める方法は簡単だ。

軽井沢が笑顔で綾小路を許せば、それで元通りになると佐藤は考えた。

「そういうわけじゃ……ないけど……」

「差し支えなかったら……喧嘩の内容とか、教えてもらえたりする？」

ここを知らなければ、より理解を深めることは出来ない。

軽井沢も佐藤が真剣に耳を傾けていることを信頼し、その発端を話すことを決める。

事の発端はある土曜日の夜。クリスマスプレゼントを買いに行こうと誘った時。

綾小路が一之瀬と休日に出かけると知りついムキになってしまったこと。

その裏に何か理由が考えがあると信じ切れなかったこと。

状況を聞き終えた佐藤は、静かに目を閉じる。

そして力強く自らの両膝を手のひらで叩いた。

「なるほど……それは間違いなく綾小路くんが悪いよ！」

佐藤が出したのは、忖度なしの純粋な女子としての考えと意見。自信を持って答える。

「で、でしょ⁉」

味方になってくれたことで、軽井沢の表情にも少しだけ晴れやかさが戻る。

「そりゃそうだよ。付き合ってる彼女がいるのに、事情がどうあれ2人で休日に出かけるのはアウト！　断るか、最低でも恵ちゃんとか他の男子や女子を同席させなきゃ！」

怒るのも無理はない。それどころか怒るべき案件だ。

「悪びれず一之瀬さんと会って……しかも内容を教えてくれないなんて……」

話を聞かされてから今日まで、軽井沢がどれだけ不安と心配をしたか。

それでも指示された通り勉強に打ち込み今日まで耐えた。

「一之瀬さん、ってさ……誰かと付き合ってたり、してないよね？」

自分一人で抱えきれない不安。

誰か。それは綾小路を指したわけではなく、誰か付き合っている男子がいてほしいと願う軽井沢の逃げの感情が言わせたもの。

「……聞いたことないかな。学校でも相当人気だし、有名人だから誰かと付き合ったらすぐに分かると思うよ……ね」

「……だよね」

分かっていたと、改めてそのことを確認して軽井沢が目を伏せる。

「ううう……！」

佐藤は我慢しきれず、軽井沢に抱きつく。

「ちょ、麻耶ちゃん!?」

「だって恵ちゃん悪くないんだもん！」

「……ありがと。でも、やっぱりあたしにも悪いところはあったんだ。もっと素直に清隆の言うことを聞いて理解してあげてたら……喧嘩みたいにならずに済んだはず」

来週クリスマスプレゼントを買いに行こうと笑顔で答え、腕に掴まればよかった。

過去に戻れるのなら必ずそうすると、悔いている。

佐藤から見て、軽井沢恵は可愛い。純粋にルックスでも上位に入る女子だ。

入学したての頃は平田に擦り寄る尻の軽い女、高飛車で高圧的、マウントを取りたがる嫌な性格をしていると内心嫌いだった時期もある。それでも同じ人を好きになりそして打ち解け合ったことで今なら分かる。この子は強がっていただけで、見た目とは裏腹に可愛い性格をしていると感じられるようになった。

他の女子が綾小路を狙ったとしても負けるはずがないと自信をもって推せる。

ただし、よりにもよってその相手が一之瀬帆波となると話は別だ。

もし仮に一之瀬が綾小路に好意を抱いているのだとしたら。

綾小路が軽井沢から一之瀬に乗り換える、そんな可能性を消すことは出来なかった。

「ねえ。……ちょっと探り入れてみる？　一之瀬さんクラスの人たちにさ」

怖いもの、見たくないものを見てしまう可能性はあるが、仮にこの後綾小路と仲直りできても、再び同じようなことがあれば心配と不安は繰り返されることになる。

ここで一之瀬に一切その気がないことが分かれば——。

「お願いし——う、ううんやっぱりいいや」

それでも不安が勝った軽井沢は、佐藤の申し出を断る。

そして嫌な気持ちを振り払うかのように、勢いよく立ち上がる。

「うん。もう考えないようにする。今から麻耶ちゃんといっぱい遊んで、夜になったら清隆に会いに行く。それで絶対絶対に仲直りする！」

「その意気だよ！　応援するから！」

2人で笑い合った直後、軽井沢の手にしていた携帯が震えた。

一瞬、綾小路からの連絡だと思った軽井沢は、勇みそのチャットを開く。

「えっ——」

「どうしたの？」

携帯の画面を見て立ち止まった軽井沢の表情が凍り付く。

途端に心配そうに見つめる佐藤。

「恵ちゃん？」

改めて名前を呼ぶも、軽井沢は時が止まったかのように微動だにせず画面を見続けている。何事かと思った佐藤が、そんな軽井沢の横から画面を盗み見る。

「っ……」

佐藤はその画面に映し出された写真を見て、軽井沢同様に硬直した。

「そ、それ誰から？」

「……寧々ちゃんから……」

森寧々から送られてきたチャットの文章と共に添えられた画像に映っていたのは、今まさに話題にしていた2人だったからだ。

綾小路と一之瀬が話しながらジムから出て来る場面だった。

まさに今、ベンチの前にいる2人が正面に捉えることの出来るジム、その入口。

「い、いつの写真？」

「……聞いてみる」

森に慌ててチャットで確認を取ると、一昨日の夕方であることが分かった。

軽井沢たちが最後の追い込みとして堀北たちと勉強をしていた時間だ。

「なんで――――」

「た、たまたまこの辺一緒になったとか……そ、そういうのじゃない？」

必死にフォローするように佐藤は答えたものの、明らかにジムから出て来たところだ。

「綾小路くんってジム、通ってたの？」

「知らない……」

「こんにちは軽井沢さん」

「っ!?」

不安定な精神状態に追い打ちをかけるかのように、ジム前で一之瀬に声をかけられる。

一度帰って着替えたのか、一之瀬は私服だった。

「アレ？　もしかしてジムに来たの？」

「そういうわけじゃ……その、たまたまここにきて……ね？」

「う、うんうん」

合わせるように佐藤が繰り返しオーバーに頷きベンチで休憩していたことを告げる。

「そうなんだ。てっきり綾小路くんと一緒にジムでも始めたのかと思ったよ」

まるで知っていて当然というように、一之瀬は何食わぬ笑顔で答える。

「え――――？」

「んっ？　どうしたの？」

「……清隆がジムに通ってるって、一之瀬さん知ってたんだ」

画面を消して軽井沢はポケットに携帯を片付ける。

「知ってたというか、少し前から私が通っててね。綾小路くんにそのことを話して一緒にジムを体験したら気に入ってくれたみたいで。始めることにしたんだって」

「そうなんだ……」

消え入りそうな声で、軽井沢は呟く。

「一之瀬さんはこれからジムなの？」

「特別試験で勝てたからクラスの皆でお祝いしようってなってね。カフェに集まる予定なんだけど、先日ジムに来た時忘れ物をしたからそれを取りに立ち寄ろうと思っただけ」

そう言って一之瀬は微笑む。

「ねえ一之瀬さん。この間綾小路くんと2人で会ったって話ホント？」

軽井沢が聞けないのなら自分が動くしかないと、佐藤は思い切ってそう問いかける。

「え？」

「一之瀬さん……綾小路くんと何もないよね？」

「やだな。私と綾小路くんには何もないよー」

まさかまさか、と軽く手を振って否定してみせる。

「……ホントに？」

それでも佐藤の疑いは晴れず、より追及する姿勢を見せた。

袖口を引っ張って佐藤を止めようとするも、そんな軽井沢の抵抗は強くない。

「うん。私そんなことで嘘はつかないよ。あの時、綾小路くんにはクラスのことで相談に乗ってもらっていただけなの。……もしかして誤解を生んでた？」

睨むような目つきの佐藤と不安げな軽井沢を見て一之瀬が困惑する。

「もしかしたら軽井沢さんは嫌なんじゃないかなって思ってたんだけど……ごめん」

すまなそうな表情を見せ一之瀬は頭を下げる。

その姿を見て、軽井沢も言葉にできなかった考えを口にする勇気が持てた。

「……それって神崎くんの？」

自然と出た軽井沢からの神崎の名前。一之瀬には心当たりなどなかったが、それを聞いただけで状況を推理することは出来る。

「うん。私たちのクラスはDクラスに落ちて余裕がなくなってたから。自分たちで立て直すだけの力もなくて苦しんでた。それを見かねた綾小路くんが、何とかしてみようって言って手伝ってくれることになったの。他にも麻子ちゃんとかの名前聞いてないかな？」

「麻子ちゃんって網倉さん？　それは分からないけど……姫野さんは聞いたかな」

綾小路と一之瀬の疑惑が僅かに薄くなると、軽井沢の口調も軽くなる。

「そうそう、姫野さんもクラスの立て直しに協力してくれることになってて。一緒に話し合いしてるところなんだ。このことを知ってる人も他にいるから安心していいよ」

深くは知らないとみた一之瀬が、軽井沢を安心するためにそう伝えた。

「でも――なんで清隆が一之瀬さんのクラスを助けるのかあたしには分からない」

「そうだよね。何か変な理由でもあるんじゃ……」

まだ疑いが晴れきらない２人は、顔を見合わせながら不安を口にする。

それを聞いて一之瀬は頷き一度目を閉じた。

「利害の一致だよ」

「私たちは最近勝てなくて苦しんでた。そんな状況で2学期の最後に特別試験。相手は龍園くんで負けたらまたAクラスとの差が広がってしまうピンチだった。そんな最下位の私たちが負けるよりも綾小路くんは2位を狙ってる強いクラス、龍園くんに負けてもらう方が好都合だと思ったんじゃないかな」

綾小路がライバルクラスの一之瀬たちに加担した理由として、最も納得の行く回答。より強いライバルを倒すために、一時的に加勢しただけの助っ人であることを強調する。

「本当の本当に……清隆とは何もないんだよね？」

「利害の、一致？」

「やましい関係は何も無いよ」

真っすぐな瞳で、一之瀬はやましい関係など無いとハッキリと言い切る。

嘘とは思えないその態度に、軽井沢と佐藤もただ繰り返し頷くしかできなかった。

「大切な彼女さんと意思の疎通が取れてないのはちょっと綾小路くんもダメだね。でも私が原因で亀裂を作ったなら、うん、責任を持って仲を取り持つよ」

「そ、それは大丈夫。事情も分かったし、今日仲直りできると思うから！　わざわざありがとう一之瀬さん」

「ううん気にしないで。また何か困ったことがあったら声をかけてね」

優しくそう伝え、一之瀬はジムから離れていく2人の背中を見守る。

「安心して軽井沢さん。本当だよ、綾小路くんとは今はまだ何もない」

軽井沢たちの背中に聞こえない小さな声。

そう呟いた一之瀬はさらに続ける。


「今はまだ、ね――」

身に着けた香水の匂いを残し、一之瀬は力強く歩き出した。

1

冬休み初日。その日厚い雲に覆われた空は朝から涙模様が続いていた。

待ち合わせていた時刻を10分ほど過ぎたところで、龍園が傘を差したまま近づいてくる。

先に待っていた一之瀬は静かに龍園の顔を見つめる。

やがて雨音を通り越し、互いの声が届くほどの距離で自然と立ち止まった。

「最近、こんな天気が続くね」

龍園が遅れたことに対する追及は一切せず、一之瀬はそう話しかける。

「遅れたことに対する不満はいいのか？」

「気にしてないよ。龍園くんと待ち合わせる時点で30分は覚悟してたから。もし過ぎても現れない時は遠慮なく帰らせてもらうつもりだったしね」

余裕を持った解答をした一之瀬は、龍園よりも空模様の方が気になるようだった。

傘を傾けて雨空を少しだけ見上げる。

「今日はずっと止まないだろうね」

「わざわざ俺の呼び出しに答えるなんざどこまでもお人好しだな」

そんな一之瀬の呟きを無視して、龍園は一之瀬に問う。

「友達と言ったら龍園くんが納得するかは分からないけど、呼ばれたら応じるのが普通じゃないかな。この時間はまだ予定も入れてなかったしね。それで用件は何？」

「俺の予定が少し狂ったからな。その原因を探っておこうと思ったのさ」

「それって特別試験のこと？　嫌がらせはちょっと困惑したかな」

「似たようなことをやっても芸が無いと思っただろうが、ウチの駒には性に合ってる。それが最も楽で効果的な方法なら繰り返さない手はないだろ？」

龍園はクラスメイトに指示を出し、一之瀬クラスのクラスメイトたちへの執拗なプレッシャーや妨害を行っていた。教室や図書室、あるいはカラオケなどに集まり勉強会をする一之瀬クラスの生徒たちの下へ強引に乱入し、騒ぎ立てて勉強を妨害する。

綾小路たちは知る由もないがそれ以外にも龍園は危険な指示を出していた。

高い学力を持つ生徒に金銭を提示し全問間違えば報酬を払う。

あるいは全問正解することで一部の仲間が困ることになる、といった脅しも。

弱っているクラスなら、結束が固いクラスにも風穴を開けられると踏んでの戦略。

「皆迷惑してたのは確かだから」

「だろうな」

ただ、それは結果的に大きなダメージとはならなかった。

元々大きく開いている学力勝負では、正攻法でやっても龍園の勝ち目は薄い。

それが分かっているからこそ、場外で戦い倒す算段を立てた。

「でもあのやり方で本気で勝てると思っていたの？」

「ああ、思ってたさ」

ところが蓋を開けてみれば、一之瀬たちにはどの戦略も刺さらなかった。

「今回は素直に称賛を贈りに来たんだよ一之瀬。おまえらのクラスならあれくらいのことで崩れると思ったんだが、少なくとも1年の頃よりは成長したじゃねえか」

龍園の下に上がってくる石崎たちからの報告では、一之瀬クラスへの妨害行為は成功しているとの声ばかりだった。誘惑や脅しにしても素直に受け入れる生徒こそいなかったが、見て取れる動揺などから一定の効果を実感していた。

ところが一之瀬たちは表向き困っている素振りを見せていただけで、裏では着実に時間を作り勉強の機会を持っていた上、あえて脅しに怯えている演技をしていた。

「誰かの入れ知恵か？　以前のおまえなら表向きの勉強会は中止させて無駄な労力は割かず早々に引き籠もってもおかしくない。脅しに対しても真っ向から拒絶を示したはずだ。それをわざわざこっちの戦略にかかり続けたフリをするなんてな」

これが坂柳や綾小路相手なら、龍園も驚くことはなかっただろう。

むしろ当たり前の対策として更に強烈な一手を仕掛けることも思案したはず。

窮鼠猫を噛む。追い詰められた弱者の逆襲か。

それを直接確かめるため、龍園はこの場に一之瀬を誘い出した。

「入れ知恵なんてないよ龍園くん。私たちは喧噪の中苦しみながら勉強を続けていただけ。脅迫めいた言葉は単純に皆怖がっていた。たまたま崩れなかっただけ」

「この場で謙遜はいらねえだろ。明らかにおまえのクラスは何かが変わったはずだ」

「それは直接の敗因じゃないよ。龍園くんたちも私たちや他のクラスのように真面目に取り組むべきだった。勉強をして得点を取りに行く。堀北さんたちが坂柳さんたちを倒したようにね」

「有利な試験で勝ちを拾っただけで随分と上から物を言うじゃねえか。まあ、今回の特別試験はぬるま湯の極地だったからな。誰も退学するリスクがなく、ただお堅くペンを握って腕を動かすだけの試験だ。俺も本気になるには熱量が足らなかったぜ」

「皆が取った普通の方法じゃダメだったの？」

「バカ共に1週間2週間教えたところで、大した向上は望めねえからな。周りを蹴落とす方が楽で早いと判断しただけのことだ」

雨が降り注ぐ中、龍園は一之瀬と向かい合ったまま笑う。

「でもその判断は間違いだったわけだよね」

「真面目だけが取り柄の連中にしてやられたが、次はもっと盛大に妨害しねえとな」

「もし同じ特別試験が繰り返されても、やり方を変えるつもりはないってこと？」

「ああ、変えねえな。場外で沈めてやる」

それが自らのやり方だというように、龍園は堂々と答えた。

「そっか。これ以上は何を言っても意見が一致することはなさそうだね」

「一時的に僅差でCクラスに戻れた。だがそれでまた勝てるようになると思ってんじゃねえだろうな。おまえはとっくに沼にハマった哀れな羊だ。どれだけ泥の中でもがいたところで、いやもがけばもがくほど沈んでいくだけの運命なんだよ。そうだろ？」

「ここのところずっと負けっぱなしだったから。耳が痛い話だね」

「もう一度言うが、今回は特別試験の内容に救われただけだ」

「それを否定はしないよ」

執拗に、そして無理やり一之瀬に噛みつくのには龍園なりの狙いがあった。

こうしてやり取りをすることで、相手を見透かせると見ていたからだ。ところが見えてこない。今までの一之瀬であれば見せていたであろう隙が一切現れない。

「おまえが学年末試験で当たるのは綾小路のクラスだ。あのクラスは厄介だぜ？　それこそ俺が潰す予定の坂柳よりもな。つまり敗北は避けられない。俺だけじゃねえ、坂柳のヤツも同じように考えてるはずだ。学年末で一之瀬は終わりだと」

今回勝ちを拾ったことなど無に等しい。希望を抱くなと圧をかける。

一之瀬はすぐに答えず、立ち止まったままで龍園の話に耳を傾けた。

「綾小路たちにしてみりゃ楽な話だ。俺や坂柳を相手にせず、雑魚と戦えて高いクラスポイントを得られる。こんなにラッキーなことはないだろ」

執拗に一之瀬を攻撃し、手応えの無さを無視して追い込もうとする。

「確かに――――。学年末試験で負けることがあれば、私たちは終わりかも知れない」

直接対決で今以上に大きな差が開けば1年間で巻き返すことはほぼ不可能だろう。

「だからおまえにAクラスで卒業する方法を教えてやるよ」

「そんな方法があるの？」

「学年末試験でおまえはAクラスへの道が途絶える。となれば、Aクラスで卒業するにはプライベートポイントを集めるしか道はないからな」

「40人を救うには桁違いのお金が必要だよ。それは無理なんじゃないかな」

「全員は救えない。が、1人ならどうだ？　たった2000万ポイントでいい。おまえはクラスの連中から善意で金を集める能力がある。信頼を担保にヤツらは100万だろうが200万だろうがおまえに預けてくる。最終的にその金を使えばいいのさ」

「皆から預かったお金を使ってクラス移動なんて、それ横領だよ。学校が認めない」

「どうかな？　確かに俺や坂柳のような人間が同じ真似をすれば処罰の対象だ。問答無用で退学させられる。が、おまえならそうなる可能性は低い」

「どうして？」

「お人好しの連中なら、おまえの気持ちを同情して汲み取るからだ。横領されたと知っても『アレは自分からあげたお金』だと学校に話す。訴える奴が1人もいなきゃ横領でも何でもない。100％とは言えないが、Aクラス行きに賭けるには十分な確率だ」

「面白い話だね。だけどもうお腹いっぱいかな」

誘い出した理由を察した一之瀬に、これ以上この場に留まる理由はなくなる。

「そろそろ解散にしようか」

「この先は鈴音や坂柳と遊ぶつもりだったが、今後退学が絡むような戦いになればおまえのクラスもターゲットだ。必死に守ってきたおまえの仲間を俺が適当に消してやるよ」

これは半ばブラフ。龍園からみて一之瀬は未だ障害とは認識していない。

牽制し、大人しくしておくように忠告を交えた脅しだった。

その脅しを正面から聞き届けた一之瀬は、微笑む。

「なら、私はその前に阻止するだけ。必要なら龍園くんに退学してもらうだけだね」

「ククッ。おまえに俺が、いや俺じゃなくても消すことが出来るのか？」

お人よしを地で行く一之瀬は、他人が傷つくことを極端に嫌う。

それはこれまでの2年間、龍園だけでなく周囲の人間全員が見てきた一律の感想。

「堂々と嘘を言えるようになっただけでも進歩したってところか」

「私なんかと随分とお喋りするんだね。坂柳さんも龍園くんも、何をそんなに警戒する必要があるのかな。言われた通り私にはもう後がない。気にするような存在じゃないのに」

厚い雲が上空を覆い、雨音が強くなる。

いつの間にか龍園からは笑みが消え、一之瀬の言葉に考えを巡らせていた。

目の前の女は障害に値しない。そう思い接していたはず。

ところが、冷静になってみればやけに固執している自分がいることに気付いた。

「私は今後相手が誰でも容赦しない。勝ちに行くために手段を選ぶつもりもないよ」

「虚勢を張るにしても、おまえらしくない発言だぜ」

「悩んでる時間はもうないんだって気付いただけ。本当にただそれだけなんだけどね」

龍園の中から軽はずみな考えが静かに引いていく。

「誰が相手でも容赦しない、か。最近は随分と綾小路にご執心みたいだしな。だとすると、おまえがまず排除すべきは軽井沢の存在か？」

ほんの冗談。精神的に動揺させるための龍園なりの嫌がらせ。

その程度の発言だったが、一之瀬は柔らかく笑顔のある表情を変えない。

「ご執心って？」

「狭いこの学校じゃ噂はすぐに駆け巡るもんだろ」

情報収集をする過程で両者の接触が増えていることを龍園は既に把握している。

一之瀬の一方的な感情も、推察の域でだが確信をもっている。

「遠慮せずもっと打算的に動けばどうだ？　何なら軽井沢の排除を手伝ってやる」

焦り、怒り、不満や嫌悪。

どんな感情でも構わないから見せろ。そんな龍園の狙いが込められた煽り。

「もう龍園くんにもバレてるんだ。じゃあ隠す必要もないことだね」

薄っすらと笑ったままの一之瀬は龍園の目を見て迷わず答える。

「個人的な感情で軽井沢さんを退学にしたいなんて思わないよ。それは話が違うから」

強気なことを言いつつも結局は善人か。

そう龍園が改め直そうとしたが……。

「だけど龍園くんは勘違いしてる。私は十分に打算的な人間だよ」

そう言い、一之瀬は自らの胸に手を当て微笑む。

「解けない問題があるなら、考えればいい。考えて答えを導き出せばいい。それでも答えが出ないなら行動に移してみる。それで大抵の道は開けるんだよ」

「どういう意味だ？」

「さあどういう意味だろうね」

一之瀬は想う。修学旅行の夜を。

あの時から自分の中で運命が変わり始めた。

僅かな可能性。いや、可能性すら考慮していない本能によって導き出した結果。

全員が宿に揃った夜中の状況。猛吹雪。消えた自分。

それが騒動へと発展すればクラスメイトはどう動き、どうなっていくのか。

綾小路が見つけ出してくれたことは、何も特別驚くことなんかじゃなかった。

あの時間、あの瞬間の全ては必然だったということ。

龍園の傘を持つ手、それから全身へと気持ちの悪い何かがまとわりつく。

「もういいよね。今からジムなんだ。幸せな時間を1秒でも無駄にしたくないから」

これまで抱いていた一之瀬の分析、その全てが否定された感覚。

一之瀬はもう龍園に一片の興味もない。

歩き出し、龍園の横を通り過ぎてケヤキモールを目指す。

「前言撤回するぜ一之瀬」

一之瀬の背中に向けて龍園は振り返りながら話しかける。

「学年末試験でおまえと当たらないことが、俺たちにとって幸運となるかもな」

それは1つの予感。

一瞬だけでも、坂柳(さかやなぎ)よりも厄介だと思わせたその気配に敬意を表した言葉だった。

あとがき

２０２３年新年すっかり明けております衣笠（きぬがさ）です。本年もよろしくお願いいたします。
去年はアニメ２期もあり、色々と騒がしく忙しい１年でした。
今年は３期も控えておりますので、これまた少しでも騒がしくなれたらなと思います。

私事ですが、ここ最近は平日の行動にルーティンが出来ていて、朝３箇所くらいある候補の中から１箇所を選んでカフェへ。デスクワークで運動不足なので歩きか自転車で移動。ああでもないこうでもないとアイデアを絞りだしながらお昼前まで過ごして帰宅。夜まで仕事場に籠（こも）って仕事をして眠る。これを週５回延々と繰り返してます。

休日はというと、仕事も半分に子供たちと遊んで一日が潰れます。平日はあっと言う間に過ぎるのに、土日は３倍くらい長く感じるから大変……。でも意外とそんな時の方が面白そうなことを思いついたりするので不思議。

最近の悩みとして、自分は一度風邪を引くと治りが遅くて時間がかかるんですが、クリスマス前から咳（せき）と鼻水が一向に治らない。市販薬も病院での処方も効き目半分にまだまだ完治の気配が見えない……。特に咳がひどい。

スーパーとかで買い物中に咳を連発してしまうと、マスク越しでも申し訳なさで一杯になってしまいます。

早く暖かくなって健康にさせてくれぇ！

さてここからは本編のお話。今回の9巻で長かった2学期編も終了となりました。ここまでお付き合い頂いた方はお疲れ様でございました。惰性でもいいので、まだまだお付き合いして頂けたら嬉しいです。

綾小路、そしてそれ以外のキャラクターたちも3学期、そして3年生を見据えて準備を進めているところです。3学期編はこれまでの2学期編よりも、内容的には少々過酷な展開もあるかと思いますが予めご理解くださいませ。

そして次回は恒例通り冬休み編となります。

当面の間癒しの時間が減ってしまうことを思うと、緩い（多分）冬休み巻は貴重な巻になるのかも知れませんね。

またしばしのお別れになりますが、夏前にお会いできることを楽しみにしております。

MF文庫J

ようこそ実力至上主義の教室へ 2年生編9

2023年 2 月 25 日 初版発行
2024年 8 月 10 日 6版発行

著者 衣笠彰梧

発行者 山下直久

発行 株式会社 KADOKAWA
〒102-8177 東京都千代田区富士見 2-13-3
0570-002-301（ナビダイヤル）

印刷 株式会社広済堂ネクスト

製本 株式会社広済堂ネクスト

Printed in Japan ISBN 978-4-04-682213-0 C0193

●お問い合わせ
https://www.kadokawa.co.jp/（「お問い合わせ」へお進みください）
※内容によっては、お答えできない場合があります。
※サポートは日本国内のみとさせていただきます。
※Japanese text only

◇◇◇

【 ファンレター、作品のご感想をお待ちしています 】
〒102-0071 東京都千代田区富士見2-13-12
株式会社KADOKAWA MF文庫J編集部気付「衣笠彰梧先生」係 「トモセシュンサク先生」係